民 国 女 作 家

小 说 典 藏 文 库

MINGUONVZUOJIA

XIAOSHUODIANCANGWENKU

民国女作家小说典藏文库

无声琴

雷妍 著

中国文史出版社

北京沦陷区女作家雷妍新编作品集两种前记 (代序)

张 泉

从雷妍已经八十九岁的女儿刘琤那里得知，中国文史出版社大手笔，准备一次推出雷妍（1910—1952）的两本新编作品集《无声琴》和《黑十字》。辑佚工作的主要参与者还有雷妍的当教师的儿子于琪林和儿媳李子英。

在进入二十一世纪以后的这个错综动荡的大时代，特别是在新冠疫情持续放诞的这三两年所形成的封闭、黯淡的被动生存模式中，这是着实是令我喜悦的不多的资讯之一。她嘱我为作品集写点什么。虽然设想的一些计划安排赶不上世事的不测，已经变得支离、低效，心想事不成，我还是恭敬不如从命。

其实，早在2009年，我曾为雷妍的作品集写过一篇介绍文《写在雷妍作品选本正式出版之际》。

在雷妍后辈们的不懈努力之下，《四十年代北京女作家雷妍小说散文选》（刘琤编选，自刊，2006）、《雷妍小说散文集》（刘琤、于然主编，中国海关出版社，2009）两书得以印出。拙文就是第二本书的序二。卷首是南通大学陈学勇教授的《雷妍作品集序》。他在序文中直言："说历史一定公平，那多半是一种善良的期待……中国现代文学史，至少中国现代女性文学史，到现在还遗漏了一个雷妍，就像以前曾经遗漏张爱玲、苏青、梅娘她们一样。"他高度评价雷妍。比如认为她的中篇《良田》展现了"北方农村生活,质朴、静美,而艰辛、苍凉……可追步萧红的《呼兰河传》"(《故纸札记》,湖南大学出版社,2017)。他对于雷妍的推荐不遗余力。很有可能,在目前还不算太多的雷妍研究文章中,有一些出自他的学生之手。

在这之后,又有《陌上花开,谁念缓归眷春深》(北京理工大学出版社,2012)、《白马的骑者:雷妍小说散文集》(北京联合出版公司,2018)和《白马的骑者(民国女作家小说典藏文库)》(中国文史出版社,2020)三部选集面世。在篇目上,这些选本之间的篇目多有重复。而《无声琴》和《黑十字》这两本新编作品集的最大特点,或者说最大贡献是,所收48篇作品均为民国之后首次结集出版。

以我参与编辑《梅娘全集》的经验,辑佚是一项非常艰苦的劳作。虽然现在随着大数据库产业的高速扩张,历史文献的获取越来越便利,但总有名目繁多的各类数据库仍无法或者还未及覆盖的文献,比如纸质老化更快的近现代报纸。正如新编雷妍作品集的编者李子英来信所述:

> 《姣姣》这篇文章在《民众报》发表时,共分24期,每期都配有插图。为寻找它们,我去了几家图书馆,终于在首都图书馆地方志阅览室发现了。但为了保护文物,民国时期的报刊早已不许借阅。我恳求了半天,部门领导破例让我持单位介绍信,在阅览室里浏览。
>
> 我连续去了好几天。坐在那里双手捧着页面,小心翼翼地翻看。旧日报纸又脆又黄,一碰就掉沫沫。管理员看着直心疼,闭馆前硬着心肠告诉我,明天您别来了,在现场就把那些报册打包封存了。
>
> 谢天谢地,谢谢管理员,让我自费拍了部分页面和插图。

下面便是《姣姣》首页和末页的插图。

这篇文章的线索还是拜张先生的著作所赐。

（2022 年 12 月 12 日）

《姣姣》系雷妍的一部篇幅颇长的短篇。"拜张先生的著作所赐"，大概说的是《沦陷时期北京文学八年》（中国和平出版社，1994）中的一段介绍文字。我依据的是沦陷期杂志上的二手材料，大意是，在梅娘（1916—2013）的丈夫柳龙光（1911—1949）出任武德报社编辑长后，开始强调"民众文艺"不是旧式的通俗文艺而是新文艺。他扭转世风的举措之一，便是在下属的小报《民众报》上举办"民众文艺"两万字小说征文活动，试图以此来改变文艺栏目此前的俗旧面貌。1942 年 9 月 20 日，公布了第一次征文的十篇入选佳作，《姣姣》排在首位，并在同日报纸第一版的显著位置上做连载。1943 年 6 月 1 日，雷妍的另一篇《魁梧的懦人》再次入选。

我当年发掘梳理北京（华北）沦陷区文学史料时，最大的缺憾是未及通读各类报纸。那时纸制品的损毁还不像现在这么严重，获取也相对容易。毕竟现在离开那时，又过去了四十载。但当时书稿已经耗了我十年，又赶上十分侥幸地纳入了一套开印在即的地域文学丛书，在沦陷区文学还没有像现在这样被宽容对待的那时，机不可失，只好忍痛匆匆收场。在现当代文学史料日益受到重视的今天，时不我待，还有许多工作要做，特别是文学文本的辑佚工作。

我的一个偏见，作品辑佚是文学史料工作的重中之重，事件、逸事、绯闻等等，倒在其次。在为九卷本《梅娘文集》撰写的梅娘叙论《二十世纪"长时段作家"梅娘及其全集的编纂》中，我开宗明义："所有进入流通（阅读）的文学都是历史的产物，但在生生不息、浩如烟海的作家作品中，能够被文学史观照到的部分极其有限。正是这一近乎苛刻无情的限制，使得文学得以在人类文明史的长河中绵绵不绝、承传有序。这样，如何与时俱进地确认具体作品的价值，进而将作家纳入文学体制，便成了文学史无法回避的功能。"而这，首先需要有完整准确的作家作品集成。在这个意义上，我高度评价具有开拓性的这两部雷妍作品新选本，它们无疑会惠及读书界，特别是二十世纪中国文学研究界。

《无声琴》和《黑十字》两部集子以小说为主，还有少量的散文、诗歌、剧本、译作，雷妍的评论文缺失。在文体分类、编排上，以及在进一步辑佚方面，也还有继续完善的空间。非常期待符合学术规范的雷妍全集能够很快提上议事日程。

在民国时期地域广阔的南北沦陷区文坛，女性作家众多，女性新文学写作尤为繁荣多样。雷妍是华北地区与梅娘齐名的重要女性作家，就像华东地区的张爱玲、苏青一样。与其他几位不同的是，雷妍在沦陷区所遭遇的普通女人的磨难，是常人难以承受的。她却在艰辛困苦中，写下了那么多苦涩的美文。一位作家的大量被淹没的作品被发掘出来后，无疑会影响到过往对于这位作家的评价，甚至有可能会对其原来的文学史定位有所调整。

雷妍这两本辑佚文集出版在即，已经来不及细读品评了。仅在这里把2009年的那篇序文附在下面，以期抛砖引玉。

4

附：写在雷妍作品选本正式出版之际

一、"张爱玲热"引发的思考

今年 2 月，张爱玲早在 1976 年就已完稿的长篇小说遗作《小团圆》终于出版（台北：皇冠出版社）。2 月 26 日，张爱玲的母校香港大学为其举办了新书记者会。该书大陆简体本的版权，群雄逐鹿，最后花落十月文艺出版社，据说首印 10 万册，4 月 9 日上市，不到一周清货，随即加印。在出版业即将全面市场化的今天，这肯定是有可能创造单项营销额纪录的大手笔，即使盗版已先期悄然出现，即使网络上早就可以免费阅读，也没有对正版造成多大的影响。4 月 16 日下午，该书首发式在北京大学百年讲堂召开，各路媒体蜂拥而至，以致主办方不得不采取凭票入内的措施。这样，在电影《色·戒》（2007）之后，围绕《小团圆》，又一次争论不断，又一次褒贬不一，在华文文化圈引发了新一轮的"张爱玲热"。

张爱玲还有一些中英文书籍会陆续出版：《张爱玲语录》增订版，写上海童年往事的《雷峰塔》，讲港战故事的《易经》，与香港宋淇、邝文美夫妇的往来书信等。在张爱玲逝世后从美国运给遗产执行人宋淇的 14 箱遗物中，除已整理面世的《同学少年都不贱》（2004）、《郁金香》（2007）外，不知还有多少可以出版的文字。张爱玲今后仍将是相关业界和大众传媒的热点，这一点毋庸置疑。

如何评估《小团圆》的文学价值和史料意义，这里暂且不论。众声喧哗中，我注意到网民"貂斑华"的一则帖子：

> 张爱［玲］好像被过度地解读和关注了，近乎追星似的
> 研究，跟她沾亲带故的比如胡兰成、姑姑、赖雅、她的父母弟

弟都被人扒了个遍，几乎是掘地三尺式的研究，跟她同时代或略早的很多女作家水准未必在她之下，梅娘，苏青，庐隐，凌淑华，白薇……很多人不论就作品还是经历的曲折都不在她之下，可就是门庭冷落少有人关注，真是个苦乐不均的世界，文坛亦然。(2009-03-16　14：44：34)

虽然是非专业的随感，但所提示的现象，值得探究。

沦陷区文学在现代文学中占有相当的份额。可这一特定区域文学在文学史中一直处于缺席状态，直到20世纪90年代，随着意识形态场域的转换和新材料的"发现"，才渐次进入新版文学史，从而展现出与以往的文学历史地图不同的当下画幅。不过，就目前的抗战文学宏观整合而言，还远没有达到共时生态基本均衡的程度。而要改变这一状况，真实还原抗战时期的文学的历史，光有张爱玲是不够的。从这个意义上说，还有一大批女作家应当添加到上述名单中去，而排在前面的，首先是在华北沦陷文坛与梅娘齐名的雷妍。

二、雷妍——沦陷区文学肯定论的又一例证

时至1941年8月，日本占领北京已经四年。此时，30岁的雷妍，一位抚育着两个幼女的单身母亲，在华北伪政权报业托拉斯武德报社下属的《中国文艺》(4卷6期) 上，发表了一首唯美主义的小诗《冷露当酒》。诗的前半部分是这样的：

冷露当酒，
玫瑰作杯，
且饮一次清凉的沉醉！

拂不去梦影。

有着天堂的欢乐。

谁再向我低声说：

睡吧，睡！

我将再爬进摇篮里

脱去多年灰色的光阴，

忘掉灵魂的忧惴，

……

这是作者营造的内在世界：平白如画，超凡脱俗，返璞归真……而真实的外在世界则是国破家亡：警宪横行，忍气吞声；家庭破裂，生活艰辛……诗与现实间的张力证明：文学是可以无视殖民统治的存在，形成独立自在的叙事话语系统的。

雷妍（1910—1952），河北人。原名刘植莲，笔名刘萼、刘咏莲、刘植兰、沙芙、芳田、端木直、东方卉、田田、田虹、崔蓝波等。父亲是一位银行家，喜好文学。她在昌黎乡下度过了无忧无虑的少女期。中小学大多在桂贞、慕贞等教会名校就读，毕业于北平大学女子文理学院英国文学系。日本发动的侵华战争完全改变了她的生活轨迹：她与在粤汉铁路供职的丈夫天各一方，战乱中的丈夫发生了婚外情。离异后，雷妍独自一人支撑着一个六口之家。英语专业在日本占领区求职困难，她不得不靠做缝纫、卖成衣、教家馆维持生计。她在40年代初发表的第一批小说引起了母校的注意，很快被慕贞女中召回，担任国文教员。1943年，与中学时代的恋人再婚，条件是抚养他的父母、前妻和四个孩子。生活压力是沉重的，社会环境是令人窒息的。然而，这并没有泯灭她对于文学的迷恋与追求。在每周二十几堂课和繁重的家务之余，凭着"握紧了每一个清晨"在人间苦苦挣扎的坚强毅力，她不懈地读书写作，在北京、上海、东北（伪满）乃至日本等地的各种报刊上广泛发表作品，短短几年便成为华北颇有影响的作家。现实生活中的重压，在文学的梦幻天地里得到了化解与宣泄。为此，她也付出了沉重的代价：英年早逝无疑是积劳成疾的恶果。

雷妍以为女人的命运申诉的短篇小说著称。在她的虚构天地里，有传统乡村记忆，有形形色色的情爱悲喜剧，有孩童视角观照下的非人世界，也有黎明前的呐喊。这些作品题材多变、体裁多样，而将其统一起来的是遏抑不住的现实生存关怀和内心自由渴求。

由于不习惯湖南衡阳的生活环境和方言，怀有身孕的雷妍于1937年初离开丈夫返回北京。很快发生七七事变，北京成为华北五省两市伪政权的"首都"，她不得不滞留在沦陷区。

在世界近现代殖民史上，中国的特殊性在于一直没有全境沦陷。有国统区在，有抗日民主根据地在，中国这个国家就在。在民族生死存亡的历史关头，或走上抗日前线，或躲避兵灾逃离家园，迁徙的人群大规模增加。反映在战时中国文学里，形形色色"远行者"的形象凸现出来。在现实中未能践行战争迁徙的雷妍，常常在小说中憧憬饶有意味的"远行"人生。《浣女》讲述湘江岸沙滩上、后门外池塘边洗衣女的故事。作品的对话，特别是村妇的对白，活灵活现，准确表现出每一个人物的个性和情态。而搅动读者心灵的，是"沿江而行的铁轨上奔驰着一列南下的客车，不留恋，不退缩，向着目的地前进。任意喷着烟吐着气，吼叫着，在轨道上自由奔驰着"。自主婚恋中常见的出走，在战时别具含义。《越岭而去》中的东柱，以其特殊的方式说服锁儿的媳妇与他私奔，连夜离开她那还是"尿泡孩子"的男人。一对青梅竹马的情侣，终于"向上，向上越过玉虎岭走向一个新的境域"。《白马的骑者》中的乡村少女小白鹿，在经历了一系列波折之后，终于与白马的骑者一同出走。田园风情与女主角命运间的强烈反差，最终化作"在繁星下向

8

大道上奔驰，奔驰，把凄凉、孤独、恐怖、不平留在后面"。城市青年也一样。大学同学林珊毅然终止了谈情说爱，悄然弃学，"决心离开这座梦幻的艺术宫，走到现实生活里去"（《林珊》）。《奔流》尽情抒发了作者的豪放不羁和"意志自由"。女主人公田聪最后乘船出走了。在她听来，轮机声宛如"前进！前进！"的雄伟进行曲。她坚信："这黑夜很快就会过去的，一个灿烂的黎明将迎接她！"这种"该走就走"的决心，与安土重迁的民间传统相连，也与战时流亡作家的抵抗信念相连。1942 年，知名作家张秀亚（1919—2001）、查显琳（公孙嬿，1920—2007）就先后离京，前者继续从文，后者投笔从戎，得以随心所欲地活跃在抗战大后方。

故园是纷乱年代的心灵庇护所。《良田》描绘了华北一个村落中的忠、奸、恩、怨、诚、艳民风，地域色彩浓郁的求雨、庙会、忙节等民俗，以及北方沿海地区的乡土景色，显得既遥远又亲近，很好地表现和烘托出农民对于土地的眷恋、柔弱女子生活的艰辛，以及村吏地主的虚伪与狠毒，同时，也发掘了淳朴农民善良的心灵和助人为乐的精神。与《良田》不同，转向城市的短篇大多"以痛喊女子地位而动人"。她的这类小说，讲述的是"有情人终不能成眷属"的悲戚故事。《魁梧的懦人》描绘出进入城市的青年，在现代城市与田园乡村、文明开化与传统守旧之间的冲突。与同学热恋的男主人公，为了母亲的"尊严和幸福"，回乡探亲时仓促与一个旧式女子成婚。不到一年，乡间的妻子郁郁病逝。由于自身的懦弱，由于传统的桎梏，乡村的家园并没有给他带来幸福，而是把他推向道德内疚和感情煎熬的痛苦深渊。在《诉》中，修路工程师把现代文明带到穷乡僻壤，同时，他的图谋不轨之举也让涉世不深的村姑想入非非。村姑婚后将其和盘托出，引起农民丈夫的猜忌和狂怒。宣泄后矛盾化解，小两口重归于好。

在雷妍看来，作为现代文明标志之一的现代城市，更加与女人相敌

9

对。小说《人》援引人类发展经过"黄金时代""白银时代""青铜时代"的传说，暗示人类一代不如一代，物质文明的进步并没有带来道德上的进步。当小说把人类发展的第四个时代即当代定名为"黑铁时代"的时候，人类变得更加不可救药：

> 一切凭了神的恩惠，一切凭了智慧，直立的躯体和自由伸张的大拇指。人类在黑铁时代闹得乌烟瘴气的，尤其在都会里来得更甚，更糟，更使创造者伤心，如果不幸再有一次洪水，仅仅一对善良的夫妇都难选出，那么第五个时代就永无希望再有了。

作者笔锋一转，开始描写在都市挣扎求生的陆小姐。她的美丽"真是黑铁时代一个精心的杰作"。可她却只能利用这上帝的恩赐，周旋于显贵富豪之间，用"苦笑和愤恨、憎恶、挂虑、机警、小的欺骗"换来少许银钱，去应付房租、配给面粉、母亲的药费、租借洋服……以及已离婚流氓丈夫的敲诈。最后，她忍痛与一个想与"新女人讲讲恋爱"的彭经理签订了婚约，成为他的外室，并生下一个女儿。在彭经理外出的一个深夜，她的前夫以抱走孩子相挟索要巨款。她一时冲动误伤人命被判处无期徒刑，在黑牢里精神失常，幼女也在一个月后因病夭折。小说对被损害的女性给予情真意切的同情，对现实社会的不公正给予清醒的剖析，堪称批判现实主义的力作。既然两性间的关系是度量社会进步程度的一种天然标尺，那么，雷妍多角度刻画的婚恋方面的种种情感纠葛，自然反映了那一时空中的社会文明程度，也表达出作者对于健康的人格和正常的社会关系的向往。

女人的不幸和痛苦也是雷妍经常触及的一个主题。《十六年》中的女主人公受失恋打击随便屈就于一个令人讨厌的男人。结果，在生下孩子后即遭遗弃，孩子也有随时被夺去的危险。这不能不使她开始"恨着男性中心的法律"。《幽灵》中道貌岸然的房东重男轻女，残忍幽禁没有生儿子的发妻。当她就要重见光明的时候，却"像一棵暖室里的花拿在春风里一吹反倒要零落"一样，离开了这个给她带来无数痛苦和屈辱的世界。作品在为灾难深重的妇女同胞控诉与呐喊的同时，有力地揭露出男权主义封建残余的肆虐。《轻烟》中的爱情悲剧，则源于主人公自身"柏拉图"式的精神恋爱观。这就把探讨的范围从外部世界转向内部世界。尽管这类作品显得较为单薄，但在理智与情感产生冲突时，理智占了上风。

雷妍的小说试验是多方面的。《门外》把矛头指向黑暗现实。栓子咬了一口弟弟手里的杂合面窝头，被继母赶出家门。小说从一个孩子的视角，细致地描绘出环境刺激所引起的心理和生理上的饥饿感觉。回忆与现实的穿插，人与动物间的对照……使一个并不重大的题材跌宕起伏。晚上的一场误会，更是戏剧性地渲染出人不如狗的现实，有力地控诉了人世间的不平。《背叛》和《彭其栋万岁》意在揭示人性的虚伪成分。《一夕》通过几位高中女学生的日常生活，展示了少女青春期心理上的微妙变化，表现出她们活泼、敏感和对于生命的热爱。自传体小说《鹿鸣》是雷妍本人经历的真实写照。寓言《黎巴嫩的香柏木》取材于旧约圣经中以色列王所罗门宫廷里的故事，在体裁上做了大胆尝试。叙事主人公化作一棵黎巴嫩的香柏木，见证着古老的小亚细亚王国里的盛与衰，诉说自己"被人类的血腥气弄得昏昏欲死"，最后以"我愿回到我的故乡"结尾。《无愁天子》是一个历史题材小说。各国使臣前来北齐通好。北齐王的冯淑妃被气宇轩昂的北周王驾所吸引。淑妃蒙面随八个后宫歌姬在舞殿红毡上载歌载舞，接受了北周王赏赐的一对明珠环子并传递了幽会讯息，晚上与他在露台西畔一夜情。一年后，北周王为了得到冯淑妃，率兵攻下城池。面对北周王，冯淑妃喊出"生来不知如何投降。陛下杀戮听便吧"。北周王不爱江山爱美人，冯淑妃最后随北周王而去。无论是写古代还是写域外，总能让人联想到沦陷现实。

到沦陷末期，雷妍终于在黎明前的黑暗中直露地表达出对于自由的无限渴望，勇敢地发出了充满战斗激情的呐喊。在《号角》（上海《文帖》1卷1期，1945年4月1日）一文中，雷妍写道：

> ……自由的意识更火炽地在内心燃烧起来，我需要的是自己的力量，自己的声音，自己的一切，假如自己的一切全备了以后，我也会鹰般地凌空飞翔或鸣叫吧？啊！我愿自己化成一只号角，吹出黑夜里无尽休的闷气。
>
> 啊！我愿化成一只纤长的号角，不然就化成一只猛禽——一只鹰，那么凌空一飞，那么任意鸣叫，那么自由！

雷妍参加过日伪官方的文艺活动。然而她的作品表明，她在灵魂深处一直坚守着自己的信念和立场，正如她在1945年9月9日所述说的那样："在文化失去踪影，心灵枯竭到不可救药的沦陷区的生活里，我们不肯使思路中断，不肯放下笔，我们有不到气绝不使出版界夭亡的决心。于是以个人仅有而轻微得可怜的财力人力和毅力相继着发表着我们的创作。其中没有功利，但却遭受到致命的经济压迫，现在终以不屈服的毅力使它出版了。当它和读者相见的时候，胜利和平声中淹没了的兴奋泪又不能自已地落满了字里行间。"（《鹿鸣·后记》）

对于沦陷区文人，有观点认为，"女子'节烈'有背人道，不可以颂扬和提倡。文人在沦陷区保持沉默，却是坚守民族大义，可以提倡并且应该大力颂扬"。（《文艺理论与批评》2000年5期）这样的观点，值得商榷。正是诸如此类的成见，使得沦陷区文学蒙受了半个世纪的不白之冤。世界殖民史证明，沉默不是沦陷区作家的唯一选择。抗战时期，也正是由于有一大批像雷妍这样的作家坚持中文写作，才使得中华民族文学在殖民地得以延续。沦陷区文学，是中华文化谱系中不应被摒弃、不应被冷落的一个环节。

三、沦陷区文学资料整理工作亟待加强

新中国成立后，雷妍积极参与北京市大众文艺创作研究会的活动，努力在创作上重新出发，适应时代的转换。与同时代其他文人相比，她的努力是卓有成效的，曾在赵树理主编的《说说唱唱》上发表过小说《人勤地不懒》《小力笨》《新的一代》《我是幸福的》等。不过，由于很快罹患喉癌去世，创作成绩远不能与沦陷时期相比。

在沦陷区文坛，雷妍仅单行本就有1944年的小说集《白马的骑者》《奔流》，1945年的《少女湖》以及《凤凰》《鹿鸣》。中篇小说有《良田》（1943）。20世纪80年代以后，沦陷区文学逐渐浮出水面，一些沦陷作家的作品被选入各种集子，也有少数作家出版了个人作品集。南北沦陷区最有名的几位女作家中，只有张爱玲出版了全集，苏青有两卷本文集，梅娘虽有好几个选本，但内容大体相近，没有反映出她的文学创作的全貌，而雷妍除个别作品被选入专题综合作品集外，目前只有一部家属自刊本《四十年代女作家——雷妍小说散文选》（2006），收作品19篇。对于雷妍的专题研究，除了《沦陷时期北京文学八年》（张泉，1994）中的专节《雷妍：女人的怨艾与失落感的倾吐》外，只见到陈学勇的《北平沦陷时活跃过一个雷妍》，收入《民国才女风景》（2009）等书。陈学勇等人选编的《太太集——二十世纪四十年代上海女作家小说》（2008），破例收入雷妍的《林珊》和《林二奶奶》，并做了这样的说明：该书"所选范围还是限于40年代上海女作家的小说，唯雷妍是个例外，她那时活跃在北平。既然有钩沉的意思，那么借此给雷妍搭

个便车，她实在也是不该遗忘的作家，却被遗忘至今"。相信即将正式出版的雷妍个人作品选本（海关出版社），将有助于推动雷妍研究，进而推动沦陷区文学研究。

关于钩沉雷妍的作品，还有一个插曲。新时期梅娘的第一个作品选本，是我编的。素昧平生的北京出版社文史编辑室主任杨良志先生看了《沦陷时期北京文学八年》后，找到我，要我写一个出版梅娘作品集的可行性报告。1997年9月，厚达629页的《梅娘小说散文集》便顺利出版了。版权页显示印了一万册，实际印数三万，还出现过重排本盗版。之后，我又应他之邀撰写了出版雷妍作品集的可行性报告，可见雷妍的水准已达到出版家的要求。不过，可能是由于市场预期不明朗，十多年来一直石沉大海。现在就要刊行的这部雷妍作品集，是由家属操持的，囿于财力，所收篇目有限。从雷妍这一个案可以见出，系统、完整地整理出版包括作家全集在内的各种沦陷区史料集，应当是当前的各类出版基金承担的文化建设任务。在这个方面，台湾动手早、投入大，日据时期文学文化资料的整理和出版工作，已基本完成，一些台湾学者扩大视野，开始转向关注内地沦陷区。为方便研究、积累文化、加强交流，大陆应及时补上这一课。

目 录

辑 一

辑 二

附 录

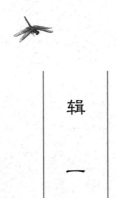

辑
一

晨星的话

姐姐叫新月，我叫晨星，多么美的名字啊！我们永远不会分开的，晨星伴着新月。

但是，今天却出了一件意外的事，足以使我一生不高兴：

姐姐很早地起了床，我也随着起来；她穿上一件很美丽的花衣服，并且戴了一个插着一支黄羽毛的束发圈，她的两条发辫梳得也非常光泽，姐姐从来没这么在梳妆上费时光。一切似乎都预备合适了，她走到帐篷以外，我决不肯离开她的，也走到外面去。百灵鸟才飞出来唱早晨的赞歌，山竹草的露水弄了我满脚湿，我不高兴再走，我站住了。可是姐姐好像着了魔似的往前走，走，走，到了一道小溪边才站住，东西张望着，好像在寻找什么。果然从溪水的上流走来一个人，很匆忙。我觉得很可笑，天还这么早，姐姐已经够奇怪的了，没想到又有一个怪人，更奇怪的是姐姐看见他转身往回跑，那个人也追向我们这儿来，我退了几步藏在蔷薇丛的后面，我轻轻拨开有着小刺的花枝静静地察看他俩的举动。姐姐已经躲入帐篷里，再看那追来的人，是个青年人，并且是熟人，他是我们部落里出色的猎人，蓝羽。他牵着一头初生角的小鹿，穿着棕色软皮的衣服，一顶白羽毛的帽子很潇洒地戴在头上，深赤色的脸上现出愉快与希望的光，他把那个小鹿拴在一棵小桑树上，然后转身走了，走了大约一百步，他站住了，姐姐却走出来把那小鹿牵到帐篷里，蓝羽就大声呼唤道："新月，新月！"声音雄壮得很，叫完了不等人的回答就走了。

3

我再也藏不住，匆匆一跑，花刺扎得我痛呢，到帐篷里看姐姐正抱着小鹿的头，抚摸着它柔软的毛，眼睛闪着清澈的光，好像是在想什么，所以连我走进来她都没觉得。我说："姐姐！那个人是怎么回事啊？"姐姐的脸红了，红得像早晨的东方，东方的琥珀光，半天才说："小晨星！妈妈能告诉你这些事，你去问她好吗？"

我生气了，姐姐一定不喜欢我了，不然为什么不肯回答我呢？我走到妈妈那儿，妈妈和爸爸正和小弟弟商量上山采莓果的事，小弟弟却要到河边捉鱼。我急急地拉住妈妈述说了蓝羽和小鹿的事，问妈妈那是什么事，妈妈也有点奇怪，只说："今天晚上你就知道了。"

我真焦急，又生气，她们小看我，我立誓不再问了，匆匆跑到外面坐在小溪边一块石头上哭起来，大声哭，水里的鱼，树上的鸟似乎都有点同情我，它们都静静的。我想哭得太多会眼痛的，而且在石块上坐久了也不舒服，我便在草地上捉蝴蝶，把小围裙一脱，向那落着蝴蝶的花，放轻脚步走，走近了用围裙一甩，再用手一按，结果没捉到。真奇怪，平常谁不知道"晨星会捉蝴蝶"，一对对的五彩的绒似的蝴蝶，只要我要捉它们，它们绝未逃脱过。但是今天不行了，并且把那布围裙在山踯躅枝上挂了一个三角口子，呸！不捉了，找些野桑葚吃吧。许多贵美的野桑葚，弄得我的手都成了紫红色，胸襟上也染得斑斑的。还有十几个桑葚没吃完，妈妈喊我吃饭，我装作没听见，妈妈不再叫我了，我坐在石头上重新哭起来，不过哭不出泪来，只是桑葚滚落一地，有的滚在水里。凭良心说我是真饿了，我决不回去吃，只有哭。

哭得正有趣，而且忘了饿的时候，有人拍着我的肩膀："小晨星，生气了吗？"是姐姐。我不理她，姐姐拉我，我坠着身子不起，她急得几乎落下泪来，又要抱我，我想姐姐并没有什么错，就恨那小鹿吧，我才起来随她走了，不然蓝羽和爸爸也拉不起我来。

姐姐今天完全忙着收拾东西，我整天都生着气。后来太阳要落山了，徐徐的晚风吹得心里甜丝丝的，牧羊的人赶着羊群归来，小白鹰也回来了。（真的，今天完全把他忘掉了。）他照例要带些礼物来送我的。他给我带来一个金点的翠绿的青蛙，我真爱，不过我是生着气的人哪，我要骄傲，我不能收他的礼物。他的脾气真不小，立刻把那个小生物抛在河里。

蠢东西！他不知道送人东西要再三推让吗？我故意仰着脸看天上的小燕子，他还骂了我一句，我也没理他，他随着羊群走了。姐姐出来了，她说："晨星，家里来呀！我要给你点东西。"我自己奇怪地柔顺起来，跟她进去。她又说："你替我高兴吧！在今天晚上我要做蓝羽的新娘了，今天那个小鹿是他送给咱家里的。"她说着声音很难过，又从床上拿出一个很美的布人来，是她做的：粉红的脸，黑丝的发辫，一件花布衣服。姐姐说："我走后，你一定要寂寞，你伴着这小布人玩啊！你跟小布人叫新月。"

我明白了，姐姐要离开我，走到蓝羽家里去，我满腔的气愤变成了一股悲哀，酸酸地刺着鼻子，刺眼睛。我抱住姐姐的腿流泪求她道："姐姐你不能走，新月要和晨星在一起的，永远不分开啊！姐姐。"妈妈领着弟弟进来说："不要弄脏了姐姐的衣服，你也要换换衣服，一会儿，要参加姐姐结婚的跳舞会呢。"我不理，我抱紧姐姐不放。

忽然外面一阵音乐声、人声，爸爸进来扶姐姐走。人都说蓝羽骑着白马更英俊了，我不放，我索性坐在地下，我恨爸爸，恨妈妈，恨蓝羽，我哭，我叫姐姐。姐姐的泪落在我的头发上，手上……许多客人走来都来干涉我，其中一个青年猎人用有力的手拉开我的手臂，我只有狠狠地咬了他一口，还要再拉姐姐，她已经被爸爸扶走了。人声，音乐声，马蹄声……都走远了，给我留下无边的寂寞。

我抱着小布人在黄昏的河畔走，晚风吹凉了我的泪，一珠珠地从我的两颊落下。远远的河那边，升起一轮月，月下有一堆狂舞着的人影，有乐声，唉！他们围着我可爱的姐姐，姐姐为离开晨星而心不安了。蓝羽真是个好猎人，猎得小鹿，换走我的姐姐。我长大了，决不出嫁，我抱紧小布人，我却想起了白鹰，呸！那蠢东西。

（发表于《369画报》1941年第8卷第3期，署名雷妍）

她回去了

月亮照着山谷，也照着田园，人都入梦了。另外一个被月亮努力照着的角落，是一个村里的小院子。阶前生着许多草花，半凋谢地沐浴在惨淡的银光里。蟋蟀有气无力地叫了几声又停止了。一个黑色的东西蜷成一个球，间或蠕动一下但随即又止住，遥远的犬吠声引起这小院里月光没照到的地方发出两声同样的共鸣，接着从阴影里走出一条小熊似的黑狗，摇着尾巴走向那一团球状的黑东西旁边，嗅了几下，伸着两只前爪卧下了，眼睛兀自发出灼灼的光。遥远的犬吠声渐渐消逝，黑狗也歪下头作一个暂时的休息。现在天与地都静了，再没有声息。

忽然厢房的门吱一声开了，走出一个穿着短衣的女人，往后院走着，她看见狗旁边的黑团儿，呆了。可是她立刻又急急地走向后院，狗抬起头来看了她一下，又歪下头去。她从后院回来了，隔着自己的窗户叫："丫头爹，你来，看看这是什么？"只听屋里一个从梦里惊醒的男子声音说："吵什么？三更半夜出去做什么？"

"我忘了关鸡笼。你来，看看这一团黑是什么？"

"你可真要命，放着觉不睡，瞎喊什么黑的白的！是鬼，活捉了你去！"那男声恨恨的，渐渐模糊了，她在窗外凝神地看着那一团黑，并不怕，反倒走到黑团的旁边。狗马上醒了，灼灼地看着她，摇着尾尖。她伏身一看："哟！敢情是小栓儿，我说你怎么在这儿睡着了？"她推着他的小肩头，半天那个孩子机械地伸出两个手来抱住头，颤抖着哀求地说："大妈！我……我再也不敢了。"她轻轻叹了一口气，安慰他：

"别怕！是我。"那孩子一手扶地一手抱头坐起来，倚着墙惊觉地仰起一张泥污、枯干的小脸看她，他只有六七岁的光景。

"进去睡吧！天凉了，怕受凉。"

"不，大妈打。"

"瞎说，大妈不打。你听话，要不上我屋里去吧！"她说着就要来拉他，他用力坠着身子不起："不，大妈揭我的皮。"她气得喘着说："好吧！你睡吧，明儿我和她算账。"她说着拍了拍那个大黑狗道："黑子！你挤着小栓子一点，他好暖和。"那狗果然挪近了孩子，她恨恨地走进屋里。孩子噘着小嘴看着月眨眼，他记起妈妈的脸，他咬着下唇，撇着嘴，眼泪却一颗一颗地滚下来。他眼里马上发出五色的光彩，他记得妈妈给他做的那个绣着金鱼的红肚兜，他好像觉得眼泪外边是一个美丽的世界，他的眼一动也不动，唯有泪落下去。渐渐地他忘了难过，在梦幻中又倒头睡下。

月冉冉地由西方落下，鸟雀噪了，已经到了黎明，正是一个最有希望的时候。那个在屋檐下过了一夜的孩子坐起来，半天才站起来，他身上并没有减轻疲乏，反觉得全身木木的。那个狗也随着站起来，孩子搂住狗的颈子无言地亲切地偎依着。

"小栓儿！"一声尖利的呼声从北屋门里爆发了。孩子像触了电一般，松手、推开狗、跑，许多举动同时做出来，马上跑到屋里，再出来捧着一个便盆小心翼翼地走着。

厢房的门又开了，一个男人提着一把镰刀蹲在院里，在青石板上慢慢地磨着，哧哧的声音显得院里的空气活泼泼的。屋里女人说："水热了，洗脸来吧。"屋顶上初喷着炊烟，经过了不多的匆忙时间，院里两家人都吃完了简单的早饭。北屋又一声尖利的女人呼叫声："小栓儿！"那孩子拿着一个小破扫帚从外院跑进来，一不小心跌在石阶上碰了嘴，一个小牙随血吐出来。他用手握住嘴，手缝里流出血来，他痛得转着身子，想哭，可是憋回去了，连泪都没有。因为泪是在从容的时候才能流出来的啊！他握住嘴，站在那儿，忘了自己的使命。看！那北门里出来一个怎样的生物呀！天哪！一个妖妇，一缕没梳好的头发衔在嘴里。短衣裤，面貌很动人，眼很大。笑着，衔着头发，拿着小木棒；笑着，小木棒落在孩子的头上，一下又一下；笑着，咒着："叫你不快来！"把头发咬得发出轻轻的声响。孩子手上、嘴边的血仍没流完，再也经不住，惨叫了出来。看！厢房里那个女人也出来了，也笑着跑过来拉住她的木棒说："大嫂，又为什么？"那个打人的女人也笑着，含着头发说："您问他自己。"

"大嫂，他才多大呀！看我们丫头都十来岁了还没起来哪！您别打他了。哟！这孩子手上和嘴里怎么竟是血点子？大嫂！您也是太……"她说着笑容已经收拾净了。那个女人的头发从嘴里吐出来，像一条黑蛇，从她肩上垂到衣襟下，笑得更厉害了。咬着牙笑，可是猛然对那孩子叫道："还不进去！"那孩子小鱼似的溜到屋里，地下留着殷殷的血迹。厢房的妇人板着脸忍着气劝道："大嫂！您对小栓儿太……太厉害了，按说外人管不着您家里的事，可是咱姐妹素日不错，我怕您损了阴德。"

"哪儿的话！我是恨他不争气。既劝我不管他我就不管他，反正都是为他好。他大婶，您屋里坐吧。他大叔上地里去了吗？"

"没哪！我不去屋里坐了，您好歹看我的面子饶了他吧！"

"不打他了！"

"大嫂……还有，晚上您怎么叫他在院里睡，小骨头小肉的受了寒可落残疾。"

"哟！这是怎么说的，多会儿我叫他在院里睡过？准是他起夜完了，困昏啦，瞎倒瞎睡的，以后起夜还得跟着保镖。"她这样说着，两条眉扬了一下，随即转身走到屋门口又回过头来说：

"不坐坐了？我是没做早饭哪！"

"您忙吧！我不进去了。"

两个妇人各回各屋去，小栓儿却半晌没见影子。

厢房的房客搬走了，小栓儿莫名其妙地悲哀起来。在挨打的时候他就想起厢房里大婶的救护，他在饥饿的时候就想起大婶夜里偷偷塞在他手里的大饼或窝头。现在大婶搬走了，为什么呢？还记得大婶临搬走和大妈吵了嘴。小栓儿的噩运来了，天渐渐冷起来，小栓儿觉得更需要妈妈和爸爸温暖的安慰，可是妈妈死了，爸爸在外乡做工。"哦！爸爸在外乡做工！爸爸并没死，找爸爸去！"他心里常这么想，但是总怕大妈追回来揭他的皮，大妈常常这么咒骂他。

外面下雪了，小栓儿在堂屋地下倚在黑狗的怀里半躺半卧的，冷，冷得睡不着。大伯出去赌钱没回来，大妈袖里藏着一把小尖刀找男人拼命去了。小栓儿在灯影里看见大妈自己咬着牙笑，那个尖尖的刀，是揭皮用的吧？他抖作一团。她袖好了武器头也不回地走了。雪无声地下着，小栓儿在黑暗里感到冷！恐怖，恐怖，恐怖呀！他觉得大妈正在揭大伯的皮，他抱住狗抖起来。一会儿心里想起："爸爸还活着，找爸爸去！"他的腿脚立刻灵活起来，拉紧了破棉袄的大襟，打开屋后的门，一阵北风夹着雪花打在他的身上。冷！他穿着一条破夹裤，又肥又大，一双女人的破棉鞋，全身没有半点舒适和温暖。他本能地又关住了门，回头看黑洞洞的魔窟似的屋子，恐怖马上又抓紧他的心，他又觉得屋外雪白的世界可爱了。他又打开门，不容北风进来，咬着牙弓着身子冲向风雪里，黑狗跟在后面。他走到后院，走出后院门，走到村野间。虽在夜里，并不十分黑，到处白茫茫、灰突突的，树啊，山岭啊，却黑黑地布满四周。"爸爸在哪一方呢？"他想着，匆匆地走着，那黑狗却走到前面，嗅着，领导着。

快走到小河边上的时候，远远有人说话的声音，渐渐近了，一个尖利的女人声："不管输赢，就是不许赌！"一个男人低声说："你可把我脸丢完了！"女人说："脸？你还有脸？"女人咯咯地笑了，十分诱惑，但是小栓儿听了这笑声却怕得心跳到喉头，好像听见魔鬼的吼叫。又听那笑着的女人说："没揭你的皮就算你走运，嘻嘻！"孩子和狗同时隐藏在一棵大树后，他们走过去了。

两个逃亡者已经在不知不觉中走过冻了的河身，他们身上不知什么是冷，心里也没有思想，只是走走走。忽然，一点灯光似隐似现地在前面招引他们，正如童话里所常见到的，他们却真向灯光走去。经过了很长的时间，居然看见一个点着灯的窗子。他不敢推门进去，从窗纸破隙往里张望：一个老头、很老的，在灯下两手拿着破烂的票子皱着眼皮数着，大约数了许多次没数清，看他又在重新数。窗外的孩子站着看呆了，忘情地喊着："我替你数！"窗里的老人马上惊慌地把票子装入怀里，向窗外侧着头问："谁？""我。"那老人颤巍巍地走来开门，嘴里叨唠着："谁呀？三更半夜的。"门开了，一阵风和雪，一个孩子，一条狗。老人关上门，看着这孩子半天才说："这么晚出来干什么？"小孩子不会诉苦只说了一句："大妈要揭我的皮，我吓得跑出来。"老人慢慢地问出孩子的遭遇，慈祥地笑着说："孩子，不要走了，给我做伴吧！我一个人老了，想过继儿子，人都嫌我穷，我积攒的那点钱也不够过继儿子的。嘿！你别走了，你给我看门，跟我打打山柴。嘿！这条狗也是个好帮手。"孩子已经在老人的语声里安心地依着狗睡在地下的火盆边了。老人笑着，含着泪念叨着："小东西跑乏了，嘿嘿！"他轻轻地走到孩子身边，用力把他抱到床上，替他盖上一件老羊皮衣服。孩子已呼吸匀净，脸上透出红润，老人睡在孩子身边，狗睡在床下。他们忘了灭灯，盆里的山柴还有未完的红烬，一片和谐。

　　这老人的茅屋离孩子的家并不算远，但是没人寻找他。老人出去打山柴，孩子和狗守着那座茅屋，十分寂寞的时候他就想哼哼个小曲什么的，可是他从来不会唱歌，他就自己随意哼哼着小小的故事："小黑狗你饿吗？我给你烤一块山芋吧。"或者唱："小栓儿，小栓儿，是老大爷的心肝儿。"他现在会笑了，从先他不是不会笑，是不敢笑，不能笑，大妈的笑是制止一切的。现在离开大妈，他敢笑了，他会笑了，老人的笑是幸福的引导。

　　次年的夏天，他带了小黑狗在山坡下割青柴，每次背着一小捆青柴回来，老人就笑着说："我们小栓儿不吃闲饭了，嘿！嘿！"然后老人把青柴晒在屋外，留着冬天出卖。到晚上就坐在屋外的柴堆上纳凉，或者老人讲故事给孩子听。有一天在屋外树下吃晚饭，孩子说："老大爷！今天我的青柴可割了不少，晚上多给我讲一个故事啊。"老人笑着喝了一口稀饭说："故事，我的老肠子都刮干净了，哪儿还有故事？等吃完饭给你讲一个真事儿吧。"

夏夜总是那么可爱，一切都温馨、舒适、美丽，山水的激流声形成一个梦的境界。孩子仰卧在草地上看着天上的星星，老人擦亮了一根火柴点着旱烟管说："小栓儿别睡着了。"老人没说完，孩子一个挺身跳起来坐在一段截了的树干上说："您给我讲个真事儿，是吧？"老人吸着烟，点了点头停了一下说：

"从前，一个打柴的娶了一个媳妇，第二年生了一个小姑娘。打柴的夫妇高兴极了，因为这个小姑娘又美又聪明。所以打柴的更努力打柴，他媳妇更加意地理家，一家三口过得真好。后来这姑娘长大了，能纺能织，能干利落，就是脾气太大，稍微不如意就打鸡骂狗，或者摔纺车，拆织布机……可是她越生气就越笑，高兴的时候反倒安安静静的。唉！"老人的第二袋烟装上了。孩子听到"越生气越笑"心里动了一下，像一个小鱼跳水似的。老人又讲：

"十八岁就出阁了，没有公婆只有丈夫和小叔，还过了些太平日子。只是很少回娘家，见了打柴的夫妇一点儿也不亲，而且嘴比从前更厉害了。她的爹娘就只有她一个女儿，娇养惯了，也不忍心说她。可是她娘因她这么硬心肠就烦闷，害病死了。她到家看了她娘的棺木呆呆地瞪着眼睛，掉不下泪来，咬着牙说：'我娘真苦，我娘真苦。'然后惨叫了一声就晕倒了。大家灌醒她，她什么也不说了。埋了她娘她就走了，她爹就没得和她说话，她娘留给她的贴己钱也没得工夫交给她，她就走了。"老人说着好像在擦眼睛，轻轻地在石块上敲着烟袋，天上掠过一颗流星，孩子的眼光追到天边。

老人好像没留心听故事的人已经转移了兴趣，所以啐了一口吐沫又接着说下去："以后她小叔娶了妻，她们住在一块儿，事情可就麻烦了。

她那怪脾气一天比一天厉害起来，小叔出外做工去了，一直没回来，小婶渐渐地委屈出病来死了，留下一个才会走的孩子。唉！那孩子也许叫她折磨死了，也许不，因为她自己没孩子，她的心也不是真坏。谁知道呢？她那年老的爹，自己打柴卖了过日子，她也不去看他。喂！小栓儿，你怎么躺下了？"老人迟缓地走到孩子身边去，侧耳听听孩子已经在酣睡着，老人把旱烟袋插在腰带里，推着小栓儿的肩膀："屋里睡去！看，打露闪哪！要叫露水浇着可不好，喂！醒醒！"

整整过去十二个年头，孩子已长成一个健壮的青年樵夫，老人因衰老而死亡了。

在老人临终前，打发那个青年给他女儿送信去，说老人在死前要见见女儿的面。青年按照老人的吩咐找到那女人的家门，多么冷落的一个门口啊，黑黑地紧闭着两扇门，青年忽然着魔似的，看着门倒退着，是他儿时的家，可怕的家门哪！他央求了左近的一个邻居叩着那黑色的门扇，那邻居说："这院里只住着一个寡妇。她男人死了好几年了。"门开了，邻人代说了青年的来意，那女人随即锁上门跟着青年走，他大气不敢出，也不敢看那女人的脸，他只知道一个穿黑衣的中年女人跟着他走，他又觉得那女人目不转睛地盯住他。他记起小时的大妈，不过这个女人为什么这么沉默呢？为什么不探问老人的病状呢？哦，他一步一步地担心地走着，好像一步走错就会被鬼抓去撕裂似的。

他们到了路边的茅屋时，老人已死了，面容是那么和善。那位女客人呆立在老人的尸身旁，大颗的泪珠从深陷的眼里闪闪地涌出，青年加倍地呆了，因为他看见她落泪了。她老了，静默了，锐气全消了，她对人们忏悔了，可是人们都离她而去。

丧事料理完了，他却很少听见她说话。在晚饭后，他们点起一盏油灯，默然相对，墙上映出两个庞然的影子。忽然她郑重地说："栓儿！跟我家去吧，娶上亲事也是一个人家。"青年听出她的声音有点颤抖，是诚恳的，从心里说出的，是老人向青年投降的哀声。他感动了，他落着泪，半晌说："大妈！您别发愁，我，我总要养您老。可是，可是我不知道为什么不想回家，您搬到这儿来吧。我也围上一个院墙，再盖两间茅屋，靠山近，打柴方便。"他说着无故地落着泪，她张大的眼睛，好像也含着泪水似的，不过没落下来。她突然站起身来，呆看着老人留下的衣物，又注视了那青年一下，坚决地说："我先回去了，我先自己回去吧。"说着推开柴门走出去了，他点着一束山柴火把，急忙说："天黑了，您拿着一点亮儿。"

"不。黑怕什么，我一人总黑着坐着，路是熟的，还能走出什么错来？"一面说着一面走着，他追着匆匆地说："那么我送送你。"

"不，我还没老到那个份儿上。"声音严肃，果断刚强。他听了不由自主地服从了，木人似的举高了火把照着她的路。她走了，在火光里，在星光下，秋的田野堆着才刈下的禾捆，她刚强地走着回家的路。举火把的青年把脸藏在另一个空着的臂膀里，孩子似的放声哭起来，山水呜咽地陪伴着。啊！人间是这么凄凉吗？他忽然觉得脚边一个黑狗摆动着身子，不过他的小黑儿早死了啊，他低头一看却是自己的影子，被火把照得晃晃悠悠的。他寂寞地叹了一口气，火把更旺了，噼里啪啦地响着，再往前照耀，她已经失了踪影回去了。

（发表于《东亚联盟》1942 年第 4 卷第 3 期，署名刘萼）

七　天

　　叶薇的生日到了，今年她在远远的青岛，我仅给她寄去一个蓝色银花的贺卡，祝她幸福。她见了这贺卡是笑呢，还是怅惘地落泪呢？只有贺卡自己能见得到。我的遐想得不到更清晰的剪影啊！寂寞！

　　她的生日是在早春，丁香出芽，二月兰开遍了草地的时候。

　　七年前一个早春的黄昏，在母校的浅草上，她依着树根坐着，眼里像有没流完的泪水。我把给她过生日的一包糖果放在地上伏着身子问："怎么了？谁气你啦？"她只摇摇头，用黄丝帕揉着眼不回答我。"到底是怎么回事？生我的气了吗？"她又摇摇头，索性委屈地哭起来。我性子最急躁，素日和她又要好，一见她哭，我恨不得问出这个开罪她的人来打一顿；但是她天性那么娴静，平常什么事也不肯多开口，遇见喜欢的事微微笑了，点点头，反对的事皱皱眉，叹口气就完了。即或有什么大不了的事或受不了的委屈就哭了，哭得总是那么绵绵的，那么伤心。今天一定是受了谁的气，我想。我问她，求她，哀告她请她告诉我哭的理由，她只是哭着摇头，后来她见我真急起来，就呜咽地说："你在这儿等我几分钟，我回宿舍去写一个条给你你就明白了。""何苦找麻烦，你现在不会告诉我吗？""不，我说不出口。""那么好吧！"我不得已地答应了，她起来，走了，身影消逝在树叶间的宿舍里。

　　我不耐烦地等着她，我用树枝在地下画着，我用罗马拼音的名字卜算着同学间的情感，比如刘玉英和王淑美吧，她两个的名字是 Liu Yu Ying Wang Shu Mei，把二名间的相同字母消去，再以剩余的字母相减，看剩几个字母，余一是爱，余二是恨，三是敌，零是平常。我写完用鞋底擦去，再写，三对名字都批卜完了，她还没来。我遥望着宿舍的整齐窗子，我数着，忽然二层楼的窗子，有一扇开了，远远地现出叶薇的脸，她向我招手，我飞般地跑到那个窗子的下面。还没容我开口，一个小东西落在我的足边，是空的胭脂盒，我急拾起，打开（窗扇已关上了）里面有一个折好了的纸条，清秀的几行铅笔字："敏，谢谢你关心我！今天下课后听见蓉姐说靖病倒了数月，而且他家也替他预备了棺材。我知道他的病是为了忧郁而得的，为了我而忧郁，我罪太大了。我决定明天请假去看他，他即使死我也甘心了，我以后可以安心地孤独地过一生。今晚下自习堂到后院等我。不，夜太凉，请到我的卧室吧。你的主意多，替我计划计划吧。心乱！请你保守秘密啊！尤其不要被自治会的那一伙子知道。薇。"

我看得呆了，靖是××大学的学生，高身材，很英俊，到我们学校找过薇，听说他很爱叶薇。她呢？也许爱他。不过她就那么静静的，不表示什么。后来她的母亲给她订了一个比较有钱的男子做未婚夫，她自然不愿意。可是，她除了暗自饮泣之外，就没有什么反对的举动了，事情就这样成了。听说靖却从那时告病返里了。这些是听冯慧蓉说的，蓉是靖的表姐，一位年纪比较大而老诚的姑娘，她一向不会说谎的，也不会到处给人散布谣言的，她说靖病笃了，是真的，我也落了泪。一个人因忧郁而至于病，病重了要死，死后装在那么闷气而坚固的黑棺材里，我哭了。

全个自习堂我都未能上好，几次见薇总是在低头写什么，有时像在擦眼睛，我实在觉得她可怜，便写了一个纸条从桌下传给她："薇！抬起你的头来，不要难过，行吗？再那么低着头擦泪，我可要放声哭了。你瞧！讲台上的 Miss B 直看你，敏。"

再回头，她已微微地不自然地抬起头来。

自习堂钟清脆可人地响了，我挽着叶薇下楼。自治会的纠察说："陈敏，你是值日生，怎么不管灭灯就跑？""劳驾！替我灭灭吧，明儿我替你!"那个纠察无可奈何地 per - per 地灭着灯,我笑着走出楼的甬道。

在薇的卧室里,商量了好久,结果她出了一个主意,由我家代她请假,我母亲是她的保证人,就说她祖母病重要她回去(其实她的祖母早已死了),假期是十天。她又留给她那名义上的未婚夫一封信,托我寄了出去。一向安静的薇,忽然有作为果断起来,我真不胜惊讶与叹服。

早春的清晨,我请了一个小时假,送她到车站。进到三等车厢里,人还不多,我们对面坐了下来,紧张的心有了一丝松散。我看薇真美,脸上显然有什么笼罩着,是忧郁也许是希望。绿的夹衣,外面一件黑丝绒的披肩,两颗大的闪闪的水钻扣子时时想要透出些少女心中的消息,不过又被那晶莹的眸子的光抹消了。红唇有些焦灼的渴意,有情致地紧闭着。头发很流行地烫着波纹,大的波纹,层层地梳向耳后。两个绿丝结,把那玉白的耳和颈显得反倒红润了。我悄悄地笑着,顽皮地说:"靖见了你么多的高兴啊,又美,又温柔。""小声点,人家听见会笑话呢。"她静静地说,可是她却笑了。从昨天的黄昏到现在,只有这么一次笑。洁白,小巧,长圆形,闪光的牙齿,珍贵地显示了一下,随即又关在那寂寞的红唇里。

催送行人下车的铃突然响了,我也和人家一同走到月台上。她依着窗子说:"回去吧,到了给你信。""不忙,我再看你一会儿。"

车身微颤了,我们无言地握握手,车走了,把人声嘈杂的月台和寂寞的晨光留给我,看着车头的白烟向着远远的朝日上升、上升,车身已没有影儿了。

薇走后,除了报上登着她和未婚夫退婚的启事,并把那报寄给了她以外,再没有愉快的事了。尤其是那般同学含着讥讽的目光询问:"叶薇怎么好好的退婚了?""叶薇是回家了吗?""叶薇……?"我则只好说:"谁知道啊!""是啊""对了"地应付着。然后便是无趣地上课、下课……也曾得过她一封信,但只是草草地写着"于××日安达目的地,假满后回校聚谈"云云。

白丁香先开了，后来紫丁香也开了，十天匆匆地过去，晚饭后，我在暮色苍茫的校园中独步走着。有的同学七八个人手挽手拉成横的一排且说且笑地散着步，见我孤寂得可怜也把我拉在这一排里。被温柔的手臂挽着，我心里却想："叶薇快回来了。"我们来回徘徊着，她们恶意、好意各半地探问着叶薇的秘密，我除了摇头点头之外很少开口。在我们又开始向宿舍走的时候，愉快使我叫了起来，她回来了，提着简单的行李，我抛下那一群快乐的姑娘，飞奔向仆仆归来的良友。

　　"你回来了。"

　　"你近来用功了吧？"

　　"太寂寞了，只好读书。"我说着代她提着手提包，走到她的卧室。上自习堂的钟声又响了，宿舍由嘈杂又归于沉寂。我陪她坐在微明的房间，见遥远的教室灯光星星似的亮着，是黄的。

　　"幸福吧？他见了你一定高兴得发狂了？"

　　"唉，我到他家是启程的第二个早晨。我先打听着找他的家门。到了，我敲门。开门的是他妹妹——在小学我们是同学，她先呆了半天才说：

　　"'叶薇姐，您从……哪儿来？'

　　"'从学校。'

　　"'快请进来，真没想到。'说着把我引到院里，我没有心绪看什么。她又把我引到堂屋，是两明一暗的北房。里间的门上挂着蓝布门帘，听着有男人的咳嗽声，我心跳了，望着神秘的蓝帘心跳了。"她说到这儿叹了一口气，我从暖瓶里给她倒些水，她喝了，笑着说："你爱听我唠叨吗？"我急切地说："不但爱听，而且足足等了十天呢。"她于是收起笑容望着窗外渐深的夜色，接着说："是他的声音：'谁？'声音悠长而低弱得怕人，我怕突然的事使他的病加重，摇头向他妹妹示意。她说：'没人。'后来她妹妹进去慢慢地告诉他说：'叶薇姐来看你。''谁？''叶薇。''哪个叶薇？''你说哪个？''真是她吗？我起来。''不行，你盖好了，请她进来。''不，我起来。''你不听话，她要走

17

了。'我听他叹了一口气。

　　"我走进去，简单的独身男人的卧室，我感到生疏和怕羞，床上依枕坐着的是瘦削、苍白的靖，有些长发垂在前额，我们无言地注视了一下。我低下头找椅子坐下，他妹妹乖巧地溜开了，多么窘迫的会见啊。"她又停下，我不忍催促她，她正在回味着，片刻又说："他第一句话是：'你怎么想起我来了?'我抬起头来，看他枯瘦的脸样子很伤心，不知他是要哭还是要笑，唇在抖动着。我委屈地落泪了，他瘦长的手想抚慰我，可是我坐得太远，他又无力前移，终于做了几次空的手势，'你再坐远些吧！我的病会传染的。'他痛苦地说。我为表示自己的决心，就坐到他的床边上，他突然倒在我的怀里呜呜地哭起来。我冰冷颤抖的手抚着他那火热的头，不知如何是好，他哭了一刻多钟，也许还久些，才渐渐地抬起头来看着我。"

　　"他哭完了似乎高兴地坐直了，说：'你怎么也瘦了?''还不是一样吗?'我回答着。他拉着我的手突然惊讶地说：'你的订婚戒指呢?''退给他了。''真的?''自然！五六天以后我的同学就会寄一张登着退婚启事的报纸来。'他显然快乐起来，紧握着我的手，大声说：'我要好了，我不会死了，妈妈来！妹妹！'他如报佳音的天使似的呼唤着他的妈妈和妹妹，她们也好像在堂屋已经等了很久，一叫就到了。"她说到这儿笑了，我也乐得直跳脚，她说："别跳了，楼下有人会骂你的。你听我说啊，那天他吃得也多，话也多，他一家人都欢喜起来。他父亲是村中半绅半农五十余岁的长者，很和善。他母亲是一位勤恳的老太太，慈祥而善谈。他还有两个哥哥，两个嫂子都在外面干事。他妹妹和我是老同学，所以和我非常亲密，据他母亲说他家虽不富有，但是足能温饱。除去他的病以外没有忧愁，他的病能痊愈了，他们的家庭真是幸福呢。

　　"第二天早晨他要下来走走。他母亲不肯，他乞求地给我示意，叫我替他求情，我只得说：'伯母叫他下来试试鞋，我给他带来一双拖鞋。'我拿出从先做了没有机会给他的一双白帆布拖鞋，绣着紫罗兰花。

他快乐得几乎从床上跳下来，连说：'谢谢！'他母亲含着泪珠微笑道：'傻孩子，把病都忘了。'我们扶着他走。他的身体倾向我，这样愉快地走了几分钟，就让他休息了。

"以后他每天出来到堂屋走走。有一天就是你给我寄去报的那一天。那天暖得很，我坐在院里一个小井台上择菠菜，谈着他的病。井里嗡嗡地响着回声，我真喜欢。我觉得他那天胃口特别好，要吃菠菜馅的饺子。我精细地择着菜根和枯叶，扔在地下，小鸡就迅速地啄着吃，村居真幸福啊！我深深地幻想着将来，忽然他妹妹跑来了。原来他穿着长袍、拖鞋，扶着手杖走出来了。我也站起来，拾起我们择好的菜跑去扶他。他说：'这两天也不知是哪儿来的力气，走着并不累。'他妹妹搬来一条板凳，放在太阳地里，叫我扶他坐下。她却接过菠菜去了厨房。他说：'这个小院子好吗？井那边还有海棠树和丁香，花都开了。'我还没来得及回答，忽有人敲大门，他妹妹跑去开门，原来是你的信，还有那报纸上退婚的启事。他高兴极了，突然进里屋去，一边走一边说：'我要好好养病。'他那么天天安心地保养，肯吃药，肯睡，什么都乖乖的。有一次他问我：'假如我的病传染你怎么办呢？''没关系，反正……'他热烈地抱住我第一次说：'我爱你！我要好好地养病，等着你和我一起住在这小院里。'后来他突然伤感地说：'我的病还有好的希望吗？'

"我听了非常镇静地说：'好好的说什么？不痛不痒的，怎么会没有希望呢？'我虽然这么说着，可是想起那天，在他们后院的闲屋子破窗纸里看见的那口黑棺材，心里的光明快乐顿时被一重阴影遮住。"她说到这儿声音酸酸的，我不知道用什么话来解劝她，我听得呆了。她又说："在他家住了六天，第七天决定在次早起身，他一天都不肯叫我离开他，可怜的人！他不说什么，只是问：'我还见得到你吗？''什么时候你再来呢？'我再三说一放暑假就去看他，他才放心，笑着数着暑假的日期。"她稍停，寻思着……又说："他的卧房外面是堂屋，我和他妹妹睡在外边，和他隔着一层木板，这木板上面有一个小巧的圆窗，两个半圆的刻花的窗扇里面糊着湘色绸子，可以打开。在别离的前夜，这小窗子完全开着，他不肯关上。外面下着凄凄的春雨。夜是凉森怕人的。他说他怎样也睡不安适，从小窗伸过苍白的瘦手来，我觉得他手的温度太高了：他正在发烧！我劝他安心睡，他逼我唱催眠歌，他妹妹装着睡熟。我只好唱了一次 *Baby Sleep*。他好像真睡着了似的，我才安心躺下。一夜心惊跳着，听着外面凄凄的冷雨，想着我的未来，落着泪。

"昨天早上我起身向他说再见，他很刚强，我的眼酸酸的，不敢看他。他却笑着说：'我们虽然相聚不过七天，但是我们还要见面的，也许不久的重逢以后就永远不分别了。这七天是我们幸福的开始啊，我们是欢别。'又说：'无论如何，我等你到暑假。'他的话好像含着什么不幸的预兆在里面。不是吗？"

我听得眼泪涨满了两眼，我不顾及地大哭起来。这时已下自习堂了，薇的同屋进来见我哭，就说："你们好好的，才见面打什么架？"又问："叶薇，你祖母好了吗？"叶薇只得说："好了，谢谢你。"

五月榴花开遍了各处，校中忙着大考，尤其我们毕业生，更形忙迫。我和叶薇很少谈到靖的事。一个正午，饭后我们忙着往洗脸房跑。那天很热，谁都想去洗澡，忽听校役在楼下喊："叶薇小姐快信！"我俩把手巾抛开就跑下楼去。她一接那信就呆了，也不拆信，反把信递给我，我莫名其妙地看着她。她说："你看看，准是靖死了！"我打开一看，果然是：

薇姐：

　　你不要难过，三哥不能等你到暑假了，他已永久安息。在五天前的早晨，他忽然叫我拿你给他做的拖鞋，穿上走着，大家知道他数月来已渐渐好转，并未加干涉，谁知晨风正凉。他究属体虚，在院中受了凉，晚上发起烧来，医药无效，昨天早晨，他就被主接了去。不过他还安慰妈妈说："不要紧，我心里很痛快。"谁知他竟在快乐中逝去。姐姐！你不可以过于悲

20

伤，本来妈妈不准我告诉你，可是我以为终究你会知道的，与其将来痛苦，不如早点知道好。再谈，祝

　　健康！

妹晓卉

　　我手足无措，怕她悲伤过度，谁知她除面色苍白得怕人以外，没有哭，很镇定。慢慢地说："洗脸去吧！"我扶着她上了楼，洗完脸，回到她的卧室。她脸上什么也不擦，从衣箱里找出一块缝好了的黑纱缠在左臂上。我惊讶地问："什么时候预备的？"她轻轻地说："很早了。"自此以后她依然上课、下课，只是更静更寡言了。

　　暑假后大家都升学的升学，返里的返里，叶薇被校中保送免考入××大学，她却放弃了学籍到很远的外省去做事，也常有信给我，心里无伤感，无愉快，总是静如秋天的湖水，问候着我的起居。事变后她到青岛去了，她告诉我她爱海水和崂山，我倒替她高兴。

　　又到她的生日了，她静静的仍未嫁人，光阴又加了一年的记录，心的创痕更深了吧！

　　　　　　　（发表于《辅仁文苑》1941 年第 9 辑，署名莎芙）

毁

酷夏的中午，除了蝉鸣以外，一切都是在沉睡的状态里，阳光越强，大地越沉寂。村中农家后门外的农场上，晒着许许多多新摘下来的又宽又长的青高粱叶子，只留出一条小土路，在树荫下蜿蜒地由西向东拖曳而下。此外全是绿色，树、草、菜园、田地……都是绿的。

一个十八九岁的少妇夹着一个小包，在路上匆匆地由西向东走来，不时地回顾着，好像怕人追她似的。她满头汗，短衫是白色的，都被汗湿透了。她脸上没有大人的忧郁，却有孩子的恐怖。她并不跑，天太热，走已经使她很吃力了。在村里头一个小黑门道里正伏着一条吐着舌、喘着气的狗。她走进这个小门，好像犯人逃到自由地一样的快乐，走得更快了。狗在后面摇着尾巴跟着她走向更深的小院里。

下午烧晚饭以前，在一个开着窗子的小屋里，炕上坐着一个上了年纪的老妇人，地下站着一个年轻的媳妇，在地中央，那个逃归的少妇半裸地站着。她下身只穿了一件很短的小衣服，手背上、脊背上、胸上、脚踝上完全是青的、紫的、带血的伤痕，还有疏密不等的红点，也是伤痕。她母亲几乎半昏迷地坐在一个圈椅上，脸伏在双手里哭泣。

少妇向那老妇人说："奶奶！我不是撒谎吧？他们用皮鞭子抽我；用谷火头烧我的肉。我不能回去，回去就得死！"年轻的媳妇问："到底为什么呢？""为扫地，土地扫过了，不许留下扫帚道儿。为烧水，烧水用很细的高粱秸，要劈得细细的，稍粗了就说烟燎子气。洗衣服不用肥皂，用水沏柴灰，再滤出清水来，洗不净不行。每天总有一次毒

22

打。""谁下手打你呢?""婆婆打的时候多。有时候吩咐他……让我丈夫打,打轻了,他也有不是呢。他常因为我受气。"她说到这儿,落下泪来。

年轻的媳妇给她披起一件长衫子,叫她坐在小凳上。老妇人也有些凄然地说:"我活了这么大年纪,没见过这么毒的人!可是,孩子,你也不能就这么不明不白的,你先回去,要有个三长两短的,奶奶替你报仇。"

"报仇也晚了,奶奶!爹赶集去了,什么时候回来?我就是走也要见我爹,省了死后再托梦。""你爹要很晚才赶回来。你今天回去吧,过了夜再回去更不好说了。"

"奶奶,你老为什么必得叫我送死去呢?不回去不成吗?你老没挨过打,不知我多么怕疼呢!在这大热的天,你老拿着蒲扇坐在树荫底下还嫌热呢,我为什么必得去做苦工,流着汗的皮肉去挨抽、挨烧、挨烙呢?我不是人,我是铁屑也要热化了。"她说着呜呜地哭起来。

年轻的媳妇看她顶撞了祖母,也许会发生什么不幸,小声说:"姑娘有事慢慢地商量,别着急。""嫂子,你不知道,咱们女人八辈子倒霉,受双料的气。"她气愤地说着,嫂子也若有所感地拭着泪。

"英子,不是奶奶狠心,俗话说'十年的媳妇熬成婆',慢慢忍着,上个三四十岁,婆婆、公公老了,你一当家就好了。谁不是从十几岁做媳妇慢慢熬着呢?"

"熬出来也老了,还有什么意思?再说谁也不能像我这样受罪。我今年才十九,一天一天地要熬多少长长的天才能见天日呢?"英子说着拭着眼泪。

"你要知道,你爹是正正经经的庄稼人,你哥哥也是要脸面的人,你既遇见这个命,就得忍着。要真和婆婆家闹翻了,你爹、你哥哥的脸面往哪儿放呢?你又不傻,你想想是忍着好呢,还是叫你爹、你哥哥没脸见人好?"

"我就不信,必得叫人收拾死我,再叫我充烈女,爹和哥哥就光彩了?"英子反抗着说。

坐在圈椅里的母亲昏过去了,年轻的媳妇忙过去扶住,喊:"妈!妈!醒醒!"英子跪在母亲脚下哭。一会儿昏过去的人呼噜一声,痰下去了,又哇的一声哭出来:"英子,英子,听奶奶的话,先回去,你爹回来再……想……办法……"以下什么也说不出来了,只是哭。

英子站起来擦净了眼泪说:"妈,你老也说忍着吗?那么,我走。你们别着急,我一个人,怎样都没有关系。"她提起小包就走了。老妇人下炕紧走了几步想拉住她:"英子,给你几吊钱拿着。"可是她早已走出院子了。嫂子跑着送她说:"姑娘,等你哥哥从外面回来,赶了车接你去,回来多住些日子。"她像没听见一样匆匆地走出去,走出后门,到了那条小路上,预备到婆婆家去。

夏日漫长的天,太阳早已偏西,但是暑热毫未减少,小路上的树荫反比正午减少了。她身上的伤又疼起来,内心像蛇咬住似的抽筋,步子放慢了,一寸一寸地往前移,如同带了脚链子的囚徒。

农场上已不如正午那么静了,许多男人用木叉挑翻着高粱叶,妇人和孩子也忙忙碌碌的,收积着、搬运着……牛马在菜园边吃着青草,甩着尾巴,安闲自在。她孤独地走着,只有家里一条忠实的狗,在后面护送她,别的狗远远地空吠着。农场上的人用疑问的眼光看她,用手在前额遮着阴凉看她。他们心里纳闷:"出了阁的女儿,没人接没人送的,大太阳底下跑什么呢?""她娘家没听说有什么事,又不是节,又不是年的,她跑什么呢?""……?"村里的人忠厚吗?他们有很刻薄的心思和口舌来批评别人,在不正当的狭义的礼教范围内施行着损人利己的行为。英子心里明白,自己现在是十目所视、十手所指的,于是脚步加快了,几乎是在跑。

小路的尽头是一座小石桥,潺潺的河水由北向南流去。这儿是村外,四野有更高更大的高粱棵,河的两岸是柳树,蝉"吱啊!吱啊"地叫着,她见这儿没人就站住了,狗也知趣地伏在桥头上。她低头看见它,好像看见亲人似的弯下腰来拍拍它说:"大黑子也来了?回去吧,

24

桥那边就是阴间呢，你懂得吗？我就要死了。你回去吧！"狗反而站起身来，摇着尾巴不走。她说："回去！去，回去！"它还是不走。她掩着泪，看着长流的河水，空想着安静的乐土。

她正想纵身跳下去，忽然脸上热辣辣地挨了一掌，她一看呆了，婆婆怎么到了这儿？铁青着脸，一双薄皮子眼，两张灰紫片子嘴唇，头梳得光光滑滑的，左手拿着一把大蒲扇，右手空着打人：

"贱货！跑头子！恋着野汉子就别嫁人，我们家的脸都叫你丢净了。滚吧！还有脸回来哪！"

"你老嘴里干净点儿，我回娘家拿点儿东西犯什么法了？"啪！啪！又是两个嘴巴，她的嘴里流出血来。

"犯法，犯家法！还分辩呢！还顶嘴呢！我叫你分辩！天生他妈的贱种！不打受不得，谁许你分辩？偷跑了还有理呀？到这儿就得听我的！"她响亮地、机关枪似的骂着。英子着了魔似的跟着她走，走向恐怖中。狗被关在大门外。

没有月亮的夏夜是神秘的，英子的爹握着一杆旧式的鸟枪坐在高高的篷铺里，看守着祖遗的菜园。天上倒有繁多的星星，田园里寂静到了极点。这篷铺是用芦席搭在杉竿的架子上的，高高的尖顶的小亭子似的原始建筑物，并铺着平平的木板，四面没有遮盖的东西，耸立在菜园中央。即使有很小的兽来偷吃瓜、菜，也会被发觉的。青蛙代替了蝉，呱呱地叫着。

蜿蜒的小路上一个黑影移动着，渐渐地走进菜园的栅栏门。英子的爹说："谁？过往的哥们歇歇脚吗？"黑影没回答，他紧握了鸟枪又说："说话呀，哥们！要不，我可放枪了！"黑影一跛一跛地走近了："爹爹，是我，别放枪。"说着移动着。"谁？是英子吗？三更半夜的，你上这儿干什么来了？""爹，你老有洋火吗？点上灯笼看看我。"

他点起灯笼来，一块黄布敷在一个满面血痕披头散发的女人脸上，他握枪的手抖了起来，惊叫着："哎呀！怎么啦？英子……""他们打的。""谁打的？""婆婆。""为什么？""为我今天晌午回家。""晌午回家？我怎么不知道啊？""奶奶没肯告诉你老，我本来因为他们打我，疼不过才回家，想侍候你老和妈一辈子，不回他家去了。可是奶奶说脸面要紧，迫我回到他家。他们用铁通条打我，我的左腿也拐了。脸上是指甲抓的，他们说我不要脸。""小畜生也狠心帮他们打你吗？""他，他进城赶集去，还没回来。""这还了得？什么叫脸面？""哎哟！腿疼，疼啊！"她倒在韭菜畦里。

"你等着，我叫你妈和你嫂子来搀你回家，我给你报仇去！我不要命了，你好好养着，爹受不了这口气！"他迈开大步扛着鸟枪要走，菜畦里的英子喊着说："爹，消消气儿啊，只要你老容我在家住一辈子，我就能活了。你老可别气着。""可是这口气怎么出呢？我好好的孩子叫他们收拾坏了。"他站着扶着枪仰天长叹：

"唉！英子，爹不该这么早给你找这门亲事！你，你这辈子就完了。"

一年后。

英子的丈夫另娶了，她一切嫁妆都留给这新妇人享用着。英子身体上的伤痕早就养好了，终日大门不出，二门不迈，帮助妈和嫂子做饭，做针线活儿，安静地在家里活着。祖母已经死了，一家人倒很自在。

又到了新年，村中前街上有一队唱秧歌的。嫂子在门里，从门缝往外张望，后来回头向西房的窗子招手："姑娘，来看看热闹。"她寂寞的心听见了秧歌的喇叭和锣鼓声，早想像孩子似的跑出去，看见嫂子招呼她，更忍不住了，立刻出来在嫂子的身后也从门缝里往外看，一眼看见一个青年在人群里，他不看秧歌，却向这门口凝视着。

她一下子关上大门，把她嫂子吓了一跳，她拉着嫂子说："他，他也在外头呢！他瘦了。"说着泪如雨下，扶着嫂子再也说不出话来。

外面的秧歌喇叭还在吹着五更调。

（发表于《妇女杂志》1941年第2卷第8期，署名雷妍）

瞎 公 主

瞎公主死了。

她并不算老，而且十天前她还兴致勃勃地活着。那天早晨，她收拾好了行装打发她的弟弟担到火车站上去，她却骑了一匹青骡子在后面随行，她丈夫送到门口，眼巴巴地看着她蹬着槐树根下的大石头上牲口，他小声说："到那儿先来信，省了我不放心。""是了，你回去吧。一个人早睡早起，少出门，少惹气，我找着二麟要完钱就回来。"她说着头也不回地用鞭子往牲口后身一甩，就嘚嘚地向大道驰去。一道白茫茫的土烟扬起，掩住了她的身影，在初放芽的槐树下还呆立着那离开妻子的丈夫。

谁想到没有半个月她就死了，据说是从火车上摔下来死的。她的灵柩由她的养子二麟送回乡来，是一个黑色的棺材，漆得油亮乌黑，钉得很紧密，她的丈夫要打开看看，大家劝阻住，于是他就疯癫了。究竟她的尸体是整的是碎的，或是什么样子谁也不知道。可是乡间又多了一个动人的新闻："瞎公主死了。""被人从火车上推下来摔死的。""不，她的养子发财了，嫌她总去麻烦害死她的。""呸！人家二麟是好生意人，谁不说他孝顺？""一定是她自己不小心掉下去摔死的。""……"其实当她死时谁也没有在场，可是争论起来比目睹实情的还认真。公主的丧事办得很奢侈，凡本村外村有头有脸的绅士或读书的人都来吊唁，她的丈夫真疯了，见人来就问："你们都是两个人吧？我怎么就剩下自己了？"没人能回答他，只好叹口气来表示同情。也难怪，他只有四十多

27

岁就死去心爱的伴侣，怎能不伤心呢？这村子里从此多了一个疯人，也多了一个阔绰的二麟。

瞎公主的父亲是皇帝吗？自然不是，只是一个农夫，姓乔，行三，人都叫他乔三，他也和别的农夫一样很早就娶了妻，她也和别的妻一样一连给他生了四个女儿一个儿子，乔三的生活立刻窘迫起来。幸亏这妇人很勤勉，又把几个女儿调教得巧生生的不吃闲饭了，就是那独生子在七八岁时每天早晨也要背着小粪箕子到路上去拾牲口粪。他们第四个女儿生来尤其乖巧又美丽，十里八里之内没有这么好的姑娘，家里人都爱她，尤其乔三夫妇更拿她当眼前花似的看待，并且时时对于她的命运作着种种的揣测："女儿生得太好了，命就薄，咱们葱儿就太生灵透了，多会儿给她请个先生来算算卦。"乔三在院里乘着凉说。那是暑天的晚饭后，他的妻在对面没回答地坐着，女儿们在房里点着栗子花火绳赶蚊子。葱儿听父亲说要给她算命，她一面依着窗扇一面用蒲扇在火绳的香烟里和姐姐们赶蚊子，她说："可别叫瞎子来给我瞎算啦，说得好啊劣的，我嫌丧气。""唉！都十好几岁了，还是矫情，可怎给人家做媳妇？""不做媳妇还不行吗？做媳妇也得叫他们听我的，我可不能像别人，当顺民。"葱儿又不服气地说。她娘恨恨地说："小丫头，也不嫌个害臊。"

第二天大家睡午觉的时候，葱儿用五月积下来的麦秸编小花篮、小扇子等玩意儿等着乔三赶集去卖，不知为什么她的左眼忽然奇痒起来，她用手去揉，指上汗粘着麦秸的碎皮不小心揉到眼里去，越揉越痛，用镜子一照整个左眼完全红了，痛还是止不住。本来父母就疼爱她，又因工作弄伤了她的眼怎能不急？马上请了本村的针灸先生来在她左太阳穴上扎了三针，果然晚上就不痛了，红也渐渐消了。只是次早起来梳洗的时候，觉得左眼麻木，不得力，她也没留心。不几天在她左眼珠上生了一个米粒大小的白点，她总觉得左眼不灵活，有一次她用手捂住了右眼，试试左眼到底发生了什么变化，啊！左眼看东西只是一片模糊，她心跳着，恐怖地小声说："天哪，我瞎了一只眼睛！"

乔三对女儿的忧虑不再是那捉摸不到的"薄命问题"了，却是瞎了一个眼睛的实际不幸！葱儿倒没有她父母的一半儿的忧虑，她美丽的轮廓和姿态足以掩蔽她的缺点而有余，只要有一颗清楚的心，她相信一只眼和两只眼没有分别。

三年内嫁出两个姐姐，三姐和弟弟也都定了亲，只剩下美丽的失了一线光明的葱儿还没有婆家——自然是太好的人家不肯来提，太坏的主儿乔三又不肯应。

一天乔三的女人叫进一个算命的先生来，这先生给了乔家一个花火似的希望，不知他根据什么推算的，说葱儿是公主命。又说："要是在前清，她要不是公主呢，就是别人的八字克着她。现在有大总统没有皇上了，她的命是大总统小姐的命，反正……反正不是……"他没说完，乔三也明白"反正不是穷庄家丫头命"。还是"公主"在民间的势力深，她的父母知道她不但命不薄而是大富大贵的"公主命"，于是逢人便讲，直接间接地夸赞着女儿的"公主命"。乡间人很忠实地送给她一个亦风亦雅的绰号："瞎公主"。瞎字的用意自然是叙述她的左眼上那个白点，远村近村谁不知道美丽的瞎公主呢?!

果然公主的红鸾星动了，那是她家斜对面阎寡妇的独生儿子，从城里的国民学堂放暑假回家后发生的事。阎乔两家的菜园是毗连着的，一个下午葱儿在园里摘芸豆，偶一回头，见邻园一个穿白裤褂的小伙子木立地向着她看，她低下头去想："他是阎寡妇的儿子，学名叫守业的。"又想："他只有一个妈，有一顷多好地。"她摘完豆子出栅栏门回来，那人却站在旁边等着她，他们自小认识的，可是他仍呆呆地注视着她。她却大大方方地笑着说："新从城里回来吗?""可不是，过两天给三叔三婶请安去。""不敢当，闲着去坐啊。"清脆的声音还在守业的耳鼓里打着圈子，她已走远了。

接着阎寡妇托人向乔家去提亲，结果顺利地成交了，一个公主命的姑娘嫁给一个有着一顷多地的财主，正所谓门当户对，何况还真个郎才女貌呢。

婚后四五年并没有小太子降生，在阎寡妇自然失望得求神问卜，就是瞎公主自己也在心里打着算盘，只有守业一点也不急，他只要有公主守着他什么都觉得满足了。高等学堂毕业了也没有一点光宗耀祖的营生，这真使美丽的公主伤心，她羡慕别人门前来往的多是读书人，她羡慕着官绅出入的骏马高车，她恨自己的门前冷落。她嫁前憧憬着自己嫁了这学堂毕业生之后一定有享不尽的荣耀、看不尽的风光，嫁了以后才把嫁前的幻梦打破，才觉得自己的丈夫是个十足的"废物"。她开始羡慕自己的姐姐们嫁给那能在土里掘食的农夫！真的，胸前生着汗毛，四肢凸着肌肉的农夫多么可爱呀！她从前想公主的丈夫应当是斯斯文文的状元郎，一见女人就红脸，怪有意思的，可是做起国家大事来却笔力如锋。她现在才知道斯斯文文的守业是"废才"，于是她觉得公主的丈夫是应当让那力举千钧的勇夫去当，勇敢的人才能痛痛快快做些事业出来。这么一转念，她开始对自己的丈夫厌恶起来，婆婆近来又言里语里抱怨公主不生育，因之引起她隐了多日的怒焰！走出走进指桑骂槐地反驳着："也得要祖上的阴德，还得看后人的本事，谁也不能像母鸡似的没公鸡也下蛋！"婆婆反倒理亏似的不出声了，她在阎家的地位又高起来。

正巧一个乡绅要在村里办学堂，找不到房舍，公主硬做主把后院三间东房收拾出来让给乡绅办学堂。婆婆除了叹气没说什么，守业只有从命。

三间东房一个大院落，几十个光头小学生，一个患贫血病的先生，学堂就成立了。这些并非主要人物，那三间课堂倒成了村中要地，成了官绅聚会所。最初守业也是要人群里的一员，渐渐地熟习了，公主也加入了，后来索性公主代替了驸马。而阎家的正堂屋也代替了课堂，来往有官绅、书生和高车骏马。乡民对公主生了敬畏的好奇心，说官司，买地亩，讲人情，行贿赂……以及大小公事都逃不开阎家的正堂屋。举凡阎家的亲友、佃户、长工……都殷勤起来，三节两寿有不断的贺客。阎家母子莫名其妙地觉得家运繁荣起来，家风也由农民一变为绅士，可怜

30

的阃寡妇却在幸运中亡去。只这一件丧事惊动了四乡八镇，门外四棚子吹喇叭的不停地替换着由早吹到晚，由"大悲调"吹到"哭长城"，半个村子都挤满看热闹的人和纸扎人物宫室的殉葬的"烧活"。谁不挑着大拇哥说："切！公主喔！见过大世面，县长太太请她吃过两回饭。""人家出殡县里来了四个师爷，咱们老百姓上哪儿比，木头蜡台没处摆。""人家一根牛毛也比咱们胳膊粗。"

　　一个不下雨的春天，加上一个多下雨的夏天，弄成一个荒年。秋收只有二成，去了苛捐杂税，人民只好吃观音土。第二年的春天，"饥饿"侵袭着农村，那年瞎公主已经三十六岁，她的田产由一顷加到五顷。在荒年的春天，她开了仓房命人煮老稻米饭，她穿着青洋缎的衣裤，坐在堂屋给一个三色的狮子猫梳理着柔长的毛，心里想着嫁后的一切：怎样节省着钱联络官绅，怎样放高利贷，修盖住宅，添置地亩，捐钱在村中建立新小学……十几年来一天比一天富裕起来，可是一想到将来就觉得空洞了，凄凉地幻想着所需要的儿女。守业正从外面遛完鸟回来，三十多岁的男人脸上一点振作气象都没有，一天除了吃就是睡，遛鸟……不做正事，也不闯祸，不生产，也不败家。总是那一股子老实劲儿，说话的声音近来都小了。她又觉得他可怜，在他这年纪的乡里人，很多已经做了公公或岳父，甚至做了祖父，自己却一男半女都没替他生。她看他把鸟笼挂在天花板上垂下来的铁钩子上，摘下帽子来无聊地扑拉着头皮，坐在椅子上叹了一口气，看着外面灰色墙上的日影出神。她心里觉得酸酸的，眼里也润湿了，可是她不肯哭。在她这半生，除了婆婆死送殡时哭给别人听过以外，她简直不会哭。少女时代瞎了一只眼都没哭，所以她用手帕揉回去泪水，温和地对丈夫说："你出去这半天，饿了吧？厨房熬好了的大米粥，喝点吧，要不吃点核桃酥？"守业很久不见她这么温柔了，感激与不安地搓着手笑着说："不饿，不饿，你忘了？我早上吃得那么多。"

　　"街上有人吗？"

　　"唉！有人也不多，逃难要饭的可真不少。"

31

"听听！你说的这话呀，人不多，逃难要饭的可真不少。要饭的就不是人吗？"

"嘿！嘿！你别挑毛病不行吗？你不知道我嘴笨吗？"他笑着说，"可是说真的，要饭的饿得不像人形了。村外柳树底下坐着娘儿三个，那个娘捋了一大把嫩绿芽，一把一把地往一个男孩子手里塞，那男孩便更快地塞在嘴里，不嚼就咽了。她和那大女孩都饿得咽着唾沫。"公主一下子站起来又加了件厚夹袄，走到外面。见那吃柳树的母子正向她门口走来，见她就都跪下了，磕着头乞求着："修好吧！奶奶，我们娘儿仨要饿死了，周济周济吧！要不你老就留下他们俩支使着。只要有饭吃，什么他们都肯做。"那妇人的头发茅草似的蓬乱着。脸像树皮，眼里似黑非黑、似蓝非蓝地闪着乞求与恐怖而混沌的光，好像她自己犯了什么过错似的，那么惶恐，宁愿骨肉生生分开，换一餐饱饭吃。公主心一动，仔细看那男孩已经十一二，女孩也有十四五岁，都是眉目清秀，除了瘦以外没毛病："瘦是饿的，喂几天就胖。"她想着就把这三个乞丐叫到院里，关上门。后来她知道这两个孩子有一个教书先生的父亲，可是家无存粮。在这荒年贫病交加，就在一个月前死去了，他们母子更无依无靠起来。公主给她们喝了一顿饱饱的粥，又给他们找了几件旧衣服，结果她给了那个娘一斗米四吊钱，留下那两个快长成的孩子，又逼守业写了一张字据，叫那女人画了十字押，印了指纹打发那女人走了。孩子们开始惶恐地做着公主的儿女，守业劝她说："羊肉贴不到狗身上，他们也不小了，怎能拿你当亲娘待？"

"你不用管了，我自有办法，人心是肉长的，好吃好穿地养着他们，莫非他们还能害我？"经她一驳，守业也默然了。

女孩叫大妞，男孩叫二麟，不上一年都出落得干干净净。村里的孩子都不敢和他们玩，他们整天像探亲的客人似的前门走走后门探探。女的不纺线，男的不拾粪，倒都上村里那个小学堂，只上半天，下半天由公主施些家庭教育。

不知为什么，大妞跟着人家逃走，谁也不知她上哪儿去了。可是公主也没找，她心里想："早点给二麟娶媳妇。"真的，在二麟十五岁那年公主就做了婆婆，二麟在新婚那年就随了一个乡绅的兄弟到外省去学生意。那个新娘在这有财有势的人家反倒娇嫩起来，一个月倒有二十几天在灾病中呻吟，毫不能继续公主的志向做一番事业。公主的原意并不是要像别人家一样使唤媳妇像使唤牛马一样，却是要她来接承江山的，由五顷地发展到十顷，叫人夸一声："阎家有好后人。"可是这新娘却是病着，虽然比公主还美，可是脸上面容总是忧郁的，就是偶然对公主笑笑也是勉强的。终于在二麟十七岁那年新娘死了，在装殓的时候见死者的胸前刺着三个蓝色的字。公主认得头一个字是"王"末一个是"山"只有中间一个字不认识。等装殓完了，她记得笔画，写下来问守业。他告诉她："这字念'茂'，就是茂盛的意思，伤人灭口的，你怎有心肠问起字来？平常你肯问别人也不肯问我。"她笑笑，低声说："我看这字怪有趣的。"她心里默默地念道："王茂山。""这分明是个人名字，新娘娘家姓马，这姓王的……哦！可怜的孩子们，倒叫我破坏了他们的婚姻。"她觉得这孩子死得太委屈，她一直把这件秘密藏在心里。立刻说媒的走破了路又来给二麟说媒，公主也没死心地想再娶一个继业人。只是二麟说柜上忙，不肯回家，公主只得自己努力继续着支持门楣。势力与财产并不减少，只是年纪一天一天一年一年地堆积起来，她感到奇异的寂寞侵袭着她的心，对丈夫的同情更加重了，反倒显得伉俪情笃起来。

野心并未因年纪而减少，所以自从二麟不回家，她每年春末夏初的时候都去外省看他一次。她给他带着衣服或什物，回来给丈夫带来大片的叶子烟和蘑菇木耳等。二麟做了钱庄小老板以后，她就空手找他去，却带着上百的洋钱回来，阎家的声望又高了一层。

这次她又习惯地出门到外省去，却没活着带钱回来。

当她的棺材入土后，守业一天比一天疯了，二麟也不再上外省去了，支持着阎家的门楣，管理着阎家的产业，阎家本族却都敢怒不敢言。好心的，只是偷偷给守业送点可口的吃的去，而且在他们送吃的去时，守业清醒地说："我前世作了孽，不然这一世怎会得这样的下场？"说完这句清楚话就哭起来或者笑起来，坐在槐树根下的大石头上看着蜿蜒的大道出神，或者喃喃自语、招手、点头……后来就谁也不管他了。不久二麟又有姐姐来探望他，还有一个和他容貌十分相像的老妇人跟在他姐姐后面，这些人承继着公主辛苦经营的江山。公主的影子和名望渐渐被人忘记了，阎家的门前也没有高车骏马的踪迹，高大的宅院，像鬼屋似的关着黑大门，冷森森地占据着半个村庄。

（发表于《妇女杂志》1941 年第 2 卷第 9 期，署名雷妍）

寻求文化的家族

　　窗外雪花如鹅毛，被风叩着玻璃的窗扉，有如一个不速之客急切要进来避风暴，给室内增添了不客气的骚扰。这是一间小休息室。虽然小，但仍没有炉火，也就不胜其寒冷凄暗了。我正读着一本笔记，坐在我对面的赵也在读一本书，光线是那么暗，屋里又冷，我们不约而同地放下书本，抬起头来，寂寞地相对一笑。

　　——天真冷，阴历才十一月啊！我是最怕冷的，说着搓着手。

　　——冷吗？比起家乡来好多了，不过家乡这时候早生起炉火来了。她一向是沉静而有主见的，我听着她的话，想起她生长的地方——寒冷多雪的鸭绿江畔。我不由得对她看了看，她天然健康的体格在这凄暗的小屋里毫不畏缩地坐着，那么直，脸向着窗子看雪花。一对没有边缘的眼镜，冷冷发着光，我知道她又在想她那冰天雪地的乡景了。

　　——在贵乡已经生炉子了吗？我憧憬着问。

　　——啊！早生起壁炉了，说土话叫火墙呢。

　　——火墙？屋内该多暖哪！我不胜羡慕地又搓着手，对她的家乡感到莫大兴趣，由于再三地发问，她启开沉静之门。她从来寡言的性格似乎完全消隐了，为我讲起家乡的故事：

　　因为山林里有过多的木材，所以我们的墙壁里有着不小的柴炉，屋内永远是春天。当我们出去的时候却要穿皮衣和毡靴，我在幼年一向是男装，因为弟弟们太小，父亲就把我当男孩子待。我的皮毛毡皮靴、皮马褂，穿好以后，就要被人误认为男子，我往往因此而愉快，生怕熟人

35

叫我一声小姑娘，所以喜欢到生疏的地方去。当年父亲有两个木厂，每到伐木的初冬就随着父亲到山林间去观光，最初母亲和祖母再三地阻止我，经不住苦求，而且父亲是喜欢带我去的，别人也就无可奈何了。记得有一次我穿了一件白狐外套、白狐风帽、白毡靴，祖母嫌颜色太素，特地从旧帽上剪下一个大红绒珠缀在帽边上。我骑了一匹小红马驹子，不急不缓地沿着尚未结冻的大江走去，江水滚滚的，往远看直接天边，天阴沉得有雪意，我毫不在意地随父亲前进。

远远一带山峦屹立在江畔，有常绿树黑苍苍地蔽满了山坡。我们的马走得更快起来，江风在耳畔呼呼作响，有一种莫名的恐惧袭击我的心。但我不说，怕父亲轻视女孩子的软弱。

——眼前就到了，你看，有炊烟升起的地方就是伐木人的休息所在。父亲用马鞭子指着山林间袅袅而起的炊烟。

啊！我除了惊叹以外再也说不出一句话来，因为景致太美，太伟大了！我幻想山林里该有另一个世界，伐木人是什么样子呢？

渐渐地，我们已经奔上高坡，而被四围的树木所围绕，有些人正在休息，各坐在伐断的木根上，或躺下的树干上，吸着关东烟，在较高处有向南的小木屋，屋上的烟筒里的烟已经稀薄了，他们到了吃饭的时候。

——伐木人在哪儿？

——吸关东烟的不是吗？

——可是他们并不和我们两样啊！

——他们也是人哪，怎会两样？父亲笑了，那么慈爱；但随即又收敛了笑容，那么严肃刚毅地伫立着，许多人走过来打招呼，我不胜扫兴，因为伐木人也不奇特。我马上又想到一些不可捉摸的幻想，假如我能走向森林的深处，也许有怪异的兽来满足我的好奇心，我想到狼、虎、獾、狸……一个五十几岁的老人接过马缰绳去，把马拴在树干上。

——老冯，领她到后山看鹿去吧！父亲对老人说着，也没等我的同意，他就走到伐木人的群里，老人慈祥地走在我前面，我无言地跟他走

36

向更高的山林深处。

——有虎吗？我是希望，但也是惧怕地问着。

——没有，连狼都没有，绝没有伤害你的兽类，少爷。

他叫我少爷，我高兴地看着他，他上山的步子那么敏捷，而且灼灼的目光十足精神，我真不信他是一个老人。

——那么有什么呢？

——有鹿，有松鼠，都怪有意思的。

——那么快点走好吗？

——少爷不累？我就会爬山。他说着匆匆地向高处走，我简直要追不上他，我依然忍着，我的心跳了，身上很暖，我解开外褂要脱下去的时候他说："到了。"最初什么也没有见到，只有高大的粗树干，又走了几步，山石后有一个母鹿和两个小鹿在一株大树干边上吃落下的松子。

——鹿，我喜欢得叫起来。但想起怕惊跑它们，又停住不作声了。奇怪的是它们并没逃开，只是母鹿抬起头来，看看我们是否能危害她的孩子，然后小耳朵扇了扇，又低下头去，不管我们。我有如到了一个神仙世界：再远望去，有无数的，三五成伙的褐色的，有着槎桠犄角的，有着白色斑点的，都是鹿。松鼠只在树上，两三只，不多，翘起美丽而丰满的尾，在枝干间跳跃着。我喜欢极了，我那么渴望摸着那柔美的尾呀。

——咱们可以捉几只回去吗？鹿也行松鼠也行。我嗫嚅道。

——你叫它们离开家吗？他说着并没笑，我对这老人的违反虽有轻微的怒意，但我没发话，我想：离开家也许是不愉快的吧？也就没再要求他，只是看着这些小动物出神。

——给你！这把大木耳。他蹲下身去，从一株老松的干上采了一把大木耳交给我，我用两手捧着，黑丝绒似的木耳给我以温柔之感，这些被遗弃在山林里的珍品哪！我叫他塞在衣袋里，又去寻找，却没发现第二个，因为是初冬了呢。荒草在林里像一张无垠的大黄毡，有深灰色的岩石蹲踞着像沉睡着的兽，此外再没别的。

沉醉在奇异的森林里很久，直到父亲去接我，才到那伐木的场所去。已经有许多木干扎成筏，在筏上有兽皮的篷，他们要趁封江以前把木材运往远方的城市去。在每个木干上都有黑色火烤的字，是父亲木厂——东发号的标记。当我见筏子下水以后，许多伐木人上到筏上去，携带他们简单的用具，老冯也在内。我实在不想骑马了，我也想漂泊在波涛滚滚的大江上，有更清冷的江风吹我。

——爹！我也上筏。

——不行，筏上的人都会水！我知道父亲的性情，假如要求什么，他第一句话如果不答应，那么以下就没有希望了。我失望地骑在马上，懊丧得如一个败战的将军。落日在荒城上镶着，照红了江水，筏上一切也都红了，多么美呀！假如我也在筏上，该多美……我的泪悄悄地坠在白狐裘上，有落日的光灼灼地照着，像草上的朝露。而白狐裘也成了绯色，我的小红马昂然地奔驰着，它的长鬃飘散在江风里，我们的影子映在地上，抛在后面，我又感到骄傲的愉快，因为我的马总跑在前面。距漂着筏的江面有数丈远，突然有一个东西，很快地在江面上掠过，漂向我的前方，原来是一个会水的青年伐木人立在一个大独木干上。有绳索紧扎在木的前端，他左手握着绳索，右手有一个大木板，直探入水里，他毫不恐惧地在水面上前进，我因之忘了筏，忘了我英俊的小马，我只羡慕这划木而驰的江上勇士。直等回到家里，我仍幻想着，假如我会游泳，假如我不怕江水，假如祖母和父亲都不限制我，我也有一天要在江面上奔驰呢，像一条无拘束的龙！

渐渐地冬深了，江上已经被冰雪封闭，这银白的世界，因为冷很少出来欣赏它。岁暮的时候，父亲的木厂得了厚重的利，一家人都高兴地预备年货，没人再来理我。弟弟们有吃的也不吵也不玩，我孤寂地做了几个小布人，那年十二岁，有很浓厚的玩偶人的爱好，不过每次做针线永是背人的事，尤其怕父亲看见，大约是怕父亲不再拿我当男孩子看。

——走，姐姐看梅花鹿去！最小的弟弟拉我到院里去，见家人围成一个圈，我和小弟弟从父亲的腋下挤进去，地下一个猎户蹲着解开缚着的猎品，有山雉和野兔，已经很狼狈地死去，只有一只没角的鹿，还在不住地呼吸，微弱的未断的生命仍然延续着，张着乌黑的眼，那美丽的鹿眼睛使我记起山林里愉快的鹿群。它那么没保障的一瞥，使我的泪不停地模糊了视线，于是赶紧牵了弟弟的小手走到屋里去。

——你知道院里那是一头母鹿，有两个小鹿在山里等她呢。

——它是小鹿的妈妈吗？弟弟张大了眼睛也不由得悲哀了。我们私自商议了一个时辰，结果决定了去要求祖母放那头不幸的母鹿回山去。等我们再到院里去，它已经死了，不过仍然没闭眼睛，只是再也不呼吸了，新年的时候我和小弟弟谁也不肯吃鹿肉。

在正月的闲暇中，一家人只是在温暖的屋内做各种赌博的消遣，就是终年忙碌的母亲和婶母也闲坐玩笑起来。只有父亲终日如有所思地沉寂着，偶尔也为敷衍地玩玩纸牌，此外就一人坐在皮椅上一声不响地沉思着，没人注意他，没人问他。我心里却很以为奇，但不敢问，父亲的态度在我心里真是一个谜。

正月十三的那天有姨丈派人送来一车江鲤鱼，姨丈也随着来给祖母拜年。那车鱼都冻得像石条，在墙根排成一个可笑的行列，我们欣赏着。父亲陪姨丈到堂屋去了，等鱼被长工收在冷室去，我就跑到堂屋去看姨丈。姨丈比父亲年纪大多了，有着慈祥的胡须，他的声音有外乡的腔调。

——外甥们回来了吗？怎没上我们这儿来？父亲向姨父打听大表哥的消息。

——他到外国去念书了。姨父说，静静有怀念之感。

——大学毕业了？真快。

——夏天毕业的呢。

——那么外甥女呢？

——秋季考入××大学。

——考入大学了？父亲不胜感叹羡慕地看了我一眼。我想到叔叔教我的方字块和女子国文，我这一小点点文化在我脑子里放光了，我入神地听下去。

——大外甥女又长高了。姨父慈祥地看着我说着。

——我想她也该到上学的年岁了。父亲说。

——几岁？

——十二，过年十三岁了，可是城里也没好学堂。

——也上北京去吧！

——那怎么办得到？

——有钱就行，你暂且把事业交给令弟，然后带家小到北京住下，你可以随时往返。

——家母年纪太大了……父亲沉吟着。

——为了寻求文化，就不能有过多的顾虑啊！父亲点点头，没说下去，他们又谈了一些不相干的问题，姨父给祖母拜完年就回去了。父亲对家人并没有提一点关于我读书的事，但是"上北京去"在我心里却起了未曾有的大波澜，有一次居然梦见在北京上学，北京的房子都是金房顶呢，可是没敢问父亲。

有一夜我在睡梦中听见祖母哭吵，并有摔瓷器的声音。我惊讶地坐起来，见母亲拥被坐着垂泪，我也不敢问。但我知道在这一向安康的家里已经掀起一个大的风波，终究因为年纪小不久又蒙眬睡去。次日祖母躺在床上不起来，父亲的脸严肃得有如十二月的早晨，母亲的话也很少，于是使我记起昨夜的风波。

——妈，咱家有什么事吗？怎么都不高兴呢？

——打听那个做什么？

——您告诉我行不？我看他们生气我害怕。

——你爹要带你们上北京去，好让你们念书，奶奶不答应。

——为什么？

——我也不知道！告诉你呀，不许多嘴提上北京的事！母亲脸上没有一丝笑容，只是声音仍是母亲的那种温柔，我终日悄悄的不敢出声音，怕祖母摔东西、生气。

春来了，清明在三月！江水在清明后解冻。偶尔走到江畔有震耳声响，祖母和父亲之间，比正月来得融洽多了。"上北京"的愿望也只好打消。又到春日伐木期了，在森林里有小草萌出小芽，世界一切都很快乐。

春日过去，夏也过去，祖母在秋天患起病来。本来很早她就有气管炎的毛病，秋来了，下了几次冷雨，祖母咳嗽加紧起来。在重九日的下午，祖母的病转为急性肺炎而长辞人世。父亲哀痛得终日哭泣。本来祖母去世我也很难过，但看见一向没落过泪的父亲终日哭泣反倒可笑起来，我的心思该多么奇怪呀！不过我却没笑出来，只是觉得可笑而已。父亲蓄起很长的胡须来，头也不剃一剃。木厂的事暂由几个掌柜的经营，父亲只在家里守孝。

转眼又是岁暮了，祖母在世的时候从腊月初就忙起"年"来，但今年，人们好似都失了精神，谁也不起劲。潦草地过年以后，父亲就再也耐不住地主张携带我们"上北京"念书去，两个叔父却主张分家。在分家的那天父亲又落泪了，因为家业并不是祖传的乃是父亲一人手创的，叔父们居然也要平分，亲族的长者都替父亲不平！但是父亲并没有争执地就把家业平均分成三份，地亩归二叔，两个木厂分给父亲和三叔。这些事在多年后母亲讲给我们仔细听的时候还愤愤地说父亲不看重自己的事业呢！父亲对北京迷了似的不肯放弃，终于把木厂也交给三叔经营，决定带我们去寻求文化，迫不及待地在正月就起身离开家乡。江仍在结冻着，我们一家人坐在一个大耙犁上，像一个没有轮子的篷车，两头牛在前拉着，代替车轮的是两个大月牙似的长木，像木马下面的那一对弯木。牛在冰上走着，冰面平滑如镜，在边缘上有积雪，车里铺着红呢面子的皮褥子，两个小弟弟用被围好了，像两个大布球。母亲不时从车篷的玻璃上回头，她对这住了几十年的老屋该怎样留恋哪！老屋里一切设备都那么合适呢，她面上凄凄的不作声。父亲的脸色倒颇为愉快的了，并且和母亲一路计划着明年在北京开木厂，把三叔的孩子们都接

41

出来读书，我们听着不胜其神往了。

到北京的时候有几个同乡帮我们找房子。房子很讲究，不过比起家乡的老宅子来差多了。说像鸽笼是有点过火，只是像家乡院中的厢房，又没有火墙，很冷。生起炉子来灰尘那么多，真叫人过不惯。开春，由一个同乡送我入了小学，其实我只十四岁，因为身材高，大家都主张我入四五年级。幸亏在家乡叔父和父亲教过我许多眼前的字和洋文码子，我居然考入五年级。全班都对我有新奇的兴趣，大约多半是因我说话有乡音，而且我也不会拘泥，虽然不能拿京腔说话，但有什么口答的功课从不羞口地答得很对很清楚。先生们特别重视我，结果第一学期终了时，我考了第三名，无形中对第一二名的孩子有了威胁。同学们对我更亲切起来，父亲见我成绩单的时候高兴得笑语声喧，给我们买了许多儿童读物。因为弟弟们也都上小学了，三个人的文具都是崭新的，我们把上学校当作最愉快的事。父亲没有一般商人的吝啬性格，倒像一个学者，不时地买书往家里运，往往使母亲不满意地叨唠着，但我们父子四人是快乐的。

当我考入中学的时候，父亲已经有三年没回家乡。在我入中学的那年秋天回家一次，当他回来时，脸色憔悴多了。三叔的不忠心，据说木厂里不但没有余利反倒亏几万块钱。父亲在愤怒之中，把木厂倒给外人，在北京又开设了一个小型木厂，叔叔的孩子们也没一个肯出来念书，父亲该多么失望啊！在北京人地生疏，而且远离森林地带，开家具铺或许还好，木厂事业是不能比家乡的。父亲在事业方面似乎灰心了，只求温饱不再拿出精神来经营，终日注意我们在学校的成绩。那年初中毕业我考第一名，在毕业会上，我代表全班向师生家长致辞。父亲很早就到了会场，静静地坐在一个角落里，因为他对学校捐过基金，所以校长很殷勤地招待着。我初次登台向许多年高有德的长者说话，心跳得几乎从口腔里出来；但我想到父亲对我的期望，我又坚定刚强起来，我像幼年骑马在江畔奔驰时一样勇武地在掌声中走上台去，我也不知什么力量叫我那么大声而清晰地讲完话，我的心平静了。当我正要走下台的时候见父亲把眼镜推在眉际，用帕子擦眼睛。父亲为我的刚毅流着欢喜泪呢……我不敢再看台下，匆匆走下去。

晚上父亲向母亲述说我的讲辞时兴高采烈的。父亲从来没有这么多的话，引得弟弟们直发笑……他们在父亲面前一向是不苟言笑的。

——假如这时候我们仍然在家里，她怎么能有这么大的进步呢？还是我的主张对吧！父亲对母亲证明追求文化的效果。

——按你说，她真敢在许多大人面前成本大套地说话了吗？是吗？小英？母亲转向我问着。

——是！我当时很高兴也很不好意思。只说了简单的一个"是"字，母亲笑了，我真的给了父母安慰吗？真是不敢深想，不过努力的决心更坚定了。

以后在高中的成绩从未离开前三名，我在求学的途径上是顺利的，但父亲的事业却一天比一天衰落下去。北京的木厂的营业更见收缩了，起初父亲不十分在意，因为他说买卖有赚就有赔，赔完了也许会有获利的机会，所以他仍然达观地过下去，只是对我们三人的功课更加注意督促起来。

中学的阶段终于结束了，父亲的事业更其冷落了，我觉得很有谋职业维持家计的必要。

六月的黄昏，院落里已经有迷人的凉风和美丽的朦胧之色，我们在院里吃晚饭，一家人仍保持往日的融融之乐。

——爹，我打算做事，我们同学的有很多人教小学呢！我心里久存的话，终于说出口来，在没说出以前心里忐忑得吃不下饭去，很早就放下饭盆。

——你要做事？你以为事是那么好做的吗？父亲严肃地注视我，我不敢抬头，也不敢大声说话了。

——可是我们家并不富裕啊，我难道还有希望上大学吗？我几乎是喃喃的耳语。

——自然你该再念下去，你以为我不能担负家用了吗？笑话！哈！

小孩子的想头，念书吧！担子背在身上是不会再放下去的！我只希望你们三个一样地上进，有一分力量就往前走一步，你怎么先退缩了？父亲笑起来，那笑声很难说是悲哀还是快乐。我却高兴起来，笑自己见识短小，家里虽不似在故乡那么富足，但绝不至于缺少食用啊，我为什么对父亲这么没信心呢？我惭愧着，良久没说话。

——上学吧，你的目的学校也曾想过吗？

——目的学校吗？我被父亲道了心疼，我是多么矛盾哪！虽然一度坚决地要负起家庭责任来，但在谋职业的意念以后马上又憧憬着自己的理想大学及科系。

——你一定幻想过你要入的学校吧。

——是，我也想过，比方北大和师大都是我的理想学校，我希望能考上理科。

——好，你安心预备功课吧。

后来我果真预备起应考的功课来，结果考中了北大的化学系。奇怪的是考中北大以后，家里的费用反倒显得充裕起来，再也听不见母亲念叨没钱的话了。我也忘了家计的困难，安心地读起书来，在大学里的成绩是没有名次可考的，而且当时学生上课的情势是那么松懈，只要肯按部就班上课就是好学生。但我终日上课下课的，不肯放弃我的功课，等到二年级，我终日不离实验室，一个被实验药品烧了许多洞的蓝布大褂子是我唯一的服装。内心有真乐在，我再也没有挂念和烦忧。没想到在我不知不觉中，父亲的身体衰弱起来，纵然面色强作愉快，声调依旧慈祥，不过仔细看来消瘦多了，而且苍老起来。当年父亲是多么英勇的青年哪，每次到木厂去，或到山林里去的时候，腾身骑上白马的时候，乘马向前奔驰的时候，又怎能想象父亲今日的苍老啊！一种深重的创痛，再也不能泯灭了。可是大家都不明说，这个危机是不经一触的，一家人的安乐，一家人的希望，不完全建在父亲的健康上吗？我一向没有宗教的信仰，现在我是怎样在默默中祈求着神的保佑啊。

父亲的病和祖母一样，入秋以后咳嗽起来，等天气严寒的十一月

44

天，父亲时时在午后发烧，咳的时候也没有痰了，声音是那么急躁而空洞，在声音后面紧跟着可怕的命运，我终日地在惊悸中过活。有一天吼着北风，拍得窗子响个不停，心似铅重，我该怎样过这难关哪。

——汝英！父亲的声音反常地高起来，隔着屋子叫我。

——嗳！我答应了一声，三脚两步跑到父亲身边去，室内因为风扬沙的缘故，特别黯淡，父亲依着床坐着，见了我无言地静静地笑了，减少了凄凉的成分。

——你方才过来着吗？

——嗯！您有事吗？我依然在门边站着。

——别在门边，有风呢，我也没什么事，就是我想起来你今年不是该毕业了吗？

——还有半年，我已经把论文的大纲弄好，论文的实验已经完成一大半了。

——你弟弟们念书怎样？我看他们跟不上你呢，万一将来家庭的负担加在你身上的时候，你千万要因才造就他们，功课不好的不上大学也可以。

——那怎么能？无论如何苦，我也该叫他们大学毕业，您好好保养身体，毕业以后，我可以独自担任家计，您把木厂收了吧！倒可以省心。

——木厂？你说咱们北京的木厂吗？早倒给别人了，那还是你入大学那年的事，已经快四年了。父亲不胜感叹地说。

——倒给别人了？那么四年来的家庭生活怎么维持的？我怀疑地喃喃着。

——"卖"，"当"……天下没有过不去的难关，我一向是达观的。但是我的病一天比一天加重起来，倒显着难办……他沉默了。

——您好好保养，以后不用"当""卖"了，您自然心宽起来，病也就容易好了……我再也找不出话来，母亲端来豆腐汤，父亲喝了，脸色温润一些。我回到自己屋子，伏在床上哭起来，是谁把父亲弄成这个样子？是我们，是他的女儿，是我！我是不甘被艰难阻住的，但一时想不出办法来。窗外的风小了，空中飘起大片的雪花。不久，树上挂满了白的花朵，世界是这么美丽啊，我不能闷在小屋里。对弟弟说了一声，穿起一件旧大衣跑出去看街景。多少门户，多少树木都被正飞着的雪罩了一重白色，有路灯照射出责备的光，清凉的气雾并不寒冷地唤醒了久沉在悲哀里的心灵，我不停地走去！在街的转角处听见琴和歌声，原来是一个教堂在做晚祷，歌声有如从天上飘落在人间的。我想，为什么我不是教徒呢？如果能进入教堂，不是可以祈祷一次吗？至少可以安心呢。我忘了顾及地走向教堂里去，在圣坛上有一排烛光，信徒寥寥无几，颂歌已经停止了，牧师沉着地读着圣经。

——天堂的路是窄的，进去的人也少……有钱的人入天堂比骆驼穿过针眼还难……

在牧师古潭里发出来的声音似的圣经朗诵中，我无言地坐在一个冷清的座位里，没有人阻止我，也没人注意我，当默祷的时候我一心挂念父亲的病，我是多么迫切地恳求神救治父亲哪！他是善良的，人间需要他啊，等晚祷完了的时候有一个灰发的老妇人走来。

——这位小姐贵姓？常来吗？

——姓赵，今天第一次来，我说。

——希望您能常来，神是慈爱的，可以解脱一切世俗的烦恼。她说着，拍着我的肩。我点点头，随众人走向清冷的雪夜里，回到家，父亲已经睡了。

入春后父亲的病已有起色，并且几次守礼拜以后和牧师成了朋友。每次从校中回到家里，可以听见老人愉快的歌声，这该是神的恩惠啊。

毕业的时候，北京有两个机会，正要接聘书的时候接到三叔的电报，催父亲回家乡一次，据说二叔的病很重，要在临终前见父亲一面。父亲对于手足情感很浓厚，立刻就要动身。

——汝英也回家看看吧！父亲慈爱地向我说：

——我也回去看看吧，叫汝庄和汝状住校。母亲很久就动了思乡的

46

念头。

到家的时候正是夏日的黄昏，在两轮马车上，望到街景已经有了改变，马路整齐了，而铺面的楼也高耸起来。只是没见到鸭绿江，令人迫切地想见到它，久别的江水和江声啊，有着深重的友谊吸引我！家族的人并不多，只是仆人很多，大家都喊我大小姐。

——小时候是喜欢让人叫少爷的！一个年老的女仆亲切地说。我仔细地看着她还依稀记得她是服侍祖母的杨妈妈，其余的人除了叔婶及三叔家的弟弟以外都是生疏的面孔。二叔从先有一个男孩子，但在他十八岁的时候死去了，这恐怕是二叔致病的一个大原因。

——汝庄和汝状都没回来？叔父微弱多了，目光无力地看着父亲。

——他们没毕业呢。父亲说着，眼里有泪光，他怎能忍心看自己的弟弟病得这么瘦骨支离！

——那么……我恐怕见不到他们了……大颗的泪珠从苍白瘦削的腮上滚下来，一屋人都不禁唏嘘着。后来二叔伸手示意叫我们出去一会儿，只留下父亲，良久才听父亲叫人沏茶。

到家第三天的下午，二叔抛弃了很大的家私和一个柔弱的二婶而去世了，父亲非常哀痛地不提上北京的事，我却急于决定我的职业，不时地心里焦灼难耐。

——咱们什么时候回北京去啊！有一天我实在忍不住地问父亲。

——你不觉得家乡也有许多儿童需要你教导吗？

——我学的并不是教育呀。

——可是本地中学正迫切地需要化学先生呢，我想再过三五天找找你大姨父，你先不要着急啊！你二叔留下的事业很烦琐的，你正好该帮忙料理料理，你是赵家门的长女啊。

因之我只好暂时休歇了回北京的心，秋天就在故乡的一个女子师范任化学教师职。第一次上课的滋味真够人回忆的！我在教务主任的领导下登上教室楼梯的时候真不知该先迈哪一个脚才合适，我颤抖着握着教室的门柄。一群穿着蓝色制服的少女，严肃地站起来行礼，鸦雀无声的。但她们的眼里流动着新奇、索趣的光彩，我在她们心目中一定是神秘而新颖的。我在第一次点名时，声音像一缕弦上颤抖的琴音，自己也觉得可笑起来。三五天以后渐渐习惯了些，深切地感到教学生活的珍贵。她们的科学知识很浅陋，不得不在课本以外给她们补充教材。讲科学常识的时候，发现她们那么安静地听着。坐在前边一行的学生年纪比较小，脸上仍是一片天真，张大了乌黑的眸子听着，不时地匆匆地低下头去写几句择要，我感动得几乎流出泪来。"我是她们的指导者吗？这责任该多么重大呀！"我想着，努力加强我言辞的清晰，而且课外更加用功地多看起参考书来。二叔的产业平分了三份，父亲、三叔和二婶各一份，家计已经不那么艰难。我的月薪都买了书，许多朋友在北京替我买书往家乡寄，学校同人们也都喜欢借我的书看。当我的书房成了一个小图书馆的时候我满意了，觉得人间更其可爱。

在中秋前数日的一个星期日，全校去山林中旅行，分了十几组，每一组有几个老师率领着。我所领导的一队，各带着标本夹子，昆虫网……她们要在这广大的天地间搜寻她们的知识呢。结果因为是秋天，除了浅草里的虫子以外，没有飞着的昆虫了，她们采集了不少的药。这样一来倒成了当日的风气，别组的同学也仿效起来。虽有许多围着国文教员看浮云的学生，但没有我们热闹。在一个峭崖上一丛不知名的花，淡淡地开在秋草之间，有黄的和白的，大家都看见了，只是很难上去，不能采撷，我们张望着，赞叹着。

——假如再低些我一定要把它采下来！一个一向好大声喊叫的学生说。

——还用你说，低些谁不能采呢！另一个也在喊，我听着，一声不发。忽见一个身材很小的学生从一丛灌木旁绕过去，就看不见了，不久，见她已经攀登到峭崖上，显得身材更矮小了，别人又要尖叫起来。

——不要叫！她听见了要心慌的。我阻止住她们，果然大家安静起来，只听见较远的学生们的笑语声。看哪！她一个手握住了那花朵，她达到目的了，她小心翼翼地采下来，她的脸色那么红润，微笑着。

48

——真好！真能！我们的小布人胜利了！大家喊着，原来大家一向叫她小布人，而且没人重视她；但今天我发现她有着与众不同的精神，她不大声喊叫，也不夸张，只是悄悄地做了大家所没做的事。

——这是山菊，你拿好了，回去我帮你做标本。我说完的时候见她点着头，十足的欣喜表现在眉宇之间。同学们围着她，像围着一个凯旋的战士。突然在一株大树后面，有一个小动物探着头偷看我们。

——梅花鹿！又是那个多嘴的孩子大喊着，那小动物的头马上缩回去，放开纤细的腿，疾驰而去。

——从先的鹿是不怕人的，当年冬日的森林是多么穆静啊！我想着不胜有今昔之感，在归途中缓缓地前进着。又送走一个黄昏！

西风吹厚了阴云，天气又由秋而冬了，在冬日父亲催人缝了数百套棉衣，请本地一个教堂舍给附近的穷人，当时我也在旁照料。

——活神仙，好心的财主……得到施舍的人这么称颂着，父亲却受不住而藏躲起来。在人群里有一个缩背抱肩的老人，缓慢地走着，并不抢先地往前挤，等人几乎走完的时候，他才近前来，他不再往前走了，却注视着我不动，然后又动作缓慢地走去。

——是少爷！变了，变了。他喃喃着，面容上就有着"似曾相识"的表示，声音也听着熟悉，"少爷"重音在"爷"字上，这更是一个特征。

——老冯！我又被儿时的一切呼唤着，毫不顾及地呼叫多年前伴我看鹿群的和善老人；但那人却不回头，而且有躲避我的意思。

——老冯！我还认得你呢，我姓赵……我走过去大声说，我怕他耳聋。

——喔喔！是我……您是赵……当年人都叫您少爷！他并不聋，他只是有些张皇失措，摇摆着站在施放棉衣的台前。

——您没见到我父亲吗？

——没有！又老又穷，白叫老爷操心，我也没脸见人，平常有人舍东西我从没去领过；今天听说是老爷施舍，我……领一套穿……等老死了，穿着老爷给我的装裹，到地下也平安。

——您还认识我吗？

——今天第一次看见您就觉得是……少爷。他脸上的皱纹微动着不知是哭还是笑。我的眼睛也无端地湿润起来，惊异地遇见故人似的悲喜交集着。后来我领他去见父亲，父亲欣喜地让他坐下。他虽然已六十余岁的人了，但是总忘不了规矩，再三不肯坐，后来还是我说了几句，他才不安地坐在一个小凳上。

——你的日子过得不大好吗？可是你一向是很勤俭的啊！父亲说着，叹息地看着他。

——大儿子死了以后，我也病了，一个指着做工换饭吃的人家，病了还不是等着挨饿……

——你的大儿子？不是那个会水的大龙吗？父亲惊讶地站起来问。

——是大龙。

——当年我记得他喜欢登着独木在水里游，汝英！你还记得不？那年我带你上山里，回家的时候，不是江上有个登着独木的青年吗？那就是大龙。

——啊！我记得！我记得！我的确记得很清楚：在众人的笑声里，游龙似的登着独木飞驶在鸭绿江绿色的水面上，脸上映着夕阳的光芒。这样的青年会死吗？抛弃这么年老的父亲，这青年该化成了多么可怕的尸骸呢？也许已经化成灰。天哪！有"生"为什么有"死"呢？科学再进步也不能解答这生死之谜吧？我茫然陷在冥想中，父亲和老人的谈话，我再也听不清了。当年夕阳照红的江景又清晰地映在我的记忆里。

——就是吃亏胆子太大了。有一次正是夏天涨水的时候，江上还有没运完的木材。其实木材漂到哪儿也丢不了，你是知道的，上面有木厂的标记，木行的人是讲义气的，等水落了，仍然可以送还的。但那孩子不肯听劝，一定要打捞上来。和他同去的一共八个人，在一个大木船上，只有他卖力气，把那有铁钩子的大绳子抛向飞漂着的木干。水势又大……他又要强，用力拉，连着拉上四五根，后来一定是没有了力量，

50

手软了……反倒叫木头拉到水里去。他原是会水的，谁知道终究没……挣出水来！等水势稍微低下去，在远处的江面上漂起来……尸首。老人黯淡地唱叹着，我也被这悲惨的故事弄得难过了。

——老冯！别难过，到我家里去吧！吃住都不成问题。

——那怎行？我还有老伴在家……白叫老爷操心。

——那么你们俩人一齐去吧，一定的，我说到哪儿办到哪儿。

三五日后，老冯和他的女人都搬到我的家里，有许多事不用父亲分派就井井有条地办好。只是他的女人太弱常常咳嗽，也不时地独语。大约是想她的儿子吧？——那生龙活虎的青年！

生活相当的忙迫，不过也十分平淡，没有变化，像一个没有四季分别的地域一样的寡趣。每到黄昏在校园散步的时候，感到寂寞和孤单，有时候同事找我闲谈我又烦腻起来。学生们三一群五一伙地找我问功课，不过十有八九是以问功课为名，在她们纯洁的心里另有一种景慕的情绪，所以只有她们是我唯一的安慰。

有一次，是礼拜六的晚上，校中的教务会议完毕以后，虽然已经八点钟了，但是因为每礼拜六都回家，我还是独自循着江畔走回家去。空气十分清爽，月亮是那么圆，明朗如一面古老的镜子，江上的帆船已经垂下帆去，林立的桅杆沉沉地形成一幅神奇之图。渔家已灭去灯光，不时地有三两点星小的红光，那是渔翁的旱烟火。寂寞的鸭绿江啊！故乡的夜景，有着迷人而使人惘怅的魅力呢。

到家后，母亲和父亲都没睡，等我回去，有鲜美的江鲤鱼留在大盘子里。

——先吃饭还是先看信呢？父亲从桌上拿起一封信来对我说。

——信？先看信吧，妈，行不？我问着，因为妈亲手给我做的鱼都快凉了，怕妈不肯。我不该叫母亲分心不是吗？

——看吧，有什么不行的。

信的下款是北京大学林寄，我一时想不起同学之中谁姓林了，一时猜测不定地拆开信，却是一个同系的男同学。信很简单，只说几天以后

51

也来我的家乡一个男中执教，托我多指引等话，字很好，词句也相当的完美。我没说什么地吃着母亲做的糖醋江鲤，是那么鲜美。我不知为什么脑海里不住地憧憬着林的样子：身材比我高一头，很精神，脸色很健康，不爱笑……

——朋友的信，有事吗？父亲本来寂寞，很喜欢听听我日常生活的琐碎情形。

——您自己看看吧！我把信呈给父亲。

——是女同学吧？

——不，我们那一系女同学很少，是一位男同学。比我高一班，在我毕业那一年他已经留校做助教，成绩很好，不知道为什么要上这儿来做事。

——也许鸭绿江边上风水好吧。父亲笑着，我不知为什么烧红了脸，其实一个同学来做事，偶尔遇在一起也不新奇；但我心里总感到不安，不是难过更不是欣喜。

他来的时候，父亲派人去接他，我也去了。父亲让我叫他到家里去，他十分客气地再三推让着一直要到学校去。

——家父这样吩咐我的，您不肯光临，家父就要怪我不会办事了！

——那么……我也应当先去拜谒伯父。

到家后他和父亲谈得很投机，父亲把他让在书房里，而且开始生起小火炉，阴历九月底天气已经不暖了。

此后他和父亲的友谊反倒超越于我们同学的关系之上。他虽然住校，几乎每个星期六都到我家去一次。母亲也不讨厌他，弟弟们不在家，他好像是我的弟兄，没人叫他林先生，只叫"少强"，老冯叫他林少爷。

在十一月的一个星期六，是雪天。那真是鹅毛大雪，顷刻就有一尺余厚的积雪在各处；树是最美的，江上已经是白玉一条了，他到学校约我一齐回家。

——这么大雪，我不想回去了。我说。

——伯父打发人给我送信说吃烤鹿肉，你不回去，鹿肉吃不成，我可失掉了生平的第一个好机会。

——父亲待你比我还好，怎么不给我送信来呢？那我更不回去了！因为和他很熟所以不拘泥地说笑话。

——走，汝英！咱们一块回家就不冷了。

——为什么？

——不为什么……咱们一块坐耙犁，我从来没坐过呢。他像一个小孩子似的要求着，本来我也没有非要拒绝他，所以穿上外衣就一同走向冰天雪地里。许多黄牛拉着耙犁在江畔候着顾客，我们共坐了一辆。他要看雪景，篷前的棉帘高掀在篷檐上，雪花像开玩笑似的往里抛，打在我们脸上，星星点点的凉意沁入心里。

——有趣，好像谁和咱们打雪仗似的。他嬉笑着说。

——先生！闭起嘴来吧！雪花太多，你吃不消啊。他果然闭起嘴来，不过随时有景物引起他的兴趣来，想说话又不敢张嘴。

——没有轮的车，怎么走得这么快？他终于忍不住地说着。

——没轮怎么还叫车？在雪上滑，自然比在路上走得快，假如你喜欢，我们还可以叫他加快呢。经了我们的吩咐，果然飞快起来，快得像荡秋千似的飘飘然有遗世独立之感。

——在北京溜冰没这个好玩，你们家乡的牛怎么这么能跑？

——因为耙犁在雪上滑是轻的，不能停，又有鞭子赶着自然就快了。

离家已不远了。我们还没坐够车，孩子似的恋恋地向江岸走去。家里松枝松花都预备好了，父亲欣欣地等着我们，叫我们各喝了一口热酒压寒气。在大家七手八脚之下，鹿肉已经成盘地摆在案子上。父亲只帮我们烤，他自己几乎一点也没吃。林的酒量很好，父亲不是他的对手，酒后他反常地健谈起来，而且说此次离京是为了和我们一齐研究功课，父亲只是点头笑着，像一个慈父对孩子似的爱怜。

星期一到校以后，许多女同事都用嬉笑的脸子对我看着。

——请吃糖吧，赵先生！居然有人这样开起玩笑来。

——为什么呢？我自己也忍不住地笑着。

——礼拜六是谁接你回家的？她们问。

——一个朋友……父亲朋友的孩子，我自己也不明白为什么掩饰起来。

——那么是今日的朋友，明日的……

——笑话！这是哪儿的定律呢？我心里很不喜欢这浅陋的见解，中国教育还不到成功的日子，怎么一般为人师长的人们，对于一个普通的社交也会有这么错误的认识呢。我真不愿林再到我的学校。但是事情总是那么巧，有一个星期三的下午，他又去找我，我踟蹰着。

——是不是？又来找你，请吃糖吧！一个宿舍的同事说，我更甚踟蹰了。

——吃糖怕什么呢？回头再说。我想在会客室接见一个老同学怕什么呢，即或不应当，也该我自己阻止我，她们玩笑的态度足证明她们所见的短浅，为了这个，我勇敢地走到会客室去。

——我又来了。他抱歉地说。

——来吧！怕什么？有事吗？

——今天见了家里的电报，有些家务的纠纷催我快回去一次。

——喔！那么父亲不知道吧？

——见了你以后我就去见老伯辞行，不过走前有一件事须要解决呢。他说着，声音那么低，我一向没有这么敏感，但我立刻知道他所说的事是什么，可是我有装糊涂的必要。

——学校的事倒好办，我说的这件事必须得你的同意。你不会叫我失望回去吧？

——你的话我实在想不明白，能不能你回来再谈？

——那么你是拒绝我还是装不明白呢？汝英，我说了吧，我有一个戒指要送给你。他果然到衣袋里掏出一个小锦盒，里面有一个很精巧的指环，我想起同事们说吃糖的一切情形，觉得他太性急了。

54

——等你回来再说不行？

——回来和现在又有什么分别呢？你知道这戒指我一来就从北京预备好了，我相信它终究会戴在你左手的无名指上。他那么自信地说，这句话令我轻微地起着反感，我喜欢人自信力强，虽然我的自信力也不弱；但我要挫折他过强的自信力。纵然我对他没有坏印象，但是这么相信自己的能力，无论如何得不到原谅。

——这话也不尽然，我的手上是从不喜欢戴戒指的。

——汝英！你真等我回来再决定吗？

——嗯！我以为这样比较妥当些。

——你对我有什么不了解和不满意吗？

——不是那么说，反正你回来再解决好一些。

——不肯再转变吗？他略微恳求地说，来时脸上那一团喜气已经消除大半，但仍没死心地在会客室徘徊。

——我相信还是你回来再说的好。

他终于怏怏而去，天那么冷，太阳那么淡，江上寒风吹响波涛，我为什么要陷他到这么绝望的地步呢？纵令他自信力强些也没有过大的错处。实在怪我太果断了，等我又追到门外时，他已经走远了，又是下课的时候，学生如潮水似的拥向门外，我怎能再呼转他呢？我悔恨自己的刚愎。

当天我特地回到家去时，见他还没走。我们也没话说，不过我确实是来看他的。

——少强要走，我们该给他饯行啊。父亲说着，就叫老冯张罗添菜去，座席上很少欢笑，他真是个不会作假的人，脸上是那么不愉快地紧着面皮。我心里不安地想着许多不该想的问题和事情，七上八下的不知怎样办好了。

别离终于来到，他飘然离开我们，我的追悔更加深重起来，我不该使一个青年过于失意。

——他为什么真走呢？他不久就会回来的……我时时想到这些问

题；但他走后并没消息，直到岁暮，他才给父亲寄一封短信来，据说男中的事他是辞退了，又说不知何年何月才能报答父亲知遇之恩…我的心因之感到空洞，人间本是一个大虚空啊！而这个虚空又像汪洋似的令人难以解脱。弟弟们在年假都回来了，手足间的久别重逢，使我重感到儿时的温馨。我们在年假开始的时候帮家人包了许多饺子，在院里的条案上冻成小石子似的，然后倒在仓房的大缸里。"又有人送野味来，林是喜欢吃野味的。"我不知为什么总想到林的爱憎。院里有冻成石条的大江鲤排成的行列，家道又复兴起来；只是我的心，仍是空洞的，空洞得像秋天落叶后的山谷。

除夕那天，家里更忙乱起来，晚饭是那么丰富。父亲又预备许多素饺子分散给穷人，许多褴褛的人围绕在大门外。风是那么大声地吼叫着，我真不忍心见父亲到冷风里去。

——我去吧！您多冷啊。

——不冷！我心里高兴，不要忘了"施"比"受"更为有福。说着和老冯一同出去了，当我披上外衣追出去的时候，穷人们已经纷纷散去。天宇之下黑暗而混沌，大风像恶魔的化身，穷苦的人们散入黑暗里再也见不到他们的踪影。父亲张望着，他的心里仍然不满足地叹息着回去，已经有露珠凝在他的胡须上，我也感到寒冷的威严，随父亲回屋去。灯光下已经摆好了酒菜，弟弟们才从三叔家回来，在他们欢乐大嚼之下，我却胸闷不畅吃不下去，我想着黑暗中所有的人，更忘不掉林。

——山鸡肉趁热吃啊，母亲不住地催我吃。

——喔！我掩饰着吃起来。

元旦日很早就有人来拜年，本来除夕夜就睡得很晚，一天总是沉昏昏的。下午有学生来的时候，我简直支持不住了，新年原来是这么乏味吗？更讨厌的是亲友们来拜年总放不过我去，谈论着我夸赞着我。

——大姑娘可真能干，听说教书教得好极了。一个族叔说。

——还没说亲呢吧？另一个叔叔说。

——喔！没有，亲戚朋友们给留心吧！父亲不十分严肃地说。

56

——好人家有的是，咱们随便挑选，东关王财主的大儿子，新断弦……光是好地他家有几百亩，本主儿也在学堂里念过书。一个人说着，声音那么大得吵人。

——白举人的第四儿子也断弦了，想说一个知书识字的女人呢。他们家是发的官财，家里别提多么享福了……另一个说。声音同样那么大，好像怕我隔屋听不见似的，更唯恐家里人不知道他们过度的关切。幸亏父亲把话题转开，他们才走了，这一群好心而不堪的人物，正是许多青年人的父母啊！青年们的前途！

初九的那天收到一个同学的信，据说×大研究院春季招研究生，问我肯不肯再多读些书，当时我正在烦闷着，而且对自己目前的环境真没有再住下去的决心，于是我背着母亲和父亲商议再回北京的事。

——我想入研究院呢，同学来信说×大研究院招生。

——学校肯答应你辞职？还有那群学生。

——我想没有问题，他们绝不会阻止人上进的，而且我毕业以后一定再回来，把我更多的智识贡献给他们。您知道我的人生经验太少，有许多问题是科学所解决不了的。

——也好，等和你弟弟一同走吧！

——您替我跟我妈说吧，她老人家一向没离开过我，等我们都走了，我妈多寂寞呀！

——我看你倒先难过起来了，孩子似的。去吧！学校的事我去替你辞职。

——您认识学校当局吗？

——认识！

——怎么认识的？

——在圣诞节我曾捐给他们一笔钱。父亲不得已地说。

——您怎么没告诉我呢？

——我一向不好宣扬这些事。你放心吧，只是走后，常来信，放假就回家，我也怕寂寞……老啦！父亲脸色是那么凄凉，我实在难过得抑制不住了。

——那么我不走吧！

——为什么？你以为我阻止孩子们上进吗？去吧，你的同学给你来的信？是少强吗？父亲希冀地问着。

——不是！父女都陷入沉默中，已经是黄昏了。

——少强那个人很好，很豪爽……如果你能遇上他……他会关照你的，沉默过后父亲这么镇静地说。

——我为什么要人关照呢？我在心里想着，只是没说出来，可是父亲已经看出来了。

——你的资格、年龄，虽然都似乎不用人关照了；但是你这时的思想正是需要人关照的，世态的复杂绝不是一个真纯女子的心所能应付的。

我点头应允着，不过心里仍然不能十分悦服。

第二次离开故乡又是冬天，当我们的火车经过一个山谷的时候，我们各守一个窗子外望着，当日是大雪新霁的晴天，太阳照得整个银白世界灼灼放光，宇宙间是多么明朗啊，晴天的雪景是美的，每一个线条每一个阴影都清晰如绘，已经解脱了阴天的臃肿、模糊和暗淡。晴天的雪景是精巧的，鸭绿江的两岸，绵延到无穷远，把故乡和我们不断地联系着。松柏上的覆雪下仍有苍翠的针叶衬托着，山峰也那么错落有致，有没被遮住的灰色岩石作了雪的陪衬。此时的世界没有人烟的喧闹，没有过多的民居，只有幽静和纯洁，山和雪成了世界的主人，而我们却渺小得被装载在科学的产物——火车里走向更烦闷的大都市里去。为了去那儿追求文化。车里是那么狭小，比起车窗外的世界狭小多了，狭小得像一个笼，而人们往往喜欢装在笼里，不喜欢解放出去吸一口清冷的空气。人类真是矛盾得十分可笑的动物，我被这狭小的车厢载着离开洁白晴朗的家乡，去那吼着有黄沙的风的故都。

我索要到研究院的简章，才知道他们并不招理科的研究生，只招文史系的。距考期还有两个星期。我的资格虽够，但是系别不同，这时代复杂的世态又有走到科学领域以外看看的必要。而且越是一件难实现的事越会引起我的好奇和坚决的心绪，我托了几位从前的教授说项，并且一刻不停地读了许多文史系的书，结果考中了。父亲得到这消息以后，来信很高兴，叫我安心向学，一切家务是没有可挂虑的，并且按时充足地寄钱给我。我一向不好装饰和享受，所以这些钱多半都消耗在书贾手里。一年来我读了许多从前所没读过的世界文学名著，在心灵上又有一个新的改进和趋向。在书册下发现人类一切神奇的性格、诗意的情绪、激昂的精神、举凡一切爱憎，悲喜的现象，都五光十色地呈现在我先前已枯竭的思绪里。人世太伟大了，精神文明是超乎物质文明的！我为了自己对人类的新认识而欣喜着，不再感到空洞。

有一次在图书馆里借书，在左方的一个目录卡片架子前一个人翻阅着目录卡片，我心一动，是林！他没离北京吗？我虽没勇气去认他，但是却迫切地希望他看见我，忍耐地寻找着我所要借的书名。

——赵先生！

——啊！林先生！您……没离开北京吗？家父总在信里打听您。

——你来北京多少日子了？

——比你晚一两个月，说完我又后悔失言，为什么要和他比时间呢？不过"后悔"的意念总比错误的举动发生的晚，已经说了又有什么办法呢？可是后悔却不能免除。

——喔！来办事吗？什么时候回去？

——考入×大研究院了，只好放假再回去。

——没有招理科研究生吧？

——改入文科了。

——那太好了，不过很难吧？

——只有难事才是有趣味的。他听着笑了，他心里对我已经没有什么不良的印象，临别的一切他已经忘记了吗？我希望他忘记了往事，从新走向纯正的友谊上也是一件好事呢。

后来我才知道他在×大做讲师，讲授成绩很好，由于我的报告，父亲又和他通起信来，并且叫我们今年寒假再一同回家乡去，不久我又可以看见故乡的雪景了。

赵说到这儿，又向窗外望去，雪已经盖了对窗的屋顶，屋内更黑更冷了。本来都没有课了该回宿舍去，但听了她的自述以后，总觉得家庭是温暖的，宿舍里又有什么呢？只是更孤寂而已。

——后来林先生和你常见吧？

——我们在十月十号已经订婚了。

——不久也许会请我吃喜酒吧？我像一个没听够故事的孩子把谈话拉长起来。

——一定，一定，还得请你帮忙呢。我奇怪她没有一点小女儿故作娇羞的姿态，的确豪爽。她对着窗子的脸转向我，那么丰满而刚毅的脸色，使我幻想起那个穿着一身白狐裘戴着红绒球白皮帽子的男装孩子，昂着头向着金色夕阳奔驰的样子，多么可爱啊，我仿佛听见江水滚滚的声音——是窗外的风声，我又静静地笑了。

——笑什么？

——我为认识了你这小豪侠而欣喜呢。她也微笑了。故事是这么愉快地收束了，远远有下课的钟声传来，教室楼喧闹得吵人，打破了沉寂，再也听不见窗外的风声，对窗的屋内已经射出微弱的灯光，正射在赵的眼镜上，灼灼的，她站起来，我们互说着"再见"。

（分两篇发表于《妇女杂志》

1943 年第 5 卷第 4、5 期，署名芳田）

无 声 琴

　　那天走到王府井大街北口的时候，迎面忽来一阵凉风，吹去一身燥热。仰望天际乌云密布，而且迅速地由西南向东北飞去，那么低，如果不飞驰得快，简直会落下来，像多年失修的天花板似的落在人身上，一定会令人喘息窘迫的。那么黑，像一群怪兽驮着妖魔。

　　行人纷纷地跑着，或急着雇车，车价马上高涨起来，因为暴风雨就要来了。一向我是乘坐公共汽车或电车的，三轮或人力车怎敢去问津。从学校到公共汽车站已经累出汗来，经过暴雨前的凉风一吹，反而觉得爽快了。对头上沉沉欲坠的乌云并不厌烦，而有着好意的期待。所以汽车虽没有踪影，也和我同一阶级的人们排好了一字行，耐性地等着。初落下的雨点像熟透了的无籽葡萄，落在面上，唇上，足可以减去饥渴。落多了却有些吃不消。肩头都湿了的时候，车子仍无踪影。等车的行列逐渐短小起来，有些人站在店铺的房廊下，或走到什么熟悉的铺户去避雨，我却不肯放弃这已列前锋的位子，仍站在雨地里等着，把书包顶在头上。汽车已有影子，大约到了南池子北口，我想我是胜利了，虽然淋湿了，却能很早地回家去，也是人生一乐。心中一喜，马上忘了淋雨的痛苦，白鞋早沾污了，像两个塘底新掘出来的藕。车子在马路的雨水中开出来，真是乘风破浪地显出十足的英雄气概。我当时对这没生命却胜似有生命的褐色车子，真有说不出的敬爱。我信赖它，因为只有它才能把我带回家去，免得步行之苦。我当时专诚地期待它。

　　说来也奇怪，当它开到车站时，看来我们那个行列的每一员都有坐着回家的希望；但一瞬间，不知哪儿又来了许多人，平日守规矩的公共汽车乘客，在这大雨天也换了上车的方式，蜂拥而上。其实我并不是没力气到登车落伍的程度，乃是事情来得太突然，而自己太呆了一些。早知如此，也拿出挤车的本领来就好了。

结果车开走了，载了别人，而自己和几个守规矩的被留在下面。带了一身被强有力的人们推挤过的疼痛，受着大雨的冲击。有人谩骂着，我自己却本能地跑到一家商店的门洞里，身上湿得难过。

"×先生，快进来！这样的雨，可了不得。"是哪儿来这么温柔的声音？在这狂风暴雨的街头，也会有这样的语声？我回头却见一个熟悉的面孔，似乎认识，可又叫不出名字来。她不过十七八岁，很安娴，很真诚地招呼我，我的确没法说客气话，笑了笑随她进到屋里。

"怎么这个天您还等车？"她递给我一个干毛巾，说着又拉一把椅子叫我坐下。

这儿是一个很大的拍卖行，就是现在很流行的一种商店，叫委托商店的。各式华美珍奇的东西，在黄昏初开的灯光下陈设着。

"你在这儿做事吗？"我一面擦着一面问。

"啊，已经两个多月了……生活程度太高，没有办法，简直念不起书了。我天天看见先生从我们门外过，没好意思招呼您……"她的脸微红着。

"那有什么不好意思的，做做事也可以长长经验，有工夫别忘了看书，是和上学一样的。"我当时不知为什么有点伤感，不知为她的停学难过，还是为她的不好意思，认为做事不如读书而难过，我自己也说不出。反正我的心有着辛酸的滋味，眼里湿润了。好在坐在角落里，没有灯，比较幽暗。后来我想问问她的名字，可是她既对我这么熟悉，待我这么好，一定是我的学生。既是自己的学生，怎么好意思问她的名字？我当时呆呆地望着摆在面前的一架钢琴。

"唉，我就差半年，不然现在正跟您上课呢，那多好啊！"她叹息地说，惋惜着，又给我倒了一杯水。这句话倒救了我的窘迫。我想她一定是初中才毕业的，既没给她上过课，问名字就没关系了。

"你叫什么名字？和×先生读国文，对不？"

"我叫××，上季和×先生念国文，她待我们好极了！只是她身体不太好，近来怎么样？我们都想她呢。"

"她近来很好，精神奕奕的，还时常写字，读词……仍是诗人风度。"

"那真好！先生，会弹琴吧？这个琴很好，您给我们弹弹！"

"我不会，倒想学，只是自己家里没有琴。这个琴很贵吧？"我不由被吸引地站起来，脚湿得那么难受，不过一会儿就忘了。

她轻轻把琴盖打开，那么小巧滑润的键子，像美人牙齿似的排得那么整齐；最可爱的琴键端头是圆形的，比方头的好看多了；金色的法文字母，飞花般地写着"巴黎"，另有许多金色的小字母写出造琴厂的名字。我的手指轻轻地弹着，音色那么好，音高那么准确。"如果买到家里去，连收拾都不用就可以弹了。"我想。

"九成新，才五千元，有熟人介绍还可以打折扣。"她小声地在单调的试琴声中说。

"五千？"我不知说什么好，五千并不是大数目，随便一件女大衣不也要四五千元吗？可是在我的经济状况之下，五千元该是多么庞大的数目啊？！至少需要我工作一年半，而且还得扎紧喉咙不吃东西，不花钱，不做一切该做的维系生活之事，才可以达到目的。所以我不知是说它便宜，还是说它贵，只说了"五千"两个字便打住了。

"五千！真便宜，先生要买，我还可以想法子给您打折扣。"

"啊，那真太好了，回头我再来，要是买，我先通知你。"我是多么不安啊！对一个纯真的孩子说起谎来，我什么时候才能来买呢？

暴雨晴得很快，已经停了，马路上的水已经流到水沟里，未落尽的夕阳由大玻璃窗口射进来，正照在琴上和那孩子的脸上。她是浅色素的人，脸很白发很黄，满面安娴恬静，一切都和她温柔的声音相调和，眼睛似乎有些近视，经过夕阳一照，更亲切地望着琴。

我对她说了简单的谢意，她又叮嘱我买琴的事，我们就分手了。我又耐了脚下的潮湿终于上了公共汽车，奔向斜晖笼罩的景山大街，北海白桥，回到家去。

事情是那么巧，一笔比较多的稿费下来了，很想再卖一点无用的衣饰凑足了钱把那架小钢琴买回来。放在自己的室内，弹一些自己可以听得懂的曲子，一定会忘掉劳累和痛苦的。大约有两三天，我是沉在自己的幻想与计划中的。朋友们来了，我也忘情地把这架钢琴的事说出来，并把我的计划告诉她们。她们不知是反对我买，还是知道我买不起，都那么提不起兴致地回我一声："是吗？"或者："啊，那很好。"我真有些生气。

"××，我告诉你！我要买一架钢琴，才五千元。"有一天一个朋友来看我，我这样对她说。她是我的中学同学，十几年来总是很知己的。

"买钢琴？"她似乎很惊讶，或很不以为然地说。我想她大约还不知道我有那么一笔薪水以外的进款而替我着急吧？于是我就欣欣然地把计划对她说了一遍，和对别的朋友说的一样，而且因为她是我的好朋友，说得更高兴一些。

"我看还不如买点东西存下，什么肥皂、米、面，哪个不比钢琴有用？"她一本正经地告诉我，我听了很难过。本来在这样的年月，衣食尚不足，还买什么钢琴？唉！时代果然如此，不再容许我得到一点精神的安慰吗？我真难过，可是她以好意劝我，我能说什么呢？只好点点头，默认自己不会打生活算盘，再也找不出适当的话来。同时我也知道近来她的丈夫因商致富，她也不免多懂一些生意经，而我对她这过度的"物质至上观"多少起了一点反感。心想她在学校也是酷爱音乐的，我此时饥渴的情绪她就一点也不能理解吗？

"那钢琴是谁家卖的？"她在临行时突然问了这么一句。

"在王府井北头，一个××商行，法国货，九成新，真好！音准极了！还有一对很古雅的铜烛台形的电灯架，还有……"我的兴致没完，由她临行这么一问，又引起我成串的话来赞扬这架琴。害得我在大门外站着和她多谈了好几分钟，她才缓缓而去。

不久，外祖母弃我们而长逝了，为了她老人家的丧事弄得相当窘迫。而几十昼夜的病床边的生涯也使我万念俱灰。她老人家生前比母亲还爱我们，她的死使我感到生的空虚，心似乎也变冷了，没有情感，没有兴致……甚至于眼泪都枯涸了似的，悲哀都没有了。当然，那架小钢琴的影子早从我的记忆里消逝了，脑海里只记得外祖母的黑色棺木，安葬后的一带松林，以及她死后五六小时我握住的她那并没僵硬的手。我是多么希望她又活过来啊！而别人却说绝对无望了。强殓入棺里，"假如她再活了怎么出来呢？"我一直这样想着。但是永没实现，我看她的墓土仍是完整的啊！死了的永远不会再活了……唉！说什么？一切都完了。

但是前夜不知为了什么，忽然梦见自己已买到那架小钢琴，在梦里乐不可支了。但一弹却弹不出声音来，一切都和那架真琴一样，只是没有声音。看看里面却是一条弦也没有的，那白色的键槌只向空虚的黑洞洞的琴体腔内点着动着，没有着落，没有声音。我急醒了，醒来也很烦，又记起那紫檀色的小琴来。在寒风里走向去学校的路，心里七上八下地为梦境所牵扯。

冬至节放假一天，这天有暇去看几个朋友，最末到我那最要好的朋友家。她才迁到这新房不久，一切陈设都相当完美，只是什物过多了，令人生倦。客厅里有大收音机，留声机，照相机，打字机，缝衣机……我正要说这不像客厅倒像拍卖行的时候，却见窗下摆了一架钢琴。是的！钢琴。那紫檀色的，我没认错。

"你买了这架琴……？什么时候买的？"我问。

"半年多了，还是你告诉我的，你忘了？我看怪便宜的。"她说着，毫不经心地看着别处。

"那太好了，还是你幸福，买了它……"我似乎有些伤感，走去想弹弹它，寄托我对它魂思梦想的热情。但是它却被锁住了，我又像那次梦里一样的，心头感到别扭。

"锁着哪，没人弹。孩子们瞎拨拉，怕弄坏了。"她说。

"既买来为什么不弹呢？"

"我本来不想买，可是他听了觉得太便宜，就买了。而且家里什么都有，都买全了，也该有个琴。你想弹吗？我给你拿钥匙去！"她说着站起来，要去拿钥匙。

"不，我不想弹，不过我想看看它里面有弦没有，听听它响不响。"我低声说。

"响，孩子拨拉起来吵死人，要不然我怎么锁起它来呢？"

"你自己为什么不弹？"

"我？哪有闲心学这个！"她不齿地笑了一下。

又是一个夕阳未了的傍晚，斜晖从美的窗纱照入，照在琴盖上，照在她那失掉学生时代志趣的脸上，也照在我惆怅的心上。于是那位在雨天好待我的女郎的脸也似乎重显在夕阳照耀的视线里："先生要买，我给您想法子打折扣……"

这温泉般的声音又响起了，轻轻的，在我的记忆里。而琴却默默无声地对着我，像一个囚人望着探望他的亲友似的，有辛酸，也有爱。

我想只有绝望，唉！这失了声音的琴哪。

（发表于《妇女杂志》1945 年第 6 卷第 2 期，署名雷妍）

光　明　泪

　　暑热末了的早秋天气，是晴爽而明澈的，处处似乎都有蓝色而透明的雾在笼罩着。

　　陈玲目送着丈夫的自行车飞驰在广阔的柏油路上，直到她目力不能再看到他的时候才回到院里去。朝晨的光正照在淡红的雏菊和熟透了的西红柿以及满架子的绿叶子上，这一切形成了光艳的色彩。簇拥着试飞新王的蜂群像金色的雨一样遍布在空中和庭院里，她挽起袖子洗着衣服。奇怪，在她体内似乎被用不尽的力量充满着，在工作中毫无疲倦的感觉，日丽风清的天宇下，她感到无边的幸福。

　　突然一阵车铃声，朱通——她的丈夫——又回来了。面色似乎很严肃。

　　——怎么才十点多你就下班了？她奇异地问他，用白围裙擦着自己的手。

　　——到我屋里来再说吧！他把车架子支在房檐下，同她走到他的卧室里去。她不时地观看他的脸色，不知道他究竟为了什么早下班。

　　——你不舒服了吗？

　　——不！……没什么！……只是……他仍然没有一丝笑容在脸上，吞吞吐吐，也没有句肯定的话，使她十分焦灼。她还以为他病了呢，正预备给他做些汤食，他却打开留声机大声地唱起交响乐来。

　　——你这人可真奇怪，到底觉得怎样呢？回到家这么半天了，连一句明白话都不肯说，倒有兴致唱交响乐。

67

——我为什么没兴致呢？告诉你吧！中国胜利了！日本对中、美、英、苏四国无条件投降了，这时候不唱交响曲什么时候唱呢？他几乎跳起来，脸兴奋得像一个孩子。

——你说什么？不要把梦幻说得那么真吧！

——真的，你不信就看报吧！他从裤袋里拿出一张折成一个小方块的报纸，展开拿在她的面前。

她用双手捧住负有伟大使命、载有大好消息的报纸，张大了眼睛看下去……

她的脸色变幻得异常之快，渐渐地她的臂膀上像突然遇见冷雨一样的，每一根毫毛都竖起来，她的嘴微颤着，有光闪闪的泪珠充满了她的两眼，她终于把脸伏在拿着报纸的手上痛哭起来。

他知道这突来的佳音，使她太兴奋了。他把留声机停住，半担心却微笑地站在她面前，任她哭一个痛快。

等她的泪流完了，一种异常的喜悦占有了她，仰起泪痕未干的脸来，又对他笑了。

——这不会再是梦了吧！我们真正被解放了。

——千真万确的，绝对不是梦，玲，擦干泪，到朋友家去报告好消息，走！快走！

他们匆匆拿着报纸走出去，才到门外，就遇见住在紧邻的一个工人，他是广东人，久在矿上做工，近来病了两个月，又赶上物价飞涨的时候，他已经消瘦得没有人形了，只是一对广东人特有的闪光的眼睛依然真挚地望着人。他们住得既和他相近，平日和他也很熟悉，别人称他老王，他们总是称他王先生，有事的时候也能相互帮助，所以他对他们笑着想打招呼，他用手巾包着干粮预备到煤井下去接班工作，朱通握住老王的手臂，大声说：

——王先生，日本投降了。

——是吗？真的？老王停住脚步，望着对方仍然怀疑着。

——真的，报上都登出来了，你看，这不是！

68

老王一向是很老诚的，但今天他忘记了一切地把报纸从朱通手里拿过去，一口气跑到他自己的门前。他的母亲才送他出来，还倚门立着，他在他母亲面前站住，用广东话对他母亲念起报来。那一对夫妇虽不懂他的话，却深知他是快乐得无法形容了。他的母亲用手抹去眼角的泪，笑着对那一对邻居点头。等老王把报纸交还他们的时候，他那消瘦有棱角的脸上满是泪痕，但却有笑容隐在泪痕下。

他们拿了报纸向四五家报告了佳音，渐渐地在路上也遇见别的朋友对他们祝贺。不久，全市的人都喜形于色了，下午的物价就跌落下去。

已经到了晚上八点，朱通把无线电扩音机装置在大门楼上，门灯闪烁着，一会儿门外就聚集了几十个人等着听新闻，有老人，有孩子，但多数都是矿工，和没有买到报纸的人。天忽然下起雨来，他们并不躲避，等扩音机放送国歌的时候，整个群众都肃立着，没有一点声音，等着听到由重庆转播新闻的时候，大家都流下泪来，像见到久别的亲族一样。一个老人擦着泪说："啊，现在可好了。"

等新闻放送完毕的时候，雨更大起来。大家身上全都淋湿了，但每个人都发着快乐的声音，讲着谈着，孩子们询问着，归去了。

陈玲却在灯下写着日记，末一句写着："八年来铁蹄下的生活，今日才得解放，内心除了感激以外，只有惶愧，我究竟对国家尽了什么责任呢？"

——不要空空地感叹吧！未来的日子很多呢，做我们该做的工，依旧地爱惜光阴，不要浪费生命，不要忘记胜利得来得不易，就好了。他说着戴好大草帽子到外面去看蜂箱，雨仍下着，他又把窗上的苇帘撒下来，才进来在灯下用钢丝做蜂巢框子。

她正要给在远方的家族写祝贺信的时候，他的蜂框都做完了。把工作收拾完毕，就催促着她按时休息：

——休息吧！你今天兴奋得太厉害了，希望我们不要破坏了生活习惯哪，明天早上再写信，一定写得更从容些。

——好，那么明天见，晚安！她说着拿着睡衣就向她的卧室里

69

走去。

　　——怎么？你不是说一到光明时代就把你的卧室改为书房吗？怎么还是走开？

　　但是我的父亲和哥哥还没回来呢，他们在外面的苦难一天不完，我们一天不能快乐……你不会怪我吧？等他们有了确信归来的时候，我一定履行条件。我们国家胜利了，可是我的家人仍然是分散着哪……她说着又落下泪来，在灯下，更亮，更圆润地从她的腮边滚下。

　　他握着她的手把她送到两个卧室交接的门口，又轻轻说了一声明天见，她就把门从里面锁上了。他微叹着半躺下，又读起被泪点沥遍了的报纸来，雨仍未停。

1945 年 9 月 9 日

（发表于《新妇女》1945 年第 1 卷第 1 期，署名雷妍）

肥了的一群

　　升降机的红色的铁门关得那么紧，漆金的图案花纹在强烈的灯光下闪烁着，铁门上端的四方信号灯上点亮了"14"的时候，红色门退到两边墙里，由铁笼般的升降机里走出五六个时装豪华的人物，分散到几个房间里。房门都关得紧紧的，走廊里又沉寂起来，信号灯由"14"改为"12""8""4"……机器的沙沙声也听不见了，升降机由14层降到最下层。

　　在这所大饭店里的侍者都是经过训练的，他们或她们都像医院的护士一样，穿了整洁的制服，等着信号灯和电铃的呼唤。"148"号房间的电铃响了，一个女侍者穿着西服上身，长裤子，姗姗地走去了，她染着蔻丹的指甲闪着淡红色的光，眉毛是1945年外洋明星的型式，细细的，由鼻梁处分着飞扬向左右方，好像和眼睛闹了意见似的，远远地挑起来，末梢有一个小小的钩。

　　她轻轻地叩着门，然后走进去。

　　室内陈设得异常华美，虽有色彩不十分调和的地方，大致却相当欧化。住在这儿的客人也是方才由铁笼似的升降机里走出来的那一群里的一分子，大约有四十岁年纪，一身上好的灰哔叽西服，剪裁的手艺真是惊人，很为难又很凑巧地包紧了他的肥胖身体，他半仰卧地堆在沙发里，垂着臃肿的眼皮。当女侍进来的时候，他略打量了她一下，又毫不以为意地吸起雪茄来。

　　"有事吗？先生！"

71

"Orange！"他轻轻地说了这么一个单字，再也不出声音了，好像不耐烦似的，把眼睛望向窗外遥远的钟楼。

"Yes Sir！"女侍者也不肯示弱地清脆地回答了两个单字，然后悄然走出去。

只剩了肥胖客人自己在房间里，贪婪地望着门口笑，又似乎咽了一下口水。

女侍端来一个长颈玻璃盘子，五个红而圆的蜜柑搁在盘心上，她轻轻放在小桌上，拿出一个小巧的账簿，请他签了字。他虽然派头大，但五个橘子明明写着五千元，也不免呆了一下，不过随即又停住了，换成坦然的样子。

"太贵吧？什么好货色！"

"加利福尼亚出品的。"女侍温柔而高傲地回答。

"不可能，从先倒不奇怪，纽约的冰激凌到此地也化不了。现在怎行？"

"你先生是有口福的，吃吃就会知道了。"她说着要走开。

"××饭店五百四十号。"他指着床头的自动电话机说。女侍为他拨通了，她用当地方言和英语询问清楚，把听筒交到他的手里。他呆看着她的手，半晌才回答对方接电话的人，女侍摆出冷淡的样子走开。

"哪儿，哪儿，笑话，我存货不是为赚钱，倒是为了好玩，不然电石怎么用得着上吨的存？哈哈！首饰？我可是外行，你替我留下也好，等回去送给太太。是谁？是谁的太太卖的？哦！是她呀，我们有过认识……喂！你好不好请她送来看看货色？架子大？没关系，请她在孔雀厅吃大餐总行吧？好，就那么办吧？今晚八点……"

他放下电话，得意地微笑着，过胖的脸孔发着枣红的光。他站起来伸一个懒腰，拿了一瓣橘子嚼着。

窗外已经射进金色的斜晖，电车铃声，公共汽车的喇叭声成串地传入，他已疲乏地送走了好几批生意经纪人，想着半日来交易的收获，心头快活得痒了起来。他想叫那个女侍来闲谈开心，没想到进来的却是一

72

个男侍。

"方才那女的哪儿去了?"

"下班了,先生有事吗?"

"孔雀厅留一间雅座。"

"是!"

晚餐的时候到了,全个大饭店都骚动起来,到处飘着音乐,妖姬似的舞女充满了几个舞厅、酒吧间、大餐厅……都充溢着粉香和肉香。

孔雀厅到处以孔雀的图案为点缀,四壁有孔雀各种姿态的油画,侍女的小围裙也是绣着孔雀翎的花纹。华尔兹舞曲高声响起来,灯光不时地变幻着,在一间有淡紫色灯光的雅座里,已经陈设了杯盏和花瓶,"148"号的肥胖的客人昂然地走进来,一个身材苗条的侍女跟在后面。

"有两位客人在大厅里候您半天啦!先生!"她站在由桌子四周向上射的灯光前说着。

"那么请他到这来。"他的声音总是放得那么低,好像不屑对一个侍女说话似的,再加上大厅里传来的舞曲,更不易听真,好在这么一句简单的话,她是猜得到的。

被那肥胖客人约来吃晚餐的是一个男人和一个女人,男人虽没有东道主那么肥胖,倒也是大腹贾之流。那女客人是清秀而美丽的,服装时髦而淡雅,奇怪的是她的容貌很像白天给148号送橘子的女侍,只是眉毛却画成新月形,不是飞扬的,在淡紫色的灯光下,她简直美丽到令人迷惑的地步。

"这一位是……?"肥胖的东道主问道。

"冯太太没工夫来,这位是她的秘书苏小姐,这位是大华公司的董经理。"那位男客人这样为双方介绍着。

"苏小姐,久仰,久仰!"董经理的声调变得既豪爽且温柔,说话的时候略弓一弓腰又站直了。

"董经理!冯太太有应酬,不能分身,叫我来打扰。"她的声音那么静,并且有一些高傲的成分包含着。

他们三个人在悦耳醉人的音乐声里吃着丰富的晚餐，他们谈论着物价的高涨情形，他们开心地预测着未来的物价，他们笑了，几乎压过音乐声。苏小姐话很少，她的酒量却不小，主人都几乎沉醉了，她还处之泰然地接着主人举过来的大杯。

和她同来的男客人因为另有应酬先告辞走了，她才缓缓地谈到首饰的事。她用纤手托着两个小巧的绒盒子，送到董经理的眼前，他已有八分醉意，眼睛只管看着那一双姿态优美的手，并不理会到首饰。

"咦，您不是要看货色吗？"她冷冷地说。

"决不会错的，这样的手会拿着次货？"他侧着头看着她。

她只得自己把小盒子打开：两个翠指环，一对钻戒指，一对一对地装在两个盒子里，手工都那么精巧。

"索性说价钱吧！"他焦急而贪婪地说。

"六百七十万，钱货两交！"

"太多，首饰的行市没有粮食高。哈哈！"

"那么我只好回去交给冯太太了。"她说着站起来要走。

"慢慢商议，这儿的光线不好，到我房间里去看看货色，好不好？"

她点点头，并没拒绝。他在侍者手里的小册子上签了一个字，就同她走到升降机的前面，匆匆地按着电铃。

屋里的灯光是正常的，很亮，但没有那淡紫灯光的神秘趣味。苏小姐穿的原来是一件白织锦缎的短袍子，那么在任何种灯光下它总是光灼刺目的，她的脸孔却像早春的花园一样，红润而芳香。

他像一个离开主人很远的猎犬一样，似乎全身都是嗅觉，被她的芳香吸引得半疯狂了，只略略看看那两对首饰的货色，的确不是假的，很快就钱货两交了，他是多么迫切地需要她啊！她仍然那么静地谈到些不相干的问题，比如当地的天气，晚餐那一道可口的鸡茸汤……直到他因为饮酒过量而沉醉得抬不起眼皮的时候。

"您在沙发上好好休息一下吧！我要看一下今夜的晚报，等您醒了再谈，要不然我该告辞了。"她说。

"不，我不困，再坐坐，我打发人去叫一部汽车……"说着，他果然支持不住而沉睡在沙发里，不时在梦里做着不叫她走的手势。

她匆匆地在一张纸上写着铅笔字，然后看看那肥胖的人真的睡着了的时候，她笑了，那么轻轻地耸耸肩，把纸条放在小桌上，用台灯压着纸边。然后就悄悄地走到董经理的身旁，熟练而迅速地从他的衣袋里把那两个首饰盒子拿走，轻盈地披上白羽毛镶边的披肩，走出去了。室内只有灯光雪亮地照着睡在沙发里的人，那个吃得过于肥胖的男子。

在豪华都市里的清晨原是没有动静的，尤其在这大饭店里住着的客人更是沉在梦乡里，梦到金钱，梦到美色，也梦到贫乏时候的恐怖。是的，董经理梦到天冷没有衣服穿，一急，醒了，原来在沙发里睡着而感到冷了。侍者把床给他理好却没敢惊扰他，以为他不久会醒的，但是他到了清晨才醒。初醒时他不免昏昏地忘了昨夜的事，不久他就发现那个苏小姐已经走了，而非常失望地站起来徘徊着。天色还早，他走向床边去，台灯还亮着，他看见灯底下那一个纸条：

　　董经理：对不起得很，那两对首饰并不是什么好货色，是我出来时太忙而拿错了，是不值那么高价的。所以我暂且带回去，有工夫我再送好的来。至于那笔现款我只好先用一下了。我不要支票的原因，没有别的，只是怕费事，因为我要坐夜车到外埠，去看看我那些在饥饿线上挣扎的一家人；并且我要还一笔债，因为我的服装费也不是小数啊！

　　和我同来的先生，只知道我是冯太太的秘书，其实冯太太很早就不用秘书了，他却一点也不知道。不用追问别人什么吧！总之，您有的是钱，我有的是一点小聪明，人和人有什么过不着的？你可以千万或万万地得钱，我也可以十万百万地得钱，我们得钱的方法虽然不一样，但还不失为一条线上的人物。如有缘，再见吧！祝亨通。

　　　　　　　　　　　　　　　　　　苏　当晚

75

他看着纸条就呆坐在沙发上，很长的时间过去了，他才打电话给朋友们，给侦缉队，给昨天那个同来晚餐的男子……但是却无效果。他很生气，损失钱事小，自己失败在一个女子的手里，他却受不住这口气。但又没办法，那样的少妇到哪儿去查访呢？

　　一会儿，房门开了，那个扬着眉毛的女侍推着一个小巧的餐车送早点来，轻轻地把盘子放在桌上。他看她简直和那个苏小姐是一个人，但又没有证据，自然不敢冒失。

　　"喂！你姓什么？"他毫无礼貌地问着。

　　"我？"她冷冷地说。

　　"你贵姓？"他稍降辞色地说。

　　"我姓吴。"说着退出去，留他一人吃点心。他呆呆地想着，若有所失的，想着没得代价而失去的钱，并想着那两个女人的俏姿首——可望而不可即的。

　　（发表于《新妇女》1945 年第 1 卷第 3 期，署名雷妍）

温室里的春天

天色晴得那么可人——晶蓝的，但寒气并未稍减，街头上行人很少，偶有一二人匆匆地走过去，也是缩头曲背的，那么静，那么畏惧，正是腊月初呢。

但在一个中产阶级的人家，却有着一个春的天地，一些精心培植的花，五色绚烂地摆在窗里，有阳光直射进去，在窗里毫无冬的意味。

他口里衔着烟斗，坐在一个矮凳上，捧着一盒嫩紫色的雏菊出神，左腿伸出蹬着地下一个大花盆的边缘，另一个脚在地下。拖鞋的头上有一个微小的黄猫枕着，安睡着，做着吃鱼的梦。天花板上垂下的鸟笼里的画眉，歪歪头，看看他，看看窗外的日色和窗内的花，它婉转地哨了一声，它以为春天来了。他被鸟哨声惊觉了，拿开脚上的小猫，小心翼翼把那盆嫩紫色的花放在一个纤巧的高架上，那用白色漆修饰得十分美丽的架子，他耸立着，放花盆的姿态是多么雄伟呀，他该是一个活跃的人吧？他该是驰骋在人海里的英雄吧？但谁又知道他却静如止水地守着这一切小生物在温室里过着静静的日子。

义格！来和我们玩一个晚上，在俱乐部，玩扑克，打麻将，都可以，随你选，你知道今天是星期六，平常我们绝不敢打搅你的清思。……再者，我们已向嫂夫人替你告假了，可毋庸挂怀。

全启

77

昨夜同事们送来的便条还放在小几上，他看看随即揉成一个小团抛在抽屉里。

天花板上有一块四方活板，他站在椅子上轻轻地拉开它，伸手拿出一个小册子，紫缎皮上有金色的字，"未忘的梦"，字体是那么美，衬托出一番梦幻的色彩。

每一页上有一个清丽的相片，像中的服装已经不入时了，看来至少已有十年之久的历史，十年来，他未曾忘记的人哪，现在却是天各一方了。

"她现在该是很幸福的吧？她什么样子了呢？也许更清瘦，更多感了吧？她还记得我吗？"这许多问题，时常在他内心起伏，但终没有一个解答。他凝神地看着相册想着往事：他记起和她在故都的初识，他想起他们友谊的开端，他想起他们的深情，他想起自己的恶命运，他想起父母给他娶的妻，他想起她的决绝，她的翩然而去……他的泪又映在眼睑里，不可挽回的厄运，不能弥补的遗憾。"她早已出嫁了。"他想着，心痛难忍，只得把相册子放回原处，看那绿生生的雏菊叶中有一个半枯的叶子，他轻轻摘下来用手指在盆泥中掘了一个小洞，把枯叶埋葬了，十年来他完全把精神寄托在养花养蜂上，甚至养鱼，养鸟，种菜……每天除了上公事房以外，就是种植花草，或和小动物玩耍，他家里举凡小猫，小鸟，小兔……都被他爱着。他好像从未发怒过，他的妻也觉得他的性情太淡雅了，甚至于希望见他发脾气。但是不可能，他对于自己的孩子也和对那一般小生物一样地爱护着，使他们吃得饱穿得暖，对一切都是那么始终如一地没有改变，平静得如一池止水。他在许多花草中不知为了什么特别珍爱那盆紫色的小菊，也许是因为她好穿紫色的衣服，而且初见她时，她正在拈着一枝雏菊，于是他再也忘不了这小花，她的泪几次偷弹在那美丽的瓣上。

"义格，你又忘了吃早点啦。"他的妻推门进来说，她是一个相当温柔的少妇，纯旧式的中国典型少妇，好像她进入丈夫的屋子也该谨慎地、有一个正当的借口似的。

"我不饿。"

"哦，那什么时候饿了再吃吧。义格，你听我提过本胡同新搬来的林太太吗？人很好，原来他们林先生也是你们公司的同事。"

"我倒没理会。"

"能理会我说的话吗？你除了把你的心完全放在那些花上、鸟上、小兔、小猫上……什么也不能叫你注意……"她微含怨声地说，深深叹了一口气，略一笑不再说什么了。

"真的，她说今天上午来，来要一个小猫。昨天在王家遇见她，她说家里老鼠闹得太凶，听王太太说咱家有许多小猫，她向我要。我当时不知怎样答应才好，本来一个小猫，只要是邻居就可以送；可是又一想这些东西都是你的宝贝，怕你不答应，你答应送给她一个吧。"

"好……吧，只要她好好喂养它，没什么不可以的。"

时已近午，义格身边环绕着六七只猫，大小不等，颜色不一。

"好好的要叫你们失去一个伴侣。"他轻轻地喟叹着，远远地听到女人的足音，除了妻以外似乎还有另一个人轻快的脚步声，他想一定是那个林太太。

"女人总是感情用事，见了没有几次面就能断定一个人的好坏，而彼此送起东西来了。"他想着，面向里站着，因为他很不愿意和一个陌生的异性突然相遇的。

"请进，他的东西都在这个屋里，他整天不离这儿。"她这样把那客人让进来。

"义格，林太太来了。"他只得转过身来见礼。

"……"他惊得说不出话来，林太太，正是他念念不忘的紫衣人，她为什么到这儿来了？她有意来看我吗？天哪！这是多么奇怪的事呀。

"这位就是石先生？您好！"来客很镇静地说，显然她已经胸有成竹地来看他。

"您好，请坐。"他机械地说，他的妻一向见他对于生人总是很拘泥的，尤其是对于女人；不过从来没见他像今天这么精神失常，她想一定是他不舍得把猫送她吧。

"您看这一大堆猫整天把人吵死，您随便选一个吧。"

"谢谢，不过还是请石先生随便给一个吧！因为我不知道石先生最喜欢哪一个，如果我选的正是您所喜欢的，那不是更冒昧了吗？"

"这个白花蓝眼睛的送您吧，很美的，它的名字叫小菊，您可以常给它小鱼吃，它……被我娇养惯坏了的……"他不自然地又似甘心相赠地说。

"啊！可爱的生命。"林太太抱起小猫来抚摸着它的柔毛，小声地喃喃着。

"义格，我也谢谢你，你多么慷慨啊！"他的妻高兴地取笑着，可是当她看他的脸色时，发现他是那么苍白，而且眼睛湿润着。

"一点英雄气也没有，一个小猫会心痛到这种地步。"她心里想着，唯恐他变卦再不肯把小猫送人，那该多么丢面子。她赶紧说："林太太到我屋里坐坐吧，他这屋里有一股子土湿气。"

"这气味好像春天下过小雨以后的气息，土香夹着花香。喔，石太太！谢谢你，我该回去了。"

"再坐一会儿多么好，我还没和您说够话呢。"

"我已经很满意了，谢谢您二位。"

不知是被礼教的关系，还是神经麻醉了，他不会说出和她一样好听的话，他只呆呆地凄凉地看着妻送走林太太。林太太抱走猫，带走他的心，引走他的灵魂。

"再见，石先生！我的先生现在正在家，有工夫可以到我家去坐坐。"她走了，可恨她为什么一定要提起她的先生呢？

"再……见。"他再也说不出别的话来。

在灯下，他一人在重重的花影下写日记，屋内静无人声，除了几个猫的酣睡声，和笼里画眉偶尔的拍翅声以外，再也听不到什么，他的笔尖轻轻地写着：

"十年的别离今日重逢了，她来看我，可怜她更瘦削了，只是话声未改，仍如清泉流过小石子似的清脆可喜，微有蛊惑人的柔音。她也酷爱着小动物啊，我为什么不能把我经心培养的一切花草鸟兽都赠给她呢？我为什么不能亲手再替她培植一些呢？我为什么不能把我心里一切衷情吐给她呢？我为什么不能把春天雨后的气息带给她呢？使她在冬天的环境里也有春的感觉，我太怯弱了，因为她有先生，我有太太，一个多么大的笑话呀，十年思慕的人，一旦重逢了，却不能叙及一句往事，连一个友谊的问讯都不能……天哪！人类就是这么怯弱的动物啊，我感到多么深切的耻辱与失望啊！"他写着伏在日记上，片刻不能抬起头来。从门右边墙角下的猫洞里，扭扭地走进一个白色的动物，走到他脚边，用小爪抓住他的拖鞋头。

"咦？小菊你逃回来了？"他伏身把它提起，放在日记边的桌布上，抚摸着它，它依着他庞大的手背安然入睡了，他见了不胜感慨，于是又在日记上写了：

"小菊又回来了，它离不开这屋子的温馨，它就毫不迟疑，毫不畏缩地大胆地回来。呃，生物学上应当添一条新的定律：猫也有灵魂，有思想，有胆量，而其伟大实超人类以上。"

原编者注：雷妍氏本名刘植莲，现执教于某女中。年来写作颇多，多以知识阶级之生活为对象，为文幽闲秀丽婉约如画，风格近于沈从文、靳以氏。近以二万字小说《魁梧的懦人》当选《民众报》第二次民众文艺征文。本篇直触生活，极见其搏斗的精神，在年来华北文坛女性作者此倾彼继之际，雷妍氏可谓不断刻苦写作之最有前途的女性作家。

（发表于《华北作家月报》1942 年第 1 卷第 6 期，署名雷妍）

银 溪 渡

垂着纱帘的窗子悄悄地开了，窗里一个新醒的俊颜一闪，又走开。晨风向开着的窗子徐徐地吹，含着四月的玫瑰香气，街上有清脆的卖花声。

那曾在窗里一闪的人又出现了，她望着早晨的庭院凝思着，卖花声近了，抑扬地飘荡在晨风里。她轻轻地离开窗子从房门里走出来，院里那么静，她知道女仆还没醒，她不忍搅破她的好梦，也不愿她来打乱自己的寂寞，所以轻轻地走到大门边，习惯地先看看信箱里是否有信，果然，一封洁白的信微斜地躺在信箱里。她拿出来看这笔迹好似很熟悉，不过信既没邮票又没下款，她不免狐疑起来："谁来的？谁寄给我的？写着我读书时代的名字。"她本来要去买花，但是为了这封信忘了买花的事，她匆匆地回到卧室，坐在妆台旁，打开信来读；信笺也是白的，有二三页，她读着，读着，信纸在她的手里瑟瑟地抖起来，一个字一个字的像小人国的箭，无数地刺在她每一个感官里：

梦琴：

　　一定没想到吧？我已经醒了，从错误中醒来了。不过，我也许醒晚了吧，因为我醒后已经不见你的去向。我到处探听，询问，结果只有失望，你知道我一向不认识你的亲友啊，二年来我过着不正常的生活——饮酒，跳舞，旅行，我没想到"旅行"却成全了我的梦幻，终于在这遥远的江南遇到你。你总该记得前两个礼拜陈宅的夜宴吧？你和你的丈夫都在场，奇怪你却毫未注意到我！陈先生是我的表哥，我从北方到江南来旅行就住在他家。奇怪，纯属天意！我到他家住不到一星期就会遇到你。你消瘦了，婚后生活怎样？假如不无幸福还好，不过稍有不如意即是我的过错啊！以往，以往叫它死去吧！我使你伤心，我使你失望，我错听了恶人们的话，我坠在疑惑的网里，你知道我写这封信的时候心跳得多么厉害吗？我手抖着，我的心绪乱如一团麻，梦琴！二年来的变化真是太大了，我们的一切就这样收束了吗？我觉醒以后常常想："梦琴一定是莫名所以地伤心着哪！"你知道我们决裂的原因吗？我在初写这信时第一要解释的是我们那次决裂的原因；但是我手抖得写不出了。

我听陈太太夸赞你，她说许多同事的太太都喜欢你，又说你丈夫的许多优点：能干，有学问，对待你好……我听了这些话不知心里是什么滋味，我想："完了，琴是别人的了。"所以我居然没勇气立刻写信给你，昨天听说你的丈夫已经到×州调查路上工程去了，我才匆匆地给你写了这封信，梦琴！我在这儿越格要求你一件事，务必求你答应我！梦琴！我请你在今晚八点以后到银溪渡畔去散步，我在那里等你！在那里我一定仔细地把我们那次决裂的原因讲给你听；你听了以后也许会减少一些恨我的心吧，梦琴！匆匆书此言不尽意，我等你。

乐淳

今晚是有月亮的呢，又及。

她的脸色整个苍白了，女仆打来的洗脸水早在盆架上放了好久，而且给她买的栀子花朵也散漫地浸在一个椭圆形的蓝玻璃盘里，洁白的芬芳的花朵是她的爱物，今朝她却视若无睹了。她神经质地把信撕得一条一条的，随即又想再读一次；但是已经撕了，又那么碎，她无可奈何地索性再撕碎些。碎了的信握在手掌里站起来，从妆台上拿了一个空粉盒，把撕碎的信装在盒里，走到窗外，拿了一个小铁铲在玫瑰丛下掘了一个小坑把盒子埋葬了。她把铁铲抛下跑回屋里伏在床上落起泪来，没人听见她哭，没人来安慰她，没人理会她，没人了解她，其实她自己也不知道为什么落泪，所以哭过片时，湿了两块手绢就起来了，洗脸，梳头，对镜……真瘦了呢！记得：

初次认识乐淳的那天也是四月天气，那天学校周年纪念开游艺会，她在一个话剧里表演，好像那次的表演正是为认识乐淳而作的，在剧里她有一个很长的独唱，而乐淳的音乐演奏在社会上已很有名望了，所以当她从后台上下来时，她的同学玉苓跑来挽住她的手，说：

"梦琴！你唱得太好了，乐淳直叫我介绍认识你。"

"谁？乐淳？是那个小提琴家吗？你怎么认识他？"

"瞧你，审得我真详细，就是小提琴家乐淳，他是我哥哥的朋友，从小我就认识他，你看，他已经站起来了。"

梦琴想着想着已经化完妆了。她看见朝日已高，是给丈夫写信的时候了。她到书房，拿着信纸，铺好了，拿起笔来写。一写，写了"乐淳"二字，她恨恨地说："见鬼！"她撕碎了又写，写的却是"毅先"——丈夫的名字，可是以下写什么呢？再也写不下去了，因为乐淳的影子很清晰地耸立在她的想象里，她不记得在陈家那夜宴会里的客人都是些什么人，所以她还是想着三年前和二年前的一切。她记得：

和乐淳认识以后，在一个月夜里的北海水上泛着小船，他们任小船漂在杨柳岸边，他为她奏着小夜曲，梦幻曲，最使她难忘的是他把琴弓子放下用手指拨弄琴弦，弹着《最后的玫瑰》的调子，她随着唱起歌词来，唱完，琴声也止了。湖上的月光冷冷浸入，她打了一个寒噤，他问："你冷？我还热哪！琴，我送你一个小玩意儿，你要不要？"她点点头，他从衣袋拿出一个小盒来，说："你自己打开看吧！"她觉得一定是戒指，这岂不是求婚的方式吗？她迟疑不肯接，他热情地说："你打开看看如果不好，就不用要。"她怯怯地接着，打开那小巧的绒盒，里面却是一个别针，是一个珐琅质的小提琴形的别针，不过一英寸长，垂着一个小练，练端一个小横牌上面有暗金色的字：Forget me not。她真喜欢这小巧多情的玩意儿，她注视着他说不出话来。

到现在想起那个小别针来还不胜感慨，可是完了，一切都完了，婚后和丈夫南下时，在江轮上一晚，有月亮，丈夫已经睡了，她心思不宁的时候把那心爱的小别针抛在洞庭湖里。因为她想抛了它也许能把往事完全忘净了；但是几次为了那多情的小东西引起她的怀想，她想再跳到洞庭湖去捞那个渺小的东西是万不可能的，人生总是那么许多不能挽回的事。所以她决定忘了乐淳免得丈夫伤心，她决定不能辜负了好心的毅先，免得此生再多一件不可挽回的事，免得后悔。她想停一会儿再给毅先写信吧，因为现在写出来的话不会给他什么快乐，因为乐淳的影子在作祟……

昏昏地过了一天，已经到了晚上。大地上并未完全黑暗，月亮就上升了，梦琴的心如怒海似的沸腾着，她想乐淳已经在银溪渡的月下焦急地徘徊着吧？她知道在月下他是多么可爱，她想，也许他带提琴来了吧？在那一带竹林夹岸的银溪渡口，坐在青石上听他拉提琴该是神仙生活了吧？她开始下意识地换着软底鞋，换完鞋一抬头，月光照在墙上，照在她和丈夫结婚的相片上，她呆住了，决定不去见他。为了丈夫的善良、丈夫的名誉，她把女仆叫来：

"杨妈！从外面把房门给我锁上。"

"为什么？太太！"女仆说着走进她的房里。

"我有点怕。锁上，明天早晨再给我开。"

"您怕什么？那么为什么不开灯？"

"有月亮。"

"有月亮，您……还怕什么？"

"你不用管了，给我从外面锁上，快，听见了没有？"她从来没和女仆发过脾气，今天她忽然大声说起话来，女仆莫名其妙地走出去，从

85

外面锁住房门。在门外说：

"您有事了喊我。"

她心里好像安静了，坐在窗下看着月亮照得稀疏的竹影，她又想起二年前：

一个夏天的黄昏，收见玉苓一封信说乐淳病了，住在××医院，立刻她就去看他（幸亏是私人医院），见他躺在白床上，面色苍白，见她来了并不快乐，反而把脸扭过去。据护士说他患的是心脏病，她见他病得古怪而且态度也改了，她的心惊得几乎从口腔里跳出来。她连问："淳！怎么啦？"他半晌不回答一句话，停了有十几分钟他才气昂昂地说："你来做什么？我们以后最好不见面。""为什么？淳，为什么？"后来他再也不说话了，护士催她回去，因为他新入院，需要休息。她恍惚地走到玉苓家去问他的病和生气的原因，但是人家都若有意若无意地说："你们那么要好，你还有什么不知道的？"她装着一颗铅球似的心回到家里已经十点钟了，她的父亲还是坐在院里的凉椅上等她，等她走近了，把她叫住，着实申斥了她一顿，怪她回家晚了。她受了这么多激刺，天又热，到屋就喝了两大杯冰凉的水，第二天就发起烧来，病了。在病中没有乐淳的消息，也没有玉苓的消息。已经一个月过去，她挣扎起来想先到玉苓家去打听一下；但是想起前次她那冷淡的样子而愤然了，她只得到××医院去，人家说乐淳已回故乡。她此后再也没得到他的消息，又有一个月，她到市场去买小说，忽然见一个咖啡店的楼窗里有他和玉苓在吃冰激凌。这景象不啻一个燃烧弹在她心里爆炸开，她当时想打破玻璃从窗子里进去问他为什么，一切是为了什么。但是结果她却回到家里，痛苦地回味着。

她想着。月亮更光明了，一阵晚风吹得竹叶沙沙地响，墙上疏影婆娑，钟已响过九响，她想他一定已经在溪边焦急地徘徊着哪，她觉得是他应得的报复，不过又觉得不忍，同时又真想问问他那次和玉苓的事。于是她匆匆地走到房门处，拉门想走出去；但门拉不开，她才想起已经叫杨妈从外面锁上了，她懒懒地躺在床上想着：

自从那次在咖啡店窗里看见那不幸的景象以后，她很少出门，父母为她担心，六个月以后就和毅先订了婚，一年后结婚时给玉苓的请帖却从邮局退回来，玉苓不知搬到哪儿去了，而乐淳再也没有半点消息……毅先的性情很好，待她十分忠诚，凡是她的愿望只要他能办到的没有不尽力办的。比如她爱音乐吧，他为她买留声机、唱片、收音机以及一些轻便的管弦乐器；她喜欢看书，他单为她布置了一个小书斋；她喜欢散步，他每天下班后总伴她到江边，竹林里去散步……

她想着想着觉得自己锁上门不去赴约是对的，把信埋葬了也是对的，甚至于觉得小别针抛在洞庭湖里也是最对不过的。月光射在室内更多了，她心里感到空洞，渐渐沉沉入睡了。

忽然她看见窗上有一个黑的人影，一下跳入屋里，是乐淳！是乐淳！她想叫，叫不出来，他进来也不说话，黑乎乎的也看不清楚面目，只见他拉起提琴来，可是他有拉提琴的姿势却听不见琴声，又觉得他拿着提琴的"手把"劈头向她打来，打在她的肩上，她一下坐起来说："你，你!"又觉得是毅先的声音说："梦琴，是我，醒醒，我回来了。"她用力张开眼睛觉得灯光刺目，果然是毅先站在床前和悦地看着她。她歇斯底里地疑问着："你？真回来了？是做梦？"毅先爱怜地坐在她身边拥住她的肩头，低声说："真的，不是做梦，才两个礼拜的别离，你觉得寂寞了吗？可怜的……"

"可是我锁上门了，你怎么进来的？"

"杨妈给开的，她说你害怕，真对不起你，以后再也不出去调查了，去也同你去，你累啦？先睡吧，我还没吃东西哪。"

"可是你临走说要一个月才回来，怎么两个礼拜就回来了？而且你叫门，杨妈给你开门，我一点也没听见呢!"

"你太寂寞了，愁烦，睡眠多，睡沉了自然什么也听不见了！现在渐渐天热了，一下雨，江上就要水涨，所以我们几个人加紧工作，昨天做完了报告，他们花天酒地地和几个站长胡应酬我真看不过，就先回来了。"

"你真是好人。"她郑重地说。

"笑话，过奖，哈，你怎么冷若冰霜起来？"

"真的，我说的是实话，你真是很纯正的人，毅先！我觉得，你太好了，我不配……"她说着潸潸地落下泪来。

"怎么了？琴，你生气我和这些人在一起吗？以后我远离他们！你放心，辞职都可以，你不许难过。"他焦急地忠诚地说，她摇摇头，泪落完了，勉强微笑着道：

"你别急，我的确十分感动，觉得自己不配当你的太太。"

"别那么说，起来！我给你带来许多好玩意，还有好吃的甜糟鱼，你不是最喜欢吃的吗？"

"可是已经不早了。"

"不要紧，通宵'共剪西窗烛'，多好，那不是你最喜欢的生活吗？"

"可是你明天还要上班呢，我倒不要紧。"

"我们一共有一个月的假，可是时间只用了两个礼拜，所以我们还可以休息两个礼拜呢！"说着他扶她走下床来，他打开衣包拿出许多纸包和小盒子，什么×州的茧绸，玉环子，白翎扇……最使她动心的是一个大象牙别针，雕刻着九个大小不等的小象，别针，又是别针！她好似怕它也掉在湖里，立刻别在睡衣领上。她替他把糟鱼放在盘里，还有腊肉，都摆好，他叫她一同吃，吃着吃着他笑着说："还有一样东西在门外我没拿进来，你答应我，我才去拿，行不行？"

"什么？一定是酒，你就有这么一点小缺欠。"他听了笑着从门外拿进一个精巧的竹筐，四瓶酒齐整地盛在里面。

翌晨绝早，梦琴又起来，开开窗子，在院里散步，她不由自主地走向大门，打开信箱一看，果然又有一封和昨天一样的信。她立刻拆开看：

梦琴：

你做得很对，是一个贤良妇人应有的操守，昨夜等你到两点才回去，我一路上沉思着想我几乎又走错一步，我已经够不幸了，我不能再拉你一同沉沦。琴！别了，此后海角天涯各自遗忘了吧！我要告诉你的事不妨现在说了吧，二年前的夏天听玉苓——我们的媒介，也是我们的敌人说：你和另外一个男子来往，她又造了那男人寄在你学校的情书给我，我一腔爱的火焰反为愤怒，我气病了，我轻视你，我想向你发脾气，我甚至于想痛打你一顿；但是我错了。同时玉苓的诱惑也乘机而入，一次两次我不觉得，我只因为你的负心而痛苦，觉得她同情的安慰是值得感谢的，但是日子多了，我心冷静起来，立刻明白过来，很容易明白呢，正如很容易误会一样。琴！我觉得对不起你，毋宁说是思念你，需要你，所以想走遍天涯找到你谢罪，甚至于希望得到从先我们所共同希望过的结果。谁料天意难测果得重逢；但是晚了，我迟误了，我阻住自己的幸福！别了，梦琴！别了，一二日内离此。祝

幸福

乐淳

她挣扎着走到玫瑰丛旁，掘开昨天的信坟，把这封整个的信装在那同一个粉盒里，埋好了，回到屋里颓唐地躺在沙发上，昏昏的，昏昏的，听着毅先的酣睡声。

一天她的颓唐神气令毅先很担忧，以为是她昨夜失眠所致。自己怨自己不该叫起她来吃酒，所以到了晚上才八点就催她睡下，她却不肯，她要出去散步，到竹林赏月去，他再三劝阻不听，他只得伴着她从后门出去，当后门乍开的时候，一片幽静的田野和池塘，月光特别辉明地普照着，断续的蛙声点缀得这里成了仙境，他小心地扶她走过池塘的小堤，他们的影子照在池里，一个鱼纵入水中的声音随即发出。通着这许多池塘的有一湾银光灼灼的溪水，再走就见丛竹郁郁被晚风吹出凄切的响声，如什么幽灵的私语。溪水宽了有破旧的拴船的船柱和小码头，此

地人就称这儿为银溪渡，渡旁有错落的青石，她坐下了轻轻叹息着。毅先说：

"凉，坐在土地上倒好些，别坐石头。"她却没动。他说：

"梦琴！这儿太好了，我从来不会享受这些清福；自从结婚后，你教给我不少精神的享乐，比如咱们把留声机带来唱一个你喜欢听的曲子多写意呀。"她还未及回答，忽听竹林里发出提琴声，拉的是马斯涅的《悲歌》，她想："是他。"又想："二年来不通信息了，不知他现在究竟什么样子，自己却不能清清楚楚地看看他，这真是'咫尺天涯'了。"毅先说："你听！谁这么风雅？说着唱留声机就唱起留声机来了。"她说："是提琴，不是留声机。"

"那么咱们看看去。"他说着拉她就要走，她一惊，但镇静下去说："你真成了贾宝玉了，不说听琴，却去看琴。"他笑着说："那么听吧，我确是外行啊！"

《悲歌》并不算长但反复拉起来，一遍比一遍动人，一遍比一遍凄凉，音波抑扬飘散在四月的夜空中，月光更清澈起来，忽然曲子疯狂起来由《悲歌》叠奏改为《狂想曲》，《狂想曲》的声音更使人难忍，由低音高拔，高拔，最后如一缕电光直穿入人灵魂深处，到变调时则如一个暴风雨激打过了的飞禽，呜咽地悲唱着，诉说着，好像对天地抒愁，对万物诉怨似的，天哪！这一切音符如纷纷的小钩，钩起她无限的旧恨新愁，竹林瑟瑟地发着共鸣，河水流得似乎也有了节奏。

远处山坡上的人家灯光闪如鬼火，月边浮有丝丝的白云，火车的声音由远而近，匆匆吐着烟从数百步以外的铁轨上急驰过去，和琴声混成一片，但马上又分开了，那偶尔的聚会是再也捉不回来的。

她似乎支持不住地依在他的肩上。他说：

"他怎么停止了？咱们鼓掌叫他继续好吧？"

"不，走吧！"

"你兴尽了没有？"

"对于这些永不会尽兴的，不过到时候啦，应当回去了，不然又要晚了，走吧！晚了不好……"

"为什么？我们又没什么事，兴不尽再坐坐。"

"什么事都是适可而止才好，不要过分任性吧！"

"又是你那'微的哲学'。微醉即可，这叫微什么呢？"

"微迷而已。"她笑了笑，笑得很凄凉。

"那么让我们微步吧，回去再微睡，哈，人生的确有趣。"

她拖着无力的步子背着月光走向归途。

月光照临的竹林里走出一个修长的身影，他仰头看看穹苍，又看看他们模糊的双影，抱住了琴盒子呆立着，蓬松的短发被晚风吹得露出宽朗的前额又吹上去，他的脸在月下有诗一般的美，他似乎很安静，很空洞地呆立凝思着。

忽然他不迟疑地把琴一下投入溪水里，激起大声的浪花；但立刻他又觉得自己孤独起来。是不能再弃了琴的心里痛苦，嘴里号叫着：

"琴，我的琴！"但已经晚了，琴被溪水带走了，他沿着溪水跑着，他几次想伏身从水里抓住它，但是已经晚啦，恐怕他永远抓不住它了，因为这溪水通着大江，江水浩荡地把琴远远漂去。

(发表于《华文大阪每日》1943 年第 10 卷第 2 期

华北文艺特辑，署名雷妍)

91

杏子结实的时候

日月忽其不淹兮，
春与秋其代序。
惟草木之零落兮，
恐美人之迟暮。

——屈原《离骚》

在何老先生的园门外，总围绕着一群孩子。这是两扇栅栏门，有的孩子蹬着攀在上面，有的孩子故意用石子抛向树下的黑狗，它吠几声以后，也许会引何老先生出来。不过性急的孩子却大声喊着："何老伯，出来哟！昨天的故事还没讲完哪！"

何老先生不一定从树丛里的小屋出来，也不一定从小径上走过来，他好像仙人似的随着孩子们的嬉笑声就出现了。也许从杏树上下来，也许从花畦里猛然站起来，也许从一群蜜蜂的雾云里走出来，身边仍飞绕着一群蜜蜂，所以孩子们第一件感到兴趣的事是："何老先生究竟从哪儿出现？"

在初夏的黄昏，何老先生的园里更加热闹了，因为许多青而酸的小杏子已结满枝头，孩子们简直狂了似的往园里去。园丁老王几乎气死，因为这些小东西不知踏损多少花芽和嫩草；但是何老先生不许他禁止孩子们，他只得气得唠叨不已。

今天又到了黄昏时候，何老先生依着一株老杏树，看着天际未褪色的晚霞，默默地沉思着。健伟的身躯陪衬着一张半衰老半神秘的脸，很容易叫人想起他是悲壮戏曲里一个主要角色。头发虽已灰白，但仍那么丰多，上唇的灰须好像一朵忧郁的云，停在微张的嘴上。他内心似乎有一些无法发泄的情绪，他好像在喟叹，但他为了什么呢？

"哈！这回一下就看见了，何老伯就在那儿。"一个孩子大声笑着说，因为他第一个看见何老先生，而且并没隐藏，只依着树，这真是一个不可多得的发现。

"在哪儿？"许多孩子问。

"哪儿？杏树下，一定给咱们找杏儿呢。"说着，他们从园门拥进来，立刻就扑在何老先生的身上，像许多小铁钉子吸在磁石上一样。

"慢一点，不然踩坏了草，老王又要锁园门了。"何老先生和孩子们照例地走向花畦边的长椅子上，他的脸色已消失了适才的神秘，那么慈祥地说着。

"你们看，站在门外的那个孩子是谁？怎么不进来。"他转过脸来，发现门外一个生疏的小脸，羡慕地往里面探头。

"小琳！进来呀！你看我们多英雄，说来就来……何老伯！她是我的表妹，她叫小琳，我带她来的……进来呀……等我拖她去。"小冬生说着飞奔出去，一下把那羞涩的小人拉进来。她大约有十岁左右的年纪，那么清秀，那么美，孩子们把注意力从何老先生身上转移向她去。何老先生却在她脸上发现了一些什么：他见她脸上有一种神气，不是用文辞所能形容的，不是发现她脸上有痣，也不是发现她的五官有什么特征；乃是见到她，引起他的记忆，一段未能消灭的记忆。

"你叫小琳？多可爱的小姑娘啊！这么老实，好像大姑娘似的。"他说，看那孩子又想笑又不想笑的样子，知道她心里高兴了，哪一个孩子不愿意做大人哪！

"得了吧！她才不老实哪，她认生是装的。"冬生笑着说。小琳瞪了他一眼，那黑色的长睫毛一闪，何老先生因之记起更繁多的往事。当冬生和别的孩子爬上树摘杏去的时候，小琳只是看着他们不动。

"你不要上去，免得跌跤。你来这儿几天了？"

"你猜吧！"因为人少了，她和何老先生熟悉起来，笑着说。

"一天？两天？"老人孩子气似的问着。

"一天，可是你怎么一猜就猜着了？我一来，冬生就告诉我：他有一个何老伯，好极了……你真聪明！"

"因为……因为昨天你没来，今天才来，我想一定来的日子少，小琳，你姓什么啊？"

"姓王。"

"姓王？"他的一切猜疑完全证明了，因为她姓王。但是中国姓王的人很多，她和他的往事又有什么关系呢？

"姓王，王字好写极了。可是我的名字可比王字麻烦，王琳，喂！老伯伯，你想什么哪？你想我叫小琳，为什么又叫王琳是吗？小琳是在家里叫的，王琳是在学校用的。你怎么又猜不着！"孩子看着发呆的老人而感到奇怪。

"我猜着了。我什么都猜着了，小琳！你父亲姓王，你母亲姓林，对不对？"

"你真行，都叫你猜着了。"

"你父母都来了吗？"他一句比一句紧地问着孩子。

"没有，父亲在北京，母亲……在去年冬天死了，我大姨病着，很想我，才把我接来。我大姨就是冬生的妈妈。"

"孩子，你说谁在去年冬天死了？"他抓住孩子的小手，迷糊地问。

"我妈妈，就是我母亲。你看！冬生的身上四个衣袋都装满了。哈！冬生！给我一点。"孩子的悲哀是短暂的，提起死了半年的母亲，小心灵上也被忧愁的阴影笼罩了一下，但随即消失了，因为冬生的衣袋吸去她的注意力。她脱开老人的手连蹦带跳地奔向冬生和那群孩子去，当她吃着第一口杏的时候，虽然酸，但很合口。他们嬉笑着，吃着，这儿在孩子们看来和天堂没有分别。

"小琳，当你妈妈死的时候可说什么话了吗？"他在神志略清醒时喃喃地说，孩子们却早被家里的人招回去吃晚饭了，他一点也没觉得。在暮色沉沉中，孩子们一面跑，一面呼喊着："何老伯，明天见！"他并未听见，孩子们也没觉得他的失常，孩子们想："他又笑着看着我们走开哪。"于是孩子们走了，留给老人一片孤寂。

他开始发现孩子走开了，这儿只剩他一个人，孤零零地伫立在深蓝的夜色中。

"先生吃晚饭吧！"老王悄悄地走来说。

"就去，你先吃吧。"他说完依然站着，老王只得退去。新月从高大的椿树枝头升起，老人记起涌在心头的往事。

廿五年前。

在一个暮春时候，他到一个女学校中去看妹妹，正和妹妹谈话的时候，窗外榆叶梅的红霞里隐着一个人影，那么婉约、秀丽。他一生也忘不了这美的印象，但是那年他才结婚不到一周年，和一位旧式的女子结婚了。他不敢留下另外一个女性的影子在心里，于是尽力忘却那窗外的人影。但是事情总是出人意外地演变，她偏偏是妹妹的好朋友，她俩形影不离地在一起，暑假她又住在他家，长久的相见，彼此没有厌恶的意思。于是这几次勉强忘记的印象就更深地印入他的心里、脑里，以至于钻入他的灵魂里。她虽知道他已经结婚了，可是爱情的翅子总不会往顺利的方向飞的，她也深深地爱着他。因此她只好在开学以前就搬到学校中去住，她的家在外埠既不便往返，又不便久住在他家，只得搬出去。别离呀！它不会减去人的情感，反倒激起双方过度的思念；但是他们彼此抑制着，忍痛地彼此忘记，他的男性的眼睛为此不知流了多少泪。还好，从妹妹口中时时得到她的消息。二年后妹妹和她毕业了。再二年，她和妹妹的消息中断了！

该是十多年前吧！他的第二个孩子出世了。他的妻子在生育之后死去，他为了两个孩子不免悲痛；但不久从悲哀中生出一丝新希望，于是他决心到处去打听她的消息。

经过了半年之后他终于找到她，那时也是暮春时候，在一个百花争妍的古园里。

他们别了十多年，他更觉得她美丽，当他忍得不能再忍地提出他的新希望时，他却被拒绝了。自然，十余年的时光她的变化该多么大呀！她已经和一位姓王的工程师结婚了。这个变化在他也不是没想到，但是在爱情中迷惑着的人，往往看不清事情的真相。当他听了她的拒绝时，他失望得全身冒着冷气，也可以说整个灵魂在颤抖。他看她眼里含着泪，脸色惨白地说："晚了！"那么哀怨，那么失望的声音，他一生也不会忘记！但是究竟是谁使他们"晚了"呢？命运，一切只好归诸命运吧！当他那破碎的心支配着他半死亡的身体离开她以后，他决心孤独地活下去。当他把孩子抚育大了以后，自己不再做事，在这半村庄的×市里造起一个小庭园，以植花种树来消磨未了的光阴。在暑假时他两个儿子就回来与他同住，他的心倒很平静，近年来因了园子里蔚然成荫，引来许多孩子，无形中减去他许多寂寞。孩子纯洁的言笑给他无上的安慰，谁又想到小琳来复会引起他已经沉寂了多年的心绪呢？

他见了小琳以后，觉得她太像自己廿余年前的爱人，不但小琳的相貌酷似，小琳的神色举动完全像她。及至听了小琳姓王，而且琳又是王林两字合写的，他证明了小琳是她的女儿。她真死了吗？不会吧？也许小琳是另外一个人的孩子吧？

"哦！我为什么不再多问她一些呢？"他想着，石像似的立在新月微光下的晚风里。

第二天早上，何老先生拖着疲惫的身子一步一倾地走向树下的长椅上。不知是睡了还是沉思着，右手搭在椅背上，头伏在手上。

"何老伯！给我开开门！"

"小琳！好孩子。"何老伯不知哪儿来的力量，一跃而起跑去给她开门。

"你又来吃杏吗？"他抚着她的小肩头问。

"不，我昨天晚上杏吃多了，牙不能嚼东西啦。太酸，不再吃了，可是我还想吃，大姨不许我吃。我是来听故事的，冬生说你会讲故事。他们听过，我也要听。"

"好吧！冬生为什么不来呢？"

"他上学去了。"

"你怎么不上学？"

"因为大姨病了想我，我只好请假来了。"

"你父亲舍得离开你吗？"

"我不知道……老伯伯你给我讲一个'后妈'的故事好吗？"她说到"后妈"两个字的时候，声音很低，似乎怕人听见似的。

"小琳！后妈不一定都是可怕的，你在想什么？孩子！好孩子是不许哭的。"他哀怜地抚慰那撇嘴要哭的孩子。

"可是……我妈妈不能再活了吗？"孩子终于哭了。

他心痛如割地抱住她，辛酸的泪滴滴地落在孩子的头上，他此时的心情正如妻死后，他抱着两个孩子哭的时候的感觉一样，而且另有一种从前所没有的情绪梗在心头。

"你坐好孩子，我天天给你讲故事。你什么时候回家？"

"大姨家？"

"不，你自己的家。"

"也许再过很多日子，我不知道。"孩子的悲痛片刻就会消失的，她的声音已经没有悲哀的成分了，所以接着说："你给我讲故事呀。"

"等一等，吃杏吗？"

"不，太酸。"

"啊，我忘了。小琳，你知道你是哪里的人吗？"

"怎么不知道！我考小学的时候老师还问我哪！我是××市的人。"

"你母亲呢？你一定不知道了吧？"

"知道。你听啊！我妈妈——我母亲是××县的人。"

一切证实了，她是死了，此时他的神思更加渺茫了，他的心如春日的飞絮，不知是轻松，还是惆怅。总之他不再感到以往的一切心情，他没有希望，也没有失望，没有怨恨，也没有喜悦。当他低下头去看，孩子却仰着头期待着他讲故事。

"老伯伯，你怎么还不给我讲故事呀？"

"故事？好，好，你等我想想。"他低着头，手撑着前额在沉思。

一个未熟先枯的青杏忽地落下来，打在老人的肩头上，他似乎是惊醒了。"小琳，我就讲，我就讲。"但是孩子却早被人叫去吃午饭了，他并没感觉到。现在他面前除了一片初夏的阳光照着花草以外，什么都那么静寂，蜜蜂的飞鸣、小鸟的跳跃都似乎没有声音，不过阳光却很鲜明，到处都暖洋洋的。何老先生似乎又看见廿五年前窗外花霞里的人影，她似乎又在扇着黑睫毛似笑非笑地看着人。他静静地沉思着，渐渐地闭上眼睛。似乎在给孩子们想故事，又似乎向往着往事，也好似沉沉睡去……

杏子虽已黄透了，何老先生的园里却再也没有孩子的笑语声，那灰发轩昂的老人的影子也消失了。

一阵暴雨过后，花朵和叶片垂着泪似的雨珠。老王孤独地弓着腰扫着被雨打下来的落花。

"进来呀！小琳，栅栏门没关着。"冬生和小琳跑进来。

"你们又来了？"老王脸上毫无表情地说。

"老王！你把墙角上那个小门开开可以吗？"冬生指着一个新添的小门说。这门开在一段小垣墙上，墙里有一个新墓。孩子们知道何老伯睡在里边，小琳知道他是死了，和妈妈一样的死了不能再活。

老王默默地替他们开了小栅栏门。

在墓边，孩子们种了很多无根的石竹花，有红的，有白的，插成几个圆圈形。自然，他们的小心灵也在纪念着这位和善的老朋友。等他们插完这些花以后，小手满了泥污，而且脸上流出小小的汗珠，他们才快快地走开。

第二天泥土已失去湿润。无根的石竹花枯萎了，在五月的日光下垂着憔悴的头。

（发表于《华文大阪每日》1943 年第 11 卷第 6 期，署名刘萼）

丁香时节

　　小蔓穿了一身洗得很干净、熨得很平的制服走出家门，门外的小溪里浮着五六只白鹅仰着头在水波上遨游，她觉得人间真是太幸福了，到处缀着美，到处飘散着香气，她小心翼翼地摸了摸衣袋里那个装着入学保证书的信封，笑了，那么可爱，那么天真，她只有十二岁呢。

　　学校的门口很清洁，黑色的门楣上挂着一个白木板写着"市立××小学"，还有国音字母，她的心轻微地跳着，想着："这学校和教会学校的确不同呢。"她腿软软地走完了三层阶石，走到"传达处"的门前，怯怯地站了一会儿，又怯怯地推开那糊着纸的房门。里面先传出马蹄表的声音，她看见一个瘦老头子斜坐在床上，举着一张小报纸用远视的姿势看着，好像并没理会她走进来似的。她用力放大声音说："劳您驾，我要见校长。""谁，你有什么事？"她听人问她话就拿出小学生对师长的恭敬态度，一字一顿地回答道："我是××小学的学生，后来我们学校封闭了就和大家一齐考入市立学校，我因为家住城外就上这儿来入四年插班。"那个瘦老头并不十分用心听她的叙述已经迈出门去，屋里留下小蔓一个人听着马蹄表的"嘀嗒"声和院里体育班上有节奏的哨子声，她想："这儿是我的新学校。"于是觉得这个小屋也可爱起来，看墙上还有小学生画坏了的图画平整地贴着，电灯伞上挂着学生扔了的纸花篮……桌上有时间表，她看着时间表，计算着："如果我也入了这学校现在是上体育课吧？""不，也许是音乐。"门开了，那个面上没表情的瘦老头进来说："走吧，跟我来，"她跟他走着生疏的路子，不过

100

心已经不跳了，因为瘦老头在她面前领导着，好像有了保护似的，因为一向很少有人领导她，保护她，上学，考试转学，这次转市立学校受训练，都是自己到处去，看着别的儿童有家长跟着去就觉得羡慕，现在自己弄了一个很清楚的头绪真是十分快乐，把前面这引路的老人当作亲人看吧，世上的人都这么互助，她很感动呢。

屋内有一张铺着白布的长桌，几把椅子，墙上有锦标和学生成绩，一个三十几岁的先生坐在桌子的一边，她恭敬地鞠了躬，接着把衣袋里的保证书掏出来，那位先生并不接过去看，也不问她什么名字只是摇头说："你是××小学转过来的？"

"是的，先生。""可惜你来晚了，你为什么不在出榜以后就来呢？"她一听，急得泪在眼里打转说："先生我家里出了点事，所以来晚了。先生，您看，我把保证书都弄好了，训练也受完了，容我在这儿读书吧！""不是我们不容留你，是因为我们新收的学生名单已经呈到局里，是不能再增加人数的。我看你先回去，秋季再说吧！"她知道没有希望了，虽然年纪小，但是她已有许多经验，名单已经呈局是不能更改的。她匆匆给那位先生行了礼，匆匆地走出这个校门，下了三层阶石。心里好像有一个铅球在打坠，眼前一团黑。她依在墙上，静了一下。又拖着脚步向回家的路上走去。小溪，树，白鹅，她看来全是一片模糊。她知道秋天是另外一个学年的开始。和她原有的功课不能连接，她现在晚了，就要耽误一年，究竟秋后怎样更不敢想，她如一个伤了翅的小鸟拖着沉重的步子走着。

一进家门就想哭，可是一个小黑狗扑到她面前来，她马上不敢哭了。因为她知道伯母和伯父从城里来了，这狗是伯母的爱犬——黑子。她又看见母亲在厨房窗里伸着一个满了白面的手招她。她跑到母亲跟前呜咽道："妈！人家不要我了，嫌我去晚了。"她母亲呆了一下说："唉！小蔓！不上也好，省得人家一天说供你多少学费，你大妈和大伯来了，你去看看，省得人家挑眼……""妈就是怕！怕！我什么都耽误了。""去吧！不怕可怎么着呢？"

走到上房见伯父正在削水果皮，伯母坐在一边叨唠什么米钱多少、水钱多少，伯父见她进来说："上学了吗？""今天去了人家说去晚啦，不收了。""你为什么今天才上学呢？嗯！嗯！对啦，你昨天在城里哪！"他记起自己太太昨天还病着需要这孩子服侍，他想一个女孩子读书不读书都没关系，耽误几年算什么。虽然自己的女儿大学毕业了，可是一个人一个命运，人和人哪能一样呢？所以他静静地从鼻子里"嗯"了一声接着说："秋天再说吧！"小蔓听了这句话心里又痛了一下，眼里的泪怕掉下来，所以点点头就转身要走，伯母说："小蔓！拿两毛钱去给黑子买点熟肉来。"她接了钱就跑出去了，伯母隔着窗子叫着："小蔓！昨天你从我裤子底下拿钱了吗？"她急站住辩驳道："没有。""怎么我少了一毛钱？""我就没花项，干吗拿您的钱？""没拿就没拿吧，说那么一大堆做什么？"她只得忍气吞声地走了，耳边还听伯母说："这小丫头子嘴越来越犟了……这都是念书念出来的本事……"

一天就这么失望、郁闷、担心、惊怕、怨恨……地过来了，小蔓的母亲把饭弄好，伯父母吃着叨唠着，黑子——那个幸运的狗在桌下啃着骨头肉，母亲到厨下拾掇盆碗，她悄悄地拿了一个用过的笔记本、一个修尖了的铅笔、一个小刀、一块橡皮，走到后院井边，坐在一块石头上，看着墙角的紫丁香已经开了，草里有黑子的排泄物，她厌恶地放下纸笔，打扫干净了，坐下，把笔记本子放在膝上开始在每一页纸的背面写着：

爸爸：

您走了四年啦！我换了六个学校，您耐性听我报告一下吧，爸爸！大妈总说我像您，说我心浮，不是念书人……可是我每次考试总是在前三名，不过没人理会就是了，求您看在"我像您"的面子上耐性听我报告一下吧。您走时我已经到了入学年龄，大妈叫我们回到姥姥家，我妈妈因为手里没钱，就把我送到一个简易小学。念了半年，同学都熟悉了，她们另眼看待我，是因为我功课好，也是因为我的家庭好，她们差不多是拉车人家或小贩的孩子，我的爸爸是个大学生，是做着银行事业的老爷。我们熟了，可是舅舅从外乡回来，不忍见我在这个设备不完善的学校受教育，我转到一个附近著名的小学里。爸爸！那时我真快乐，那儿的小朋友都那么清洁活泼，先生们和蔼精神，不久我就改了从先那不精神的样子，我偷偷地站在学校的整容镜前一照：嘿！真精神！不愧是中国的新儿童。那时大伯，在城里偷娶了一位小大妈，所以借了让大妈在城外养病的名义搬在城外一个风景很美的院子里，城里的房子也没退——因为大伯每天要上城里一个银行里办公，城外房子里有一家同院，把我妈叫去服侍大妈，我仍在那乐园读书。后来听说您给大伯寄了许多钱，大伯觉得我有离开姥姥家的必要，在那时我就离开了可爱的学校和温馨的外祖母家，去到城外的新家里，起初入了附近一个市立小学，大妈待我们还好。后来，大妈忽然改了态度，我们的饭菜都是两样的，大妈自然吃得好，就是大妈的狗也是非肉不饱的，我和妈在厨房里吃窝头。偶尔她高兴了叫我在桌上吃她的剩饭，她却要数落着……爸爸！这怪谁呢？叫我受这些罪？渐渐地大妈报开销报多了，大伯稍一细问，大妈就抱怨地说："上学的上学，白吃的白吃还叫我省，那除非我死了，你们想法过舒服日子……"大伯也不敢过问了。大妈借机会又把我送入一个简易小学，小学虽不好，可是我生来太爱上学了，有书念就行，我也没失望。可是不久，您又寄钱来了，大约寄得很多，因为那些日子，大妈很乐，大伯也注意起我来，于是我又被送入一个大学的附小，这儿真是贵族学校，小朋友的装束都那么入时。起初他们都叫我"小老赶"，因为我总是穿着一件不合身的小蓝大褂，后来经过考试，老师在大家面前夸奖我，他们又都和我做起朋友来，也不叫我"小老赶"了。可是，这个学校才熟了，又因为时局关系停办了，我那时立刻考入一个市立学校，不幸大妈在城里又闹起病来，叫妈在城外看家，叫我去服侍大妈，我小心翼翼地做着一切琐碎的家务事，大妈病很轻，只是大伯回来她就说胡话，大伯走了，她就清醒了，不然我可要害怕了，我知道我应当报到入学校了！因为报上已经发榜有我的名字，我很急，可是我一提上学大妈就说胡话，大姐在东城也不来，也许大妈并没有告诉她自己有病，说完了胡话就睡，饿了就叫我上街去买吃的。这样过了半个月，好容易放我回来了，学校却说，我去晚了不收我。爸爸！为什么许多小孩被大人强迫上学，还不肯去，我一心一意地要念书却遇见这许多事呢？爸爸！求您替我设法！您为什么不爱妈妈，连我也不管了呢？妈妈整天像一个可怜的奴隶，低头做事、做饭、做衣服、喂狗、喂鸡。妈脸上总是惊怕的样子，妈连和我说话都是小声的，好像大声出一口气都会被谁吞了似的。

爸爸！看在"我长得像您"的分儿上理我一下吧！我想您如肯理我，大妈也许会喜欢我的，我好好地等您回信。祝您快乐。

女　小蔓　鞠躬

信写完了，她心里的痛苦似乎减轻了许多。她抬起头看，丁香花的颜色深了，夜色来了。她母亲从厨房出来往后院汲水，看她写得入神，把水桶放在井台上，从她手里拿过那个本子去，一面看，一面四下张望着，直到看完了脸上除了哀愁以外全被"惧怕"遮满了，她声音颤着说："你要找死了吧!？你……"说着把那个小本子揣在怀里，汲完水回到厨房去。小蔓呆立在井边，一阵晚风吹着她的短发，丁香的枝子摇着花团向她点头，一缕甜丝丝的香气直飘入她的嗅觉。她清醒地到厨房里向她母亲说："妈！把那信给我吧！"她妈妈指指火炉说："烧了。"

"谁的信？"她的大妈从外面伸进头来问。

母女两个惊得哑口无言呆成一对石头人。

门"砰"的一声关上了，外面有人放破喉咙喊道："养活闲人落不是，吃着，喝着，还闹个恩将仇报，写信，写吧，认识字就是写秘密信的；有本事别叫男人离开……"

小蔓的母亲脸色苍白起来，一下打了女儿一掌，重重地打在孩子的头上。孩子突然大声地号了一声，说："信叫你们烧了，还打我，我走，找我爸爸去！找我爸爸去！"就一阵风似的跑出去，一会儿又回来郑重地和她母亲说：

"妈妈，您打我，我不怨您。您等着，我和爸爸来接您。"说着又跑开，她母亲拉住她说："孩子，你怎么啦?"小蔓眼睛直直的，手往外乱指："找爸爸去，叫爸爸替我找学校……找爸爸去。"邻家的孩子正在外面唱着：

"三月里正清明，三月里正清明，丁香的小花香不溜丢儿香不溜丢儿的紫啊！那柳条儿又发青……"

（分两篇发表于《新民报半月刊》
1942 年第 4 卷第 11、12 期，署名刘莹）

诸葛先生

　　春天与其说是醉人的，毋宁说是累人的，是事儿最多的一个季节。学生在春假跑郊外，忙得出着满头的汗；商人在春季大减价声中，忙着应酬主顾；农人在春天忙着播种……一切人在艳阳天下忙得不可开交。

　　就是一向闹着胃病的诸葛先生，也得把"胃活"吃上一两片坐起来，写文章。他十分有天才，谁都知道，大小报纸、月刊杂志上都有他的文章。他的文章很少有过长的创作，都是短短的杂文，含有十足讽刺气氛的短小精练的杂文。据说，他的文章是第二××型的作风，他自己也那么承认。也有人称他为东方的×××，他自己也那么承认。所以满纸上冷嘲热骂、颠三倒四、乌烟瘴气、糊里糊涂，别瞧，倒有一班人捧他，因为他的文章深奥得难懂，因为难懂所以……一天大约有个文学团体开一个茶话会（我的故事是几年前的，那时还不十分时兴座谈会），诸葛先生自然是一员重要角色，他的文名那时已经很高了呢。茶话会向来是不十分严肃的，没有现在的座谈会那么像样儿，可是也由"召集人"拟了几个项目，比如："诸位的写作经验怎样？公开谈谈吧！"或者："诸位对目前文化界有什么感想吗？"甚至于："某篇作品的内容是实事吧？诸位以为呢？"会上，有的似镇静而实激昂地述说各人的写作经验，好像荷马唱着史诗里的英雄故事似的，即令他只写过一篇文，他总算有过经验哪，于是他述说着直至他的口角流津，因为他深知自己所费的一番苦心。有的痛哭流涕地骂着现在文化界的不景气，因为他忘了自己也是现在社会的一员，自然他是十分痛心的。还有的神秘而机警地做着某篇文章的索引。于是糖纸、瓜子皮抛了一地，茶话会成绩总算不错。

诸葛先生还没发言哪。召集人的那位说话了："这位是诸葛先生，是一位写讽刺小品的能手，大家自然都认识，他一定有很好的论调讲给我们听的。"大家拍了拍手弄得山响，诸葛先生还没开口先皱了皱眉，缓缓地很文雅地打了一个嗝，才抑扬顿挫地说了以下的论调："本人近来胃病闹得很厉害，烦得想自杀。可是想起自己在文坛上未了的责任，又想活下去了。"他停了一个顿，预备给大家一个机会了解他又是在讥讽，然后抚着胸口说："现在的文坛真是令人悲观，简直没有可看的东西，风花雪月以外就是乡下人的土腥气，千篇一律。"大家听了不胜感慨之至地点着头、叹着气、冷着笑，只有那愚蠢些的呆呆地自语道："风花雪月，乡下人的土腥气原来都不时兴了，可是写些什么呢？"他们想着诸葛先生一定会引出一条写文章的大道来，于是静静地等着，大气不出地听下去。诸葛先生似乎喘了一口气，才又说："千篇一律，悲观，不得不叫人鸣不平，这也就是我多写讽刺文章的原因。"完了，再也不开口了。那些愚蠢的人终究没听出诸葛先生的主张，到底不知道除了"风花雪月""乡下人的土腥气"以外应写些什么，他只得自悟着"讽刺家，只管讽刺，大道还得自己去找，所谓分工合作是也"。

诸葛先生悲观地向诸"同茶"（一同吃茶点的人），来了一个眼光扫射，像流星似的，向那愚蠢的人对起话来：

"先生贵姓？"

"您是问真姓假姓？真姓王假姓汪，反正王汪差不多。"他谦逊地回答着。

"大作常在哪里发表？"诸葛先生吸了一口香烟，梦呓般地问。

"真姓的常在××月刊发表，假姓的在××杂志，每期都有。"他答着，心里很不悦地骂着："敢情小子连我都不认得，还讽刺哪，看得出未免有限。"他居然轻视了诸葛先生一下，"文人相轻，自古而然"，这句话真是不错。

"笔名是?"诸葛先生经济着话语问。

"真名是王汪,假名是汪王。"王汪先生轻视地答道。

"哦!王汪,汪王!久仰,久仰。"诸葛先生特别注意地说。好像这个名字,在文坛上很熟似的,可是一时又想不起是哪一派,是"风花雪月"的呢——那时,还没有"色情文学"这个名词,还是"乡下人土腥子气"的呢?反正看他够不上一位潇洒的讽刺文人。诸葛先生正在品评这位王汪先生,忽听得清脆的一声说:"《乱世佳人》,原文怎么说唻?"

"我脑子乱,也记不清楚了,反正是'乘风而去'的意思。我倒很喜欢郝思嘉,那性格真有点像我。"原来是一个穿红夹袍的和穿绿夹袍的"女同茶",也在"茶话"哪,自然喜欢郝思嘉的是那穿绿夹袍的,自然也是一位女文人,自然她很了解郝思嘉是绿眼珠的,郝思嘉好穿绿衣服。那位红衣人很不以为然地,用小小的唇吐着瓜子皮说:

"我倒不以为然,像郝思嘉那样的性格,我们中国人就没有。我看还是贾宝玉那样尊敬红颜色的合乎中国的习俗。"绿衣服的暂时沉默,诸葛先生同情红衣人,他可并没表示,他怕自己也"风花雪月"了。"会"就这么圆满地散了。

却说诸葛先生胃病更加重了,他不知道为什么总想起那句"多愁多病身",最可怕的是每当想起这一句来,就联想到那个红衣人。他十分憔悴地写了一首新诗——《愁》,他想寄给××月刊的新诗栏,可是又怕坏了自己那"讽刺文人"的名头,他煞费苦心地又给自己化了一个名,寄出去,他等着这诗发表了,好寄给红衣人。可是等了不少日子,总是石沉大海,不知道是因为这首《愁》"风花雪月"了呢,还是因为化了名,他很后悔不该化了名。他只得用楷书把原诗抄了一份,从××社得了红衣人的住址,寄上去,这回并没化名,真个是最出名的第二××的复姓笔名。

红衣人真是慧眼识"文人",回信很快地来了。

出游,合影,合写文章。

订婚，结婚。

那愚蠢的王汪先生在报上见到这消息，茫然了：那么诸葛先生也"风花雪月"了？早知道自己追追那"东方郝思嘉"也未为奢望呢。"不得了，诸葛先生如果因为添人进口生活艰难，不能存身于大都市而住在风景优雅的郊外去养胃病，那么不但文坛上多了一位'风花雪月'的好描手，而且'乡下人的土腥气'也就能不落后地抓到一个健将。"王汪先生这么想，正在春天，他茫然地怀念那渺难再见的绿衣佳人。要不怎么说春天事儿多呢。

（发表于《新民报半月刊》1943 年第 5 卷第 2 期，署名刘莩）

午　饭

六月天气是闷热的。

六月初五是古镇的大集，附近村里的住户都去赶集，为的是买一些应用的东西。

这天刘财主家的炊烟在午时已经在院中袅袅地飞扬着，正房堂屋的前门开着，被强烈的阳光弄得屋里烟气腾腾的。门前有两只花狗横躺竖卧地伸出舌头在喘气，四周是那么静义那么热，使得人昏昏欲睡了。刘财主的儿媳妇弓着腰在锅台上烙馅饼，大量的油吱吱地从热饼里流出，一张又一张地烙着，结果两大冰盘里盛满了薄皮的馅饼。年轻的媳妇用抹布盖好了盘子，小心翼翼地放在锅台上，涮了锅后又放了几瓢凉水，预备吃完了饭刷盆。

日头影子歪过了门前甬路，已经过了吃饭的时候，可是赶集的刘财主还没回来，他不回来一家子谁也不能吃饭。

七岁的小兰子是刘财主第二个孙女，她的姐姐今天早晨自己到姥姥家去了，小兰子如同失群的小孤雁，在家里待不下去，她刚才跟小俊子抛核玩，忘了离开姐姐的寂寞。小俊子是喜欢小兰子的，所以她们玩得很快乐，可是现在小俊子被她妈叫回去吃饭，自然小兰子也得回家了。

"妈，我饿了。"小兰子走进堂屋门时对她妈说。说时小眼睛不住往锅台上看，年轻的媳妇急了，用力拉着小兰子往门外推，脸急得红涨着。

"玩去吧，房东墙外壕里有大蝴蝶，你给捉一个来。来，我给你一

110

个手绢，好去捉啊。"

"我饿，妈，我饿了，不去。"小兰子伏在她妈妈身上哭了，泪一滴滴地落在那年轻媳妇身上。

谁不疼自己的孩子？小兰子的妈心内充满了焦急，她心疼孩子，七岁的孩子跟大人一块起来只吃点高粱米粥，一会儿自然就饿了，何况今天早已过了吃午饭的时候。

"小兰子，你别哭了，等妈给你用水冲点粥吃。"年轻的媳妇把在怀里抽泣的孩子放在锅台旁边的小凳上去取水冲粥，小兰子抽泣着，耐心等待着那能治饿病的粥。

"小兰子，你妈怎不做饭，上哪儿去了？"刘财主回来了，手里拿的大包子小卷子，走进堂屋往地下一看，一个大人也没有，只有小兰子呆呆坐着，已经不高兴了，何况看见屋里还没摆好饭桌呢。他把买来的食物和用的东西甩在靠北墙的坐柜上后，用大声嚷嚷着：

"人都死啦！都快下晌了还不摆饭桌，聪儿，聪儿！"刘财主粗了脖子红了脸地喊，嗓子也有些喑哑了，虽然他是与儿媳妇生气，却喊着女儿的名字。年轻的媳妇因为小兰子饿去找干粮，可是粥已经在早晨吃完了，她担心孩子饿，才大着胆子到西边小铺子去买三个包子。她心跳着，三步并两步地到小铺的门前。不巧得很，包子卖完了。"这屉还得等一会儿才蒸好。"为了填满孩子的小胃，她终于大起胆子来，她倚着小铺门等着，可是在她清醒时，又怕了起来。

"熟了吧？时候不小了。"

"不行，你看气多小。"

那可怜的年轻媳妇用爱心、恐怖、焦急和金钱换到了三个包子，当她拿着它时苦苦地笑了。小兰子会因之感到快乐吧？她急急地半跑着，但是，当她走进二门时，一片嘈杂的谈话声使她吓了一跳。她努力镇静，将盛包子的包放在袖子里，恐慌地走着，走到正房窗户前时，婆婆用指头点着讲说她，可是她看见婆婆是吃着点心讲说她，她不知哪儿来的力量，走过锅台一直奔到瞌睡的小兰子身旁，抱起那可怜又可爱的孩子进到婆婆的屋子里。

"爹多咱来的？你老回来我也不知道，热不？"

"热倒不热，就是饿，你妈不在家就叫我挨饿。还是聪儿倒了碗水，别人都死绝了！"刘财主捧着一盘子点心在咀嚼，眼睛瞪得大大的，好像一头深山中的狮子要吃谁似的。声音像暴风雨中的响雷，使睡在妈妈肩上的小兰子睁了睁眼睛。年轻的媳妇无言地垂下了头，小声对她婆婆说：

"妈也回来了，大妹子好啊？"又对小兰子小表兄说：

"小朋，幼朋也都来了，怎不跟小兰子去玩呢？"

"少啰唆行吧，快把你爹买来的酱牛肉和熏鸡切切撕撕，放在两个盘子里，烙的馅饼也再蒸蒸，好让他们吃饭啊。"婆婆口若悬河地教训儿媳妇，乍听来觉得很向着儿媳妇，其实她是想把儿媳妇支出去，好再和心爱的外孙共享点心。

年轻的媳妇实在忍不了屋内的空气，她将小兰子抱得紧紧的，用左手拿起婆婆指给的牛肉包和熏鸡包走了。可怜的小兰子饿着肚子，半睡在爱她的妈妈肩上，当母亲将她放在炕上盖上被时，她却醒了。

"妈妈，我饿呀！大表哥和二表哥来的时候，我看见爷爷给他们果子和鸡蛋糕吃，怎不给我呀？我也不敢要。"

"小兰子，妈给你买了包子，你吃吧，乖着点。"

年轻的媳妇将牛肉和鸡都蒸了蒸，然后切得薄薄的，牛肉片和细细的鸡丝是放在两个大盘子里，蒸热了酒就都送到刘财主的饭桌上。随后又把馅饼在锅里闷了闷，也端了过去。

丰盛的餐桌周围坐满了人，除刘财主外就是他的女人和两个宝贝外孙子。主子般的外孙们毫不客气地大嚼着，做外祖母的唯恐他们嘴小。

"小朋，一个还没吃完？快吃吧，都凉了。"

"这么大小子不吃饭可不行。喂，姥爷少吃点儿，你替我吃吧。"刘财主和颜悦色地对他心爱的小朋说着，用筷子夹起一个馅饼送到小朋碗里。

"小兰子怎不来吃啊?"小朋吃够了的时候,忽然却问起小兰子来。

"小丫头不能练个嘴馋,她可比不了你们,你们是小子。"刘财主心平气和地嚼着美味的馅饼对外孙说。多油的馅饼在他嘴的四周涂了亮亮的一圈,就是胡子也显得格外光亮。本是乌黑的他满脸红光,而且夹着汗珠,他有些倦意,吃得过于多了,他脸上写满了疲倦。

"我吃不下了,拿漱口水来。"年轻的媳妇就从堂屋端着漱口碗过来,恭敬地送到公公面前,随后将痰盂摆在炕下。

"噜,噜,给小兰子和她妈一人两个馅饼吧。"做公公的发令了,可是做婆婆的懒懒地没有回答,脸上颇有不悦之色。媳妇把盘碗送出时,婆婆狠狠地说:

"没有当公公的这么疼儿媳妇的。"

"怎么好说就给小兰子一人啊。"

"小兰子有好妈给买大肉包子,谁馋这破东西。好好给我留下,等朋儿回去带给朋儿妈吃。"

刘财主很自豪,有祖上留下不少田产,还有在银行里做阔事的儿子,自己很舒服地过日子。每天的公事是吃上顿时想下顿吃什么。因为钱神通广大,外人也有几分怕他。他在村庄内很有势力,他说过天下没有他怕的人。可是上天是公正的,他的确怕着他的贤内助儿分,她的话他没有不听的。

"对了,收起来吧。"说着把两盘子剩下的馅饼放在一个盘子里,用抹布盖上,然后送到地下桌上。他很高兴,谈着城内的事情,惹得两个孩子静静地听着。

媳妇进来擦桌子时,馅饼盘子已不翼而飞了。她迅速搬下那小红漆桌子,往外走时婆婆开口了:

"小兰子妈,你自己随便做点儿吃的吧。"

"嗯。"她小心地答应了。不知怎么忽然之间脚底下软乎乎的没劲,心里闹得慌,她勉强将桌子放在地上,耳朵里将屋内的谈话声听成使人难耐的噪音。她有说不出的愤恨,她不明白她在他们家的地位,她可怜自己，更可怜自己无辜的孩子。她的确饿了，却吃不了东西（实在也没有一点儿留给她吃的东西）。她坐在方才小兰子坐的凳子上，迷茫地想着，待洗的碗和筷了都杂乱地放在锅台上时，她忽然想起和自己一样挨饿的孩子来，才跑到自己屋内去看，"啊！小兰子呢？她没在屋里，上哪儿去了？""小兰子！小兰子！"她尖锐地呼喊着，凄楚的音波中夹杂着恐怖！也使自私的刘财主夫妇不安了。

"怎么回事，不吃饭尽瞎嚷什么？大白天的还能在家里丢了人？"婆婆很庄重地又对儿媳妇训话了，先把"吃饭"放在前头，好像是预备了许多食物让她吃而她不吃似的。

"孩子饿跑了！"媳妇悲哀且不服气地说。

"饿跑了？你真刁！谁不给你们饭吃？"婆婆狠狠地说。媳妇没理她，一直往后院跑。她狂了，她爱她的孩子，她觉得对不起孩子。走过后院就到车门洞子里。

六月的天气是闷热的，下午的天气又像刮了热风似的，小兰子到哪儿去了呢？后院里住的房客看着她惊慌的样子，不禁奇怪起来：

"大婶，你上哪儿去？脸色这么难看！"

"小兰子丢了！她还没吃饭呢，准掉在坑里了，要不……"她直着眼睛像背书一样对问她话的年轻的桂姐姑娘说着，轻飘飘地走着如同幽灵。她出了车门，下了土坡，奔向大道北的杨树林去，她的心开始糊涂起来，耳朵里"嗡嗡"地直响，眼前晃着小金星星。

"小兰子，小兰子啊！"哭喊着的母亲为了失去可爱的孩子而癫狂了。

虽在炎热的天气，树林中是凉爽的。小兰子在这树林中一棵繁茂的柳树下玩。因为这棵树生长在溪水边，树根四周有软绵绵的草，小兰子就一人坐在草上，玩得很有趣。她有一个顶好的伴侣，不是姐姐，也不是小俊子，是一个花毛的大猫。当把妈妈给她的包子吃了之后，她去睡觉，可是睡不着。在北屋里有大表兄、二表兄在吃点心，她看见了，她也想吃，才起来悄悄走到爷爷门前，挨近门时，她希望表兄们能叫她，结果失望了，他们不但不叫她，小朋还用手指在自己脸上羞她。奶奶瞪她，爷爷用手往外推她，她哭了，又不敢大声哭。本来想找妈妈，不巧那时候妈妈没在堂屋里，她正哭得最厉害时，化猫走到她脚前嗅她，她本来爱猫，这次在失望时得到它的温存后更觉它可爱了。

"小猫咪跟我去玩吧。"

"咪，咪，咪!"小猫好像同情她似的，她抱着它离开了家，下了土坡顺大道走到杨树林里，因了天气太热，走到一棵树下坐了，用小手轻轻地抚摸着猫毛。小猫不断"咪咪"地叫着，她和它玩得很有趣。

六月的下午是村庄内最幽静的时候，树林里的小鸟用羽毛轻轻地抚着树梢，微风也悄悄吹斜了鸟翅，蓝得发绿的天空，倒映在溪水中，绿枝、绿草，被火热的空气吹得更娇羞了，这些可爱的颜色笼罩着小兰子和一只可爱的花猫。无名的小鸟，翩翩的蝴蝶，也先后在小兰子身边抚过，她是这块地的新王，新王酣睡了，四周就更静谧起来。

年轻的妈妈终于找到了小兰子，小兰子躺在人间最芬芳的草坪上，她妈妈看到她时，高兴地跑了过来，抱起她，亲吻着，轻轻地叫着。

"小兰子!"她醒了，妈妈在她脸上寻出了无上的安慰。天真可爱的小脸，却是一个无食的小可怜。她抚摸着，簌簌地落下泪来。这出自内心的崇高的泪，却使小兰子不胜惊讶了。

"妈，我又不饿，你哭什么?"妈妈更抱紧她呜呜地哭了。

"小兰子，你妈不能给你饭吃，你同我都太苦命了。"

"妈，咱还是上那棵树底下玩玩吧，那儿真凉快!那猫呢?"

年轻的媳妇未按女儿的意思去做，因为还得回去洗碗。母女俩紧紧地抱着，一只善良的猫，追随在后边一同走回土坡，走进大车门，整个的村庄是寂静的，那一片树林却是美丽的。

（发表于《新民声》1944年第1卷第12期，署名雷妍）

背　叛

当暴雨狂了似的注下时，人间漆黑得可怕，六月的夜里到处是喧闹和黑暗。闪电虽然没好气地照亮着，但经不了雷声的一吼，马上天宇又被黑暗占满。

××修道院的窗子仍从葱郁的花木间射出黯淡的灯光来，一个脊背微驼的人影不时地从窗上抚过，是那么虔敬地保持着崇敬圣玛丽亚的姿态。徘徊得那么匆促，似乎是什么焦急的事煎熬着他的心。

突然屋门外一阵更强烈的雨声，一个穿着黑长衣的神父走出来，檐流敲在他的大雨伞上。他右手持着一支白烛，脸上刻画着焦虑的神色，在焦虑中又有一些愤恨，如果不是宗教修养深湛，在此时他一定会怒目横眉的，他不再在窗里徘徊。

他在暴雨中转过几段小径，走到院里最后的一重房外，他用手轻轻地叩叩门，门内没人应。他又走到窗前往里张望着，良久才转过身来，那只拿白蜡烛的手在胸前轻轻地左右上下移动了四次，他画着十字，然后似乎很满意地又从暴雨里走到原来的屋里。

最后的这一重房是××修道院的禁室，每当修士们虔敬地祈祷或忏悔着的时候，就自动地住到这儿来，祈祷、诵经或痛哭流涕都没人听见，这儿像墓地似的寂静。现在禁室里没有别人，只是年轻的祝修士自己占有这一重大房子，为了内心的重罪在这儿忏悔，虔敬不移地呼求圣玛丽亚转求基督圣父子恕罪。这样已经一年了，而且那罪恶本身也渐渐模糊得成为一个不清楚的影子。最具体的却是经文和深奥的拉丁文法，

116

以及许多经老神父教授的西方哲学……这些充塞着他的脑子，不过有时也要回想一下自己来到禁室的原因，或最初做修士的动机。现在他坐在一个低凳上，一本皮封面的大圣经摊在他的膝上，对面墙壁上童贞女的肖像安详贞静地下垂着眼帘，圣像下的小坛上有一排七支烛的铜烛台，烛台前挂着的基督圣体的十字架的影子，庞大地映在左边棕色绸幔上，年轻的祝修士又深深地陷在思索的网里，红润的唇微张着，一双探求真理的目光从白边眼镜里射出来，注视着圣像头上的光环，不眨动。

他依稀记得十几年前，故乡闹饥荒，父母把他带到都市里以后就在贫困里相继死去，他做了孤儿以后被邻人送到修道院附设的学校里，从此他过着另一种生活。他是儿童里最聪明的一个，一个西洋老修士对他特别照顾，而且不时地把宗教思想传送到他纯洁的心里，于是一幅清晰的天国图画描绘在他的想象里。在少年时代他就憧憬着天国里金琴玉瑟的声音，而恐惧着地狱里的号叫，十八岁那年他随了老神父到欧洲去游历，并且以东方神童的资格觐谒过教皇，等他归国的时候已经是德高饱学了。如果不是因为年纪还轻，早就做了神父。那老年的、慈祥的、像父亲一样的神父，为他重新抛弃了祖国又到东方古国来，把希望完全寄托在他身上，再也不想离开他和××修道院……

祝修士想着想着热泪潜潜流下，眼镜上笼罩了湿的雾霾，在模糊中他看着童贞女的圣像似乎抬起眼帘来，她是多么像另一个女郎啊！

是的，尤其是那一双怯怯而美丽的眸子，那引他犯罪的一对诱惑的火光啊，他不敢看，他用手捧住脸痛哭着。皮封面的圣经从膝头上滑下来，落在地板上，这声音隐住外面雷雨声，他被惊醒了，重新捧起圣经，擦干眼泪，望望圣像依然下垂着眼帘，他又安静下去，沉默地读着经。外面的雷雨声不能打搅他，老神父的叩门声他也没听见。已经一年了，他给老神父永是这么一幅静的印象，所以老神父简直不再疑心他，而且认为他的罪已蒙天主赦免，他的虔诚也蒙天主悦纳了。

已经夜深了，雷雨声只剩了一些余威，渐渐地半圆月从云隙漏下光来，花树的影子在纱窗上婆娑着，是他入寝的时候了。他站直了身子，

117

欠伸着坐息了的疲乏，收拾好了书，预备行冷水浴。他不禁又望了圣像一下，最后跪下默祷着，很久不抬起头来。

纱门悄悄地开了，走进一个人来，她除了服装以外完全像圣玛丽亚的肖像，脸色玉白略有病容，眸子大而有光，在初踏入一个陌生地方，她会下垂着眼帘的。中分的柔长发被雨水打湿了，小瀑布似的披拂在两颊边。她见他做祷告，不敢前进，怯怯地站着，玉白的脸上有一阵红晕掠过，但一瞬又消逝了。

"你！"祝修士站起来，转过身来见她在面前站着而惊叫了。

"小点声！"她惊惧地说，然后热情地跑到他身边，扑在他的身上，但他已经呆成木偶，她痛苦地伏在他的足下，抱着他黑色的袍襟小声啜泣。

"我们又犯了罪，去吧！不要诱惑我！"他的声音抖着。

"但我并不是魔鬼呀！灵辉！请你不要那么冷，你低下头看我一眼！"她抬起泪淋淋的眼睛饥渴地望着他。

"不能！犯罪。"他抖得更厉害了。

"你怕什么？这儿没有人，修士们和神父都沉睡了。"

"有天主和圣母……你去！"他用尽生平的力量把她踢开，她像一个受虐待的奴婢蜷伏在圣坛的角下。

"灵辉！你疯了，你不能这么待我，你爱我，你故意装成这个样子，你为了保持你修士的清白，但是从先你为什么到一个女校去教课？"她很快地站直了身体，凌然地逼问他。

"因为在修道院附设的学校里只有我去……他们认为是可靠的……"他惭愧地转过脸去。

"没想到你和一般青年一样热情，你也需要爱，但是你为什么只爱了我？"

"天哪！你的脸型多么圣洁……"他伏在圣坛上，铜十字架上的圣体怜恤地看着他。

"你爱我！你爱我就是真理，此外没有别的。我为你整整痛苦了一

118

年，现在你该答应跟我走吧！你那么年轻，离了这变相的牢狱你会有幸福的前途的。走！为了咱俩的幸福，为了我们的孩子！我告诉你！我已经找到了一个小职业。昨天我从育婴堂把他接回来了，他虽然很瘦，但是很可爱。他像你，灵辉！他笑的时候口角和眼睛更像你。他在育婴堂受着训练，很聪明。虽然初见我就会拉住衣襟抱住脖子，他会叫妈妈，我昨夜指着你的相片教他叫爸爸，他也会叫了。走！我有一间小屋，还有他，那儿就是天堂。走！带着你的书！"她抚着他的肩说。

"天主！救我！"他像孩子似的哭起来，不肯抬头。

"你怕什么？走后你仍然可以崇奉天主，只是不做修士就可以了。走！凭你的学问我们不但可以活，而且会给人群出力的。咱们中国的礼教已经够束缚人的了，你为什么又双重地捆绑起自己来？"她说着有些愤愤了。

"我忘不了初做修士时候的誓，我忘不了去年老神父审问我的时候那双眼睛，你去吧！我宁愿对你们负心，我不能背叛他们。"

"可是你就不能正眼看我一下吗？你忘了前年和去年的一切吗？你再看我一下，我就甘心死去了，因为你把我看成比蛇还不如的魔鬼，我也恨我自己，我只求你再看我一次，像从先一样，你能吗？"她的脸苍白得可怕起来。

"不，不能，不……"他推开她往里边的小屋跑去。

"我进来得那么不容易，我的衣服到现在还湿着，只求你看我一下都不能吗？好，我不强迫你，我并不自私。唉！灵辉！"她像一个失了魂的冷尸，飘动地冲出屋门。

他的小屋是苦行修士中最模范的地方，有冷水浴盆和一张白单罩着的小木床。墙上有古圣僧在河畔泥室静坐的图像，此外再也没有别的。他跳在冷水盆里，黑袍子抛在小床上，他觉得自己脱掉修士的衣服完全和凡俗人一样了，于是沸水似的思潮涨得他心胸痛。他不明白为什么一穿上那一身黑衣就会变成铁石人，他后悔对她过度的拒绝，同时又不敢多想下去。他狂了似的开了冷水的喷水龙头，从头顶用冷水浇下去，但越浇血液流得越快，内在的热情越奔腾，他认为对她的冷酷是罪恶，对一个自己的骨肉——已经会叫爸爸的孩子这么不尽责更是罪恶。不过为了她和孩子背叛了天主和自幼的信仰也是罪恶，他真不知道真理在哪里。他从浴盆里出来，记起床下老神父从先用过的一条马鞭，他抽出来，上面有丝丝的尘网，他用力自己抽着自己水湿的身体，红色的痕缠满全身，直到他精疲力竭的时候才止。他的牙仍然咬紧，似乎仍没找到真理。重新披起他的黑袍来，无眠地到院里散步去。洼处的泥水并不能阻止他，他忽然想到教堂去祷告。从一个角门走到教堂的大院里，将落的惨白月亮已经隐在钟楼的后边，只对这一番景色他也得低下头画着十字，小声呼唤着圣玛丽亚。方才的狂暴以及自己的鞭打都忘了，他决心到无人的大教堂去做终夜的祷告。

一个浅白的形体阻住他的进路，好像一个人横卧在地上，他并不怕，伏身仔细看去，啊！是她！

她的白色衣衫上全是泥水，口角有深色的血浆，脸色更悽怆了，眼睛依然下垂着长长的睫毛，多半部的脸伏在地上，两手也分抚着泥土，他忘礼地摸着她的头额，已经冰冷，呼吸也停止了。

"她死了吧?"他喃喃着，望着尸体上面的钟楼，他想她是从上面坠下来的，"不过她不能死，她还有我和孩子!"

他不哭，也不再进教堂，只用袍襟从院子的角隅包了几把泥土，失常地撒在她身上，像一个女孩子撒米喂鸡而不像埋葬人。后来他实在不忍多看她，脱下黑袍子把她遮蔽好了，自己穿了短衣服，抱起她来，用力却很快地从另一个角门走出去，这儿通着城里最幽静的另一个角落，有天然的湖水被垂柳围绕着，雨后的青蛙呱呱地噪着，他抱着遮以黑袍的尸体走上湖中心的长堤。

月亮已经完全失去光芒，东方黎明前苍白的光已经透过水土的薄霭，他仍然没目的地在长堤上前进，梦魇般地喃喃着。

"走，我跟你走，我背叛了，我抛弃了我的传统生活和信仰，为了你，我要求新生，为了咱们的孩子。走，上咱们的孩子那儿去，你说他会叫爸爸了不是吗?"

"……"被抱着的没有声息。冰冷地更沉重地压在他的一双手臂上。

"走,你一定高兴了,可是你不好意思笑,为你,我背叛了!"

他自己却笑着喃喃,走得更快,只是斜了一点,堤面很狭窄,再有一步就是湖水,堤尽头的路却离他远了。雨后的湖水是深不可测的啊!

（发表于《新民声》1944 年 08 月 16 日，署名雷妍）

恺 未 央

黄昏里充满了紫茉莉的芬芳，记忆里又涌起旧梦来——那无尽休的哀愁，那捉不住的欢乐，岂是几条纤细的弦所能弹去的呢，于是我默默地悬起我的琴，悬在素白的墙上。

读倦了的书像菜市鱼摊上的海族动物，乱纷纷地堆在案头，拿了书架上一函南北朝文，坐在檐下翻阅着，第一映入眼里的是嵇康给山涛的绝交书，我为这个题目而心悸了。绝交，绝交，多么伤心的名词啊，我悄悄地合拢书本，再也读不下书去。

不记得是友人还是自己，有过一段平凡的故事，是适合于黄昏里诉说的。诉给余年，诉给早出的星宿，诉给挟着花香的晚风，黄昏也为这故事而幽暗了，新月出自东方。

那天也是一个初秋的黄昏，院子里被一些大叶的植物响出一派新韵，她缓缓地徘徊在小径上，淡色的衣襟抚过花梢，她默默地停住了，有如一座石像，四周静悄悄的，只有晚风振动大叶植物的声音。

"很早就开饭了，你还在这儿……想心事。"一个男子的声音突破了这一片完整的静寂。

"我不饿，你先吃不是一样吗？"她看着一丛黄色花朵说。

"不饿，只是不肯陪我吃罢了，哼！既然这样，何必……"

"何必什么？"她转过身来，看见他怅然地站在石阶上。

"何必嫁给我？不如痛痛快快地嫁给×××。"他的声音有些发抖，面色也苍白起来，好像见到一个可怕的景象。

"你如果对我厌烦了，未尝不可以离婚哪，何必叫你后悔?"她说着，似乎没经过思索，而且"未尝不可以离婚"这句话说得那么自然。一个中国女子，说到离婚会这么自然，一点也不口吃，似乎"离婚"两个字早已在她的心里培植成熟了。他的身子晃了一下，并未晕倒，拉着一棵大竹子，坐在一个粗木凳子上，苍白的脸上衬着两片抖动的唇，说不出话来。

她看见他的样子，内心被忏悔的情绪绞痛，她记起他往日对自己的追逐；她记起他在三年前的春季自杀未果住在医院的景象。在医院里，她怜悯地戴上他给她的戒指，她记得他狂喜地从床上跳下来，被医生责斥；她记起自己从医院出来勇往直前地去找另一个男子——她至爱的人，去诉说一切，她为了完成他的愿望决心和她至爱的人诀别了。她记起他们的结婚，她更记起婚后的一切生活……她忏悔婚后并没给他快乐，因为她永不能忘记那个冷静寡言的爱人……她用力镇静，抑止自己的思潮，抚着他凌乱的头发落下泪来。

"伯崴! 我和你开玩笑……你又认真生气了。你恕我好吗? 谁叫你总说×××呢，你不知道一提他，我就……"

"你就伤心，是吧! 是我自私了……叫你委屈地和我结了婚，你说得对，我们可以离婚! 我再也不拦阻你的快乐。你去，回到你的故乡去，找×××。我仍然感激你，你曾做过我的妻，你又随我到江南来……我感激你。"他像一个受了气的孩子投在她的怀里哭起来。

她几乎站不住了，坐在一块青石上。两人片时说不出话来。天上的颜色已经清淡了，月亮爱怜地照着这一对不和谐的配偶，初秋的花朵也淡淡地隐在大叶下。她的目光闪烁着泪珠，映着月光悄悄地落下来，无声地消逝在他的头发和颈项上。他受了这点点泪水的安慰，如沙漠中的旅行人逢到了泉水，他清醒地抬起头来，望见月光照着她的脸，他有一种欣喜生自内心深处，他感到报复后的愉快，他也使她流泪了。他愉快，他得到了真实，他还要得，他狂了似的拥住她，吻，吻，亲吻着她被泪水冲湿的脸，他吸吮着她的泪水，他满足了。

123

只有三天，三天后她忽然接到故乡友人的信，询问她有没有兴致回来教教书。她高兴极了，极度的乡愁涨满胸臆，她恨不得马上回到故乡去看看，她想和他商议，但是他还没下班，她焦灼地等着，等着，听见叩门声。

　　"我去开门！"她推开要去开门的女仆自己奔向大门去。

　　"你来开门？"他惊喜地挽住她，他笑着，面上发着从未有过的光辉，幸福的光辉，因为她亲自来开门。

　　"我等你半天了，你老也不回来。"她入屋第一句这么说。

　　"你太寂寞了，是吧？琴！我明天早回来。"他又做了一个要拥抱的姿势，她却巧妙地躲过去，她厌烦这过度的亲切，但夫妇之间又难避免这一切，她更决心要解脱了。

　　"你该擦擦脸，这么多的汗，秋天了，还这么热？"她掩饰自己的厌烦，给了他一个浸湿的手巾。

　　"冬天我也是这么热，只要你在旁边；你要离开我，夏天我也会冰似的冷起来。你……"他热烈地爱怜地望着她。

　　"……"她不敢马上告诉他回故乡的事，她嗫嚅着。

　　"琴！你要永远这么爱我多么好，给我开门，我回家第一次先见到你可爱的脸，听见你的声音，你又给我手巾……你太可爱了，你……"

　　"我今天真高兴，因为……"她说着又停住。

　　"我也看出来啦，你是很快乐的，因为咱们不再吵嘴了，因为你真爱我了。你不知道我更快乐呢，你应许我，在晚饭的时候喝一点酒吧！庆祝我们的快乐，应许我！"

　　"我并没戒你的酒啊！"

　　"可是每次一喝酒，你就不高兴呢。"

　　"这次一定不，你喝吧！庆祝……"她私自庆祝还乡的愿望。

　　"你也喝，酒后我们到江边去散步，今天月亮快圆了，你不是喜欢月夜吗？江里的月影更美呢。"

　　一餐相当完美的夜饭，有酒浇热了他们的心，各人想着自己未来的幸福，笑着，谈着，形成了他们婚后第一次的温馨。月亮已经从竹梢上露出半个脸来，他们半醉地步到院里，"故乡的月亮该照在大丽花上了吧？×××的书房前，不是有红色的大丽花开在初秋吗？"她想着，步下阶石。"此后花前月下再也不会孤独了，她已经真正爱着我。"他挽着她想着。她仍未提及还乡的事，她不敢，她不忍心敲碎他的美梦，她不忍。

江畔有船橹声，有舟子的笑语声，沙滩上也被月光照得银光灼灼，桅杆的倒影映在江面，江上有白色的光雾。

"我真不忍心离开这美丽的江边。"

"咱们永远住在这儿，自然不离开。"他温柔地说。

"可是……我要回一次家。"她再也忍不住地脱口而出。

"你回家？为什么？"他惊讶地坐在沙滩上。

"我要回去做事。"

"做事？我的供给还不充足吗？我从未叫你感到经济的窘迫，你为什么要做事？你要离开我，不，不许你吓人玩，我受不了，琴，不许说！"

"不要孩子气，我说真的，我早想做事，因为我受了高等教育，我该去教育没受教育的群众，而且我不愿意依赖男子活着……"

"不要说，你一定对我有什么不满意的地方，你还需要什么告诉我，只是不要离开我。你不要说那些过于偏见的女权放纵论，两人为了爱而共同生活，是说不上依赖的，你不能走。"

"你不能叫我尝尝自立的滋味吗？我只是短期地尝试，不久，我还回来，你如果尊重我的意思，叫我回去一次。"

他良久没有话说，颓丧地用手指划着沙滩，划了几个"琴"字又抚弄乱了，又划着"回去"，"回去"……

"你真要做事？我可以在本地给你设法。"

"那是很有把握的，而且我的同学来信约我，有现成的事，你答应我吧，我什么也可以答应你。"

“你和我讲起条件来了？你答应我什么？我只是希望你不离开我，可是你偏要走……我一向是尊重个人自由的，只要你真心愿意，我不会阻止你的……”他缓缓地站起来，一个人走着，无目的地，沙滩上印了无数凌乱的足迹，她跟在后面，不知是喜是悲。

在他哀痛的惜别中，她昂然踏上返乡的路子。她奔向自己的梦幻，无暇顾到他的孤独与悲哀。

她果然过了一学期的独立生活，学期终了时，上帝却给了她一个启示，一个小生命降临在她的生活中，需要她大量的爱抚和教育。白昼，她把孩子交给她的婆婆，傍晚归来再自己抚育着这初来的小人儿。事情不会像古小说上描绘得那么简单，于是她感到力量不足，又感到婆婆没真情，毅然地辞了职，并离开婆家。为了免去路途的远涉，暂时回到母家，预备孩子长大一点再回到丈夫那里去。

在暮春，一切都富于沉醉的气氛，她微微感到忏悔，她深深感到孤单。她往往在孩子的小脸上找寻丈夫脸上的特征。她也有时在街上注意人群，有没有一个冷静而寡言的人，像×××似的。孩子的嘴角上确有地方和伯崴相似，尤其在不高兴的时候，嘴的左角微颤着，令人感到不安。在街上她却从来没遇见一个像×××的人，她决定秋凉后就回到温暖的江南去，那儿有孩子的归宿。

一个三月末的下午，蝴蝶飞在浓艳的花梢上，早开的桃花在空中飘落，飘落在院角或阶石前，片片都是春愁。邮差拖着一个迅速的影子和一袋子使命，给她带来一个突然的信息，字迹她还认得：

　　琴：
　　　　如果你相信我始终没忘记你，请容我陈述一些别后的
　　事情：
　　　　三年前你为了怜悯他而抛弃了我，我的痛苦从没向你说
　　过，因为你不知道，我有一个名义上的妻子需要我养活，我镇
　　静着，我冷冷地接受了你的抛弃，我隐住了自己的悲哀。

事情又往往巧得有趣，你离我后第二年，她——我那名义上的妻子却患伤寒病死去，我的希望重新燃烧起来……我至少希望有一天能见到你，诉说我的痛苦。但是听说你已离开故乡……我只得预备孤单地过着不得不过的岁月，然后带着哀怨到坟墓里去，谁知我又得到你的好消息呢。

前天在×庙的柏林里遇见老杜，他说你回来了，他又说你和你的丈夫已经破裂了，请恕我乘隙而入。我没有别的野心，我只想见你一次，叫我痛快地陈述一切，起码叫你知道我是热烈的，不像你想的我是那么冷，那么寡言，那是假的，那是我装来掩饰自己过度的热情的。至于叫你认识了真我以后又怎样呢，我顾不了了。说不定再度被你抛弃，也说不定……

我暂不约你会面，只求你回我一封信，即或一封只容纳一两个字的短信，在我也是获得了至宝，琴！你只告诉我"可"或者"否"，我会再写信的。愿我们同样地幸福下去！

×××上

她读完的信，落在孩子睡在摇篮里的小身子上，她看着孩子沉睡着的小脸，茫然地记起一个健伟的身影。

第二封信来了，第三封信又来了，但是她没回信，她不敢，她不肯，她不忍……她任凭痛苦和忧虑煎熬着。一星期过后，×××不再寄信来，她的痛苦和孤独更加深了。

又是一个下午，邮差拖着迅速的影子和一袋子使命又给她带来另一个意外的信息，字迹她自然也认识：

琴：

别来还不及一年，但是无限的孤独压迫得我太苦了，你有孩子的安慰终究好得多，有了孩子你更忘记我啦，是吧！因了忧郁和懒惰，已经有一个月没给你写信。在这一个月内，我却做了一件很难恕过的错事，我和一个本地女子同居了，她给了我家室的安慰。本来我不想告诉你，但我也不想瞒你，彼此坦白一些吧，勉强造作的爱情是不会持久的，强求得到的爱也是乏味。

琴！孩子是我们的，你看在孩子的面上恕了我，我仍然留着妻子的位置等你。至于她，不过是……很难说下去了。假如你还没生气的话，我说：我仍然爱你。

她读着信的时候，孩子不知为什么哭起来，她呆呆地拍着孩子，"不哭，爸爸变心了，有妈妈，妈妈爱你……"

夏天来了，当晚风吹来的时候，在静静的马路边的人行便道上，总有一个清瘦的少妇推着一个小藤车，轻轻地走着。车里的孩子胖胖的，坐在靠垫上，含着右手的食指和中指，喷喷的。小车的轮子辗着母亲瘦长的孤零的影子，路灯闪着怪凉爽的光。

故事是这么平凡而模糊，但在寂寞的黄昏里，往往忆起它来，它会小蛇似的钻痛内心，非诉说出来不可，于是我述给黄昏，夜色因之深沉了，钟声悠悠地敲了九响。这一向被古人称颂着的数字：九啊，久啊，有着同音的吉祥之兆的数字。但悠久的岁月对于那故事里女主人翁的遭遇却有着恶意的惩罚。那拖着责任与哀怨的清瘦人影又一步步地踏近了，一直踏入我的魂灵里。但我忘了她是谁，是朋友呢，还是自己？

这无法解答的谜呀，我收起那一函南北朝文，徘徊在紫茉莉芬芳充溢着的深院黄昏里，新月漂泊在碧蓝的秋空，像一只载着灵魂的小船，漂啊漂的，漂到天堂去。

三十二年初秋于故乡

（发表于《国际新闻》1943年第4卷第11、12期，署名雷妍）

邂　逅

　　整天没事只在叹气中打发日子最能使人消失志气，所以我才想找个地方学点技能。大原因还是借之混混时间，省得一天在家从早晨就盼中午，中午盼晚上，到了晚上又盼清晨了。计算了几日决定到西城某补习学校询问一下，看看有无我想学的科目。

　　我记得是个初秋的日子，上午的天空是湛蓝色的，平均得如一片薄纱般的天空上，也疏落落地堆积着一两块洁白的云影。温暖的风吹过闪着阳光的树梢，又悄悄吹起行人的衣襟，如顽皮孩子般地戏谑着。这是所谓早秋的风，我因它的安然、无愁，深深感到惬意了。又因为精神意外的畅快，就去了西城某补习学校，询问的结果决定学英文打字，简单而迅速地在打字班报了名，并规定每日上午去学校两小时。我很满意这补习学校，因为它的确严肃、安静，自非一般补习学校可比。当我将交费收据放在皮包而迈着出来的步子时，内心被欣喜的光芒照耀着。

　　学生生活开始了，叹气的时候也减少了，每次进到课室后就径直坐到小巧的打字机前，"专心"和"好奇"的情绪鼓舞着我静静地学习。十个手指生疏而怯怯地放在先生告诉的字盘上，眼睛还得注视桌上的册子，不能时时看手指。每当颤抖的手指怯怯按字盘时，心中还有一种难以分析的情感变成轻微的恐怖而要心跳了。不习惯的手指时时按错字盘或者按得不到底，以致每次一行完毕后卷过去时，看到不成字的字迹。但是，喜爱的心情一丝也不曾减却。

　　是的，每每听到清脆和谐的声音时感到耐人寻味的舒适和奇妙。一天继一天地学习，成绩自然是进步了，错误逐渐减少而速度逐渐增加，机器发出的声调也越来越悦耳了。一星期基本练习完成后，我尝试着打我心爱的诗句，小巧而均匀的蓝字，排列整齐地打在洁白的纸上，自己看到时也能得到一种无名的快感。因之，叹气和我也生疏了。

初秋已过，飒飒的秋风吹着鲜妍成熟的各种秋花的花瓣，万道金线的秋阳温煦地抚摸田间丰盛的谷穗，在中午人也感到难耐的燥热，可是早晚身上会觉得恰意。古城的各角落摆满了果摊，红的、绿的，长的、圆的，各种果子好像小山一样射入人的视线。啊，中秋近了！

叹息同盛暑都消逝了，在凉爽的日子中，我会很轻松地按着字盘迅速地打成那美丽的诗句，我忘情地诵读它！如同清泉激石子的声音啊，却引起了别人的注意。

"刘小姐读的是《茵梦利内》的诗吧？"我意外的惊讶，反倒不知道如何回答这位陌生的同学了。

"是的，赵先生怎么记得这么清楚？"

"我最喜欢那本书。"我仅仅知道他姓赵的青年说。

月余的同学未曾交谈过，不过彼此都知道面孔，也知道姓名。今天忽然的交谈，我真怕今后每天无味的寒暄，我尽力去打字一言不发了。

以后每天见到那位赵先生，不免点点头，这本是极普通的交际，我也感到麻烦，有时看看彼此的成绩和各人所打的文字，这样也较容易熟悉了。在谈话中我知道他在大学读文科，志趣完全在文学这方面，我信他一定不断写文章，但我未问过他。

日子永远是飞快的，一个落雪的冬日，我乘着公共汽车经过洁白的街道，我看到天空的灰白色，树木的枝丫也素白得可爱，我实在被飞快的时光弄得有些茫然了。对于打字仍然感到趣味，自然雪再大些也挡不了我去。

"刘小姐来了，冷不？"当我进到打字室内听到熟悉的声音。

"不冷，您早来了。"我本能地脱去大衣，坐在桌前预备打圣经上的诗篇。

"刘小姐，恕我冒昧，这有本诗集是我近五年写成的，希望您指正。"说着他站起走到挂衣服的地方，从大衣口袋内掏出一本装潢十分精美的册子，浅蓝的封扉烫着金黄色的字，书的名字和作者的名字都是金黄色的。我惊喜地接过来，可是连一句感激的话也未说出。凝视那美丽的装潢反使我不知该如何开口了。作者的名字是近代著名的诗人（对于名字反比对本人熟悉），他的作品被每一个年轻读者爱戴着——我更崇拜他。他的作品内充满了力量情感而指示青年们以人生光明的大道。这一向被我崇拜的诗人现在是每日必见的同学，而一同学着一样的东西，我觉到人生的巧遇反使我微微尝到人生奇妙的滋味了。我被一种情感支配着看了他一眼，而去翻阅着，多少诗我在各杂志上读过了，多少更完整美曼的诗句对我来说还是很陌生的。

　　"谢谢！"我惶惶而不自然地说。

　　"不，刘小姐，您能告诉我您也喜欢文学吗？时时写文章吗？"他好奇地问。我仍然翻弄着那诗集，因为我不仅仅欣赏诗的内容，也因那美丽的装潢而神往了。

　　"只是喜欢而已，欣赏力一点也没有，写作则更谈不到了。"我诚实而感伤地说。

　　"其实可以试试，单纯的爱好是很可以促成写作习惯的，我就是这么一个证据。"

　　"噢！"

　　"我来打字完全因为有时对一篇名著太喜欢而无法记下，我就打下来收集在一块儿，整齐的行列自然能帮助我的记忆。"

　　"我也是因此才来打字的。"我天真地说着，方才的拘泥好像完全消失了。

　　"这么说来，咱们倒是同志了。"他欣然地说着，面上闪着光芒。他的头忽然转过去将目光送到窗外树枝上挂着的雪花，这时候寂静起来，我不能再谈什么正预备坐下去打字时，又听到他说话了。

　　"刘小姐，明天我就不能到这儿来了，我对这小屋子有说不出的留恋，因为它时时引起我怪诞而美妙的幻想。如果不太冒昧的话，我想知道您的通信处。"他静静地说，好像同老朋友谈着往事，他那闪烁的眼睛很自然地凝视我，好像在我脸上寻找回答。我呢，真真的很茫然，并且微微地惊讶了呢。我想："这真是个怪人。"半晌才说：

"好吧。"于是我将我的地址写在纸片上交给他。

日子像轮子般地旋转，我也很快结束了这段打字生活。每日生活又如某日一般乏味，叹气是我生活唯一的点缀了。往事都成了烟雾，在记忆中也逐渐模糊，不知为什么一个人的影子时时在我记忆中清晰地闪着，内心也因之时时漾着不可思议的波澜。那人曾询问过我的通信处，可是未来拜访过一次，信件也未得到过一次，虽然我为了好奇想去拜访他，苦于不知道地址也就遏止了。

秋风最能引起人的记忆，五年都这样，因为秋风每年都有！人的记忆也因它不能不涌起来，每当擎起那精巧的诗集时，心中布满了不能分析的情感：

"他真是个怪人。"

"我们有一个梦幻般的邂逅。"

（发表于《国际新闻》1943 年第 4 卷第 11、12 期，署名芳田）

两 面 人

天已大亮，日光照入窗纱里，时钟的短针正指在十点上，一个单人木床上的被子落在地下，王光祖只穿着背心短裤睡在床上，长发支叉着像个鬼，有一个线织的压发帽落在枕上，枕袋有红花也有油渍，墙上有一张女明星的半身像，不自然地笑着，尖尖的食指按在腮上，歪着头笑。

王光祖的父亲已经近六十岁了还得按时上班，给一个公司做着小职员的工作，养活着王光祖母子两个，而且王光祖也能在大学里得到一个经济学士的文凭，姑不论大学的好坏，反正是个大学，而且这个大学的确在文化古城的故都，因此父母更加对他放纵，他也不能不摆摆学士的架子，等父亲下班回家吃午饭的时候，他才刷牙，拖着鞋，戴着压发帽，刷牙，刷得沙沙地响，有白色的黏液自唇的四周涌出，再一滴一滴地落在地上，等干了，他母亲再弯着腰去扫，王光祖觉得母亲很能干，所以自己如果没有派头，反倒也埋没了母亲的贤能，所以他尽可能地学着绅士生活，以充实母亲的工作机会。

刷完牙并不立刻吃东西，因为报纸已经摆在桌上，他要看报。从第一版黄河水涨看起，看到报末广告止，往往要消耗一两个钟头，经过他母亲几次催请，他才慢慢地点着一支香烟，走向餐桌去，吃着，品评着，一天的光阴就这么消逝了一大半。

饭后总不忘的是回到床上午睡，或者躺着吸烟，在烟圈缭绕中想着下午会女朋友的事，一个圆脸的女人幻象出现在烟圈里。

"下午到公园去。"他想，对，上公园最经济，而且可以夸耀自己的幸运——有女朋友伴着。

"可是……我该向她求婚了，已经到了时候，上次在某某胡同的黑影里亲吻她，她并没拒绝，对！是到求婚的程度了……可是，求婚的时候最好是马上拿出一个金戒指来戴在她的指头上……才够漂亮！金戒指，最轻的也要几百块钱，几百块钱……可恨父亲太没本事了，一生也没有发迹，叫儿孙跟着现眼！"他想着愤恨起来，起来在地下徘徊，想主意，想着想着还是烦。

"喂！我的衬衫熨了没有？"他大声对那在厨下洗盘的母亲说，急灼地等着回答。

"什么？"母亲的确是老了，对于这么清楚的学士声音会听不清，难怪她自己自怨自恨地骂自己"没用""老废物"。

"衬衫！衬衫！"他怒不可遏地喊了。

"哦！衬衫，白的吗？熨了，今天早晨你没起来我就给你熨好了，你看……我给你拿去……你等我洗洗油手……"她说着，略弓着腰，闪着衰老的眼睛，托着一件雪白平整的衬衫走来。

"得啦，得啦！早拿来不完了，总得白费许多话。"他对镜子梳着分头，母亲把衬衣放在床上，果然无声地退去。他从左向右分着头发，用油刷着，左低右高，最新式的美男子发型……他满意了，他忘了金戒指的事，只凭这左低右高的时代发型，料想那时代姑娘也不能过于拒绝他。他胜利地笑了，笑得像一个男明星。

下午四五点钟公园人正多，在一架结了长荚的藤萝下坐着王光祖，他忍耐地等候着，他看着每一个走近的女人。他并不累，因为他睡眠充足。

"你早来了？"这声音从后面发的，是她！是她那发音娇嫩、收音沙哑的声调。

"你可把我吓一跳！"他站起来，文质彬彬的，的确是一个情人的样子，和在家里做儿子的样子完全不同，他让她坐下，他随即坐在她的身边，然后抬起头来四下看看！可恨人们都是来去匆匆，没有对这多情的人加以青眼。

"他妈的，简直是乡下人赶集穷忙的是什么？哪儿像逛公园的？"他在心里这样骂，不过并没骂出口，因为用"他妈的"这三个字来骂人很解恨，不过在一个少女面前说出来又有伤大雅，说不定为了这三个字把到手的婚姻弄散，他怕了起来，拉拉领带，闭了闭嘴，而前面的门牙偏要突出来，他又是一阵恨，可是他忍住了，做出一派温柔。

"假如你恕我唐突，我有一个要求……今天再也忍不住了。"

"什么唐突不唐突的，要求什么？"她似乎羞涩地扭过头去看行人，等着，咬住下唇。

"玉兰妹妹！我太孤单了，我需要安慰……我需要你的安慰，你答应做我的终身伴侣吧，玉兰，好妹妹！你答应我，做我的妻……不要躲着我。你看看你可怜的光祖吧！他要在你的眼睛里找安慰。"他的声音是超越高等戏剧演员的，他那么多情地悲哀着，声音颤抖着。

"你……讨厌！"她笑着，用手绢甩了他一下。

"你笑了，你答应了！你真可爱，本来我想带一个金戒指来，不过高贵的爱情是不该用物质，黄金来换的，我不忍心侮辱咱们清白的爱情，所以我们不用物质表示，更可以坚固咱们的誓约。"他连珠炮似的说。

"可是我怎么跟我父母说呢？"她似乎为难了。

"不过有戒指也是一样不好说，反正你尽力去做，他们不答应你就装病。父母爱儿女，不忍心见你生病希望就大了。"他说着，握住她的手，她触了电似的，接收了他的要求。

季节变凉了！王光祖闹着要娶亲，物价高涨得使他父亲已经不能喘气了，小职员的收入又怎能有力量来办婚姻大事？他的父母惶愧而急迫，自恨不能叫儿子早日成亲，大学士还得打光棍！结果还是王光祖聪明，居然想了一个妙方：他对那位年少的未婚妻说先行同居，等年月好了再补行婚礼。他胜利了，玉兰妹妹投入他的怀抱。

"你知道，我是学经济的，什么都讲求经济，爱情又何尝不要经济？可惜一般俗人不明了经济的意义，把完整的爱消耗在虚礼上。太可惜了，玉兰！我的爱妻，我把一腔热爱都交给你了，请你接收！请你看在我爱情的专诚上做我的贤妻。"第一夜同居，他对她训话，他的玉兰幸福得哭了，落下泪来，因为她接受了一个多么伟大的使命啊！她要做一个经济学士的贤妻。

　　"听说你的母亲有不少的私房给你做陪嫁，是吗？可是我没见你带过来，我们也不是外人，随便谈谈。"他说着亲吻着她的腮。

　　"哪儿？不多，不过妈不肯给我，妈怪咱们不行婚礼。"她羞涩地依着他的胸，像个小鸟儿。

　　"婚礼终究是要行的，这也是经过你答应了的，我是按着我最爱的玉兰的意思做的呀。玉兰！究竟有多少？如果你愿意把我岳母的私房带来，咱们不妨立刻行婚礼，只要你愿意，我绝对牺牲自己的意见，玉兰，你相信我！"

　　"是吗？如果马上行婚礼，妈一定高兴，什么都肯给我。"

　　"好！明天我们就发请帖，租礼服、马车……好不好？叫一队音乐队，吹吹打打地进礼堂好吗？然后你，你把私房交给我，我替你保存准没错，你的丈夫是一个经济学士多么可靠？你高兴不？"

　　"高兴！我请我的同学做伴娘，你也找一个伴郎，我们也得预备首饰好交换，我也得做一身衣服，脱下礼服好穿，我也得买一双鞋……还有粉！"她兴奋地报了一大堆用品名字。

　　"我说，玉兰……你母亲到底有多少私房？你一点也不知道？你大概说说行不？"他总不忘书归正传。

　　"我妈说大约有二百多块钱吧！"她率真地说。

　　"岂有此理！二百块钱还不够一桌酒席哪，开玩笑吗？你倒说了这么多要买的东西，把中原公司都搬来好不好？笑话！不懂经济的女人可了不得，几乎出了大错。二百块钱？"他震怒地徘徊着，温柔典雅暂时休假了，因为他忘记了它们，而且在实际生活上是不需要温柔的，不是

136

吗？她惊呆了，她不知他究竟为什么震怒，她茫然地看着他徘徊，期待着他的温柔。

（发表于《国民杂志》1943 年第 3 卷第 11 期，署名雷妍）

独　夫

　　多雨之秋啊！将忧烦拖延得缓长起来，不论清晨、正午，或黄昏，总有一重灰雾笼罩着，日光不照地面，已经整整有五个昼夜了。

　　旭东的性情日来更加暴躁起来。承受他暴躁的对象是他病了的妻和一个未满两周岁的孩子。他狂吸着纸烟，有白色的雾升腾在灰色的房间。白色和灰色的气氛中似乎有一个幻象——一张浅笑的脸。那年轻肥腴的小女人，也不过十八九岁吧，另有一种兴趣。旭东越烦，这幻象越清楚，而妻的呻吟更加讨人嫌。孩子偏在这时候哭。

　　"张妈！睡死了吗？抱出她去！"他把地板踩得震人心。坐在椅子上，昂着头，狂吸着纸烟，可是再凝思出那个浅笑的幻影已经不可能了。他暴躁地要撕裂什么，可巧有妻的药方在桌上，顺手拿起来扯碎："吃了药也不见好，白费钱。"床上枯瘦的女人见他扯碎药方，更呻吟而喘息了。不过她不敢说话，她怕他，怕得日久而成了习惯。

　　"小姑娘，走喽，上街喽！"张妈走来，不住用围裙拭着手上的面渍，说着去抱那站在床边的孩子——一脸小眼泪，撇着嘴角被父亲的脚踩地板声吓呆了。

　　"不，要妈妈！"在张妈和妈妈之间，她又倔强起来，忘记了父亲的威严，"妈妈抱宝宝！"她又哭了。

　　地板又响起来，桌上的铜笔架、铜尺，凡是摔不破的东西，抛了一地。咚！咚！好像炮。"你找打是怎的？哭！号什么丧！你妈还没死呢。"他立起来。张妈机警惶恐地抱走神志不清的孩子。孩子的哭声在

138

窗外响着，床上的病人呻吟声抑制着。

"旭东，你何必又发脾气？孩子饿了，我想。"

"又是饿了饿了！溺爱吧！你还是受了教育的女人呢，比乡下人还不如，溺爱吧！我真是八代倒霉，遇见你们这群磨难精……"他气昂昂地把烟头投在痰盂里，嘶的一声小火花死灭了，他的皮鞋底像铁蹄似的在室内震响。

"旭东，你怎么又这么说？受了教育是缺欠吗？受了教育的女人对孩子就不体恤吗？我若不病，什么都去做，把你服侍得无微不至，也就没有这气了。"她哭着，但没敢哭出声来，只眼圈红红的，颈项一抽一抽的。因为他最恨女人哭，只爱女人笑。

"病了有功劳，好！病吧！你要死了我还不能过日子吗？"他伸直了脖子喊，有青筋暴露出来。他从衣架上摘下帽子戴上，毫不顾念地走出去，把门摔得碎了一块玻璃。

"先生上哪儿去了？饭都快好啦！"张妈像一个胆小的鼠，低声地问着，眨着眼睛，把睡着的孩子放在床上。孩子脸上还有泪。

"我也不知道他上哪儿撒疯去……怎么孩子才哭完就叫她睡着了？"病人小心翼翼地把孩子小身子用夹被盖好，怜恤地轻轻拭去孩子脸上的泪。

"外头又下雨哪，我们没地方去，在门道里就睡了……您先吃点饭吧，先生回头再……"

"不，你先去吧！我好容易安静一会儿。"

室内灰突突的，有未散的纸烟气，令她作呕。她安静地喟叹着，感到环境的不良。她想不出一个改善的方法，也想不出他发怒的原因。反正他从前没这样暴躁过，她想到他是大变了，她打了一个寒战。未婚时自己曾经反对过这婚事，可是父亲的安慰和劝告安抚了她，他也私自往她校中寄过信，述尽了景慕之诚，他说：婚姻虽属旧式，但幸福是无穷的，他将来会竭诚爱她的……哦！爱？婚后似乎也爱过她，爱得她没有一个轻闲的时候，过度的爱欲使她衰弱起来……衰弱以后的日子就黯淡起来。等孩子出世后，他更其冷冰冰的了。

初秋的雨天使她重重地感冒着，衰弱的她在床上已经躺了三昼夜，这不免引起他深切的厌恶。他后悔结婚，后悔生孩子，他已经看出为夫做父不是一件好生意。他未免愤怒，尤其可恨的是终日见不到妻的笑脸，没有女人的笑日子太难过了，甚于没有日光的天。他匆匆地走向街心，他忘记带雨伞，帽子是新买的，他顶着一个白手帕奔向一个小巷去，雨丝封住黑暗的巷口。

在这儿有个女人笑着，肥圆的脸蛋并不因鬓边疤痕而减色，笑着的脸上有粉香，长而油腻的头发像几条缎子分披在背后与肩上，笑着吐人一身瓜子皮。

"真够味儿！"已经收敛了怒气的旭东，玩赏着笑着的女人，赞叹着，贪婪的眼睛像一头饿狼。

当他走进这黑色的小门，身上兀自软绵绵轻飘飘地感到盈足，好像春风吹过，在雨地也感到暖烘烘的。但心里仍有一点缺憾一点痛，这一点扩大开来，心里充满了懊恼，后悔自己不该叫她摘去那个戒指，金的，一钱多重。不值，不值！他载了一心懊恼踏进家门，已经深夜两点了。雨仍没停，妻并没睡，电灯发着刺目的光。病人不躺着，反在消耗电光，他的懊恼加深加重。

"怎么还不睡！灯弄得这么亮，也不怕孩子嫌晃眼了？"他伸手去闭灯，见妻未写完的信在桌上，很长的，使他惊讶："病了还写信？累重了再吃药是吧？给谁的信？值得这么长篇大套的？"

"给你！你既然回来了就不写吧。"她的声音已经失去往日的柔顺和胆怯。

"给我？这么一会儿的小别离也值得写信？"他卑鄙地倚着她的背说，很想把适才的情爱由那圆脸的女人移给她。

"你坐好了！写信倒不是为思念，我们该郑重地谈谈了。已经不是一次，你对我发着暴怒，你对我不满，你感到我和孩子累赘了你。本来我现在没经济独立，这样坐吃下去，也太难为你，而且我也衰老了，你

140

虽然迫孩子断了奶，我也不会再年轻了，反使孩子受罪。我们不如痛痛快快分开倒好，彼此有利益。"她虽然理直气壮的，但声音仍不免发抖，这样的叛逆行为还是婚后第一次，她心跳得很厉害。窗外雨声似乎加大了。她心悸地抖着。

"你要和我离婚吗？"

"也可以说是离婚。"

"那么你一定另有所欢了，他是谁？"

"你也用不着强词夺理。离婚的理由我已经说过了。合就合，不合就离，你的气我也受够了。"

"你受我的气？这些没凭据的话，你还是不要说吧！要离婚做不到。"

"无条件的，我绝不要你的赡养费行吗？你只要释放了我，我也许能……多活几天。"

"你不要赡养费？我的损失呢？谁管？比如结婚的费用什么的。你倒想脱净身。"

"可以用我的妆奁抵偿。"她用力说。

"婚后这笔安家费呢？也不在少数。"

"我并不带走你的东西，你并没损失，而且目前的物价比从先涨多了，你还赚了不少呢。"

他沉吟着，半晌没接下去。环视着室内一切的陈设的确是一笔不小的获利，他的气平静多了。

"不过……还有……"他又想到一件损失，也可以说是一个惶恐，他不安地搓着手掌。

"什么？"她实在想弄清这一笔账。

他没有回答，他想到自己的职业，他想到岳父和上司的友谊，他想到自己在公司的地位，他恨自己想晚了。不过还是怪妻一向太无能，把自己惯坏了，到今日她又不想继续惯下去，她太小量！对自己是个损失，对妻子也是一个愚蠢的证例。妻向他提出离婚来太欠聪明，他实在

141

没法回答她。失业的恐慌威迫他不能不英雄气短了，他伏在妻的身边：

"请你恕我了，兰辉！你不明白我谁明白我？我的脾气大，我也承认。但是我的心，我这颗早已交给你的心是善良的，你就忍心离开我？你叫我孤单单的怎么活下去？兰辉！看了孩子的面上，看了岳父的面上恕了我。岳父一向说我少年老成，他老人家不会看错人的。你，你再给我一次自新的机会。你不能走，你是和我开玩笑，可不是？你看你这玩笑开得可不小，到底是病人神经不正常。"他的泪也随着话语落下来。

她看看床上浓睡的孩子，她听见窗外雨声更大了，这凄凉的宇宙真有比这屋子更好的地方吗？自己又在病着，而且他除了脾气大还有什么呢？心地也许是善良的。他有时候似乎很吝啬，也许那正是节省呢。雨地里，深夜到哪儿去呢？回娘家？父亲说不定会气个半死……那么警告他一下就算了吧，她的头微垂下去，他的脸正仰起，等她的赦免。

"真是，又这样做什么？"她说。

"你恕了我啦？我的兰辉，你恕了我？"他坐在她的椅子扶手上，把桌上的信拿过来要看。

"不用看了，事情已经过去。"她夺过去把信纸撕得一条又一条，碎得像雪花，抛在纸篓里。

"三点半啦！你太不小心了，自己有病，深夜起来不睡，你一时也离不了我的照顾，还离婚呢！真是孩子脾气。那会儿我出去想给你买点吃的，偏偏遇上一个同事，拉我到他家去坐，坐到现在。再晚来一会儿，说不定你早走了呢。你呀！简直是个气人的孩子。"他温存地吻她的头发。

坐在床边，她迟疑地看着他，他的脸上一团和气，忏悔，温柔，热情……她奇怪他变化得太快。

"你还不肯真正恕我，我看出来了。你要真恕了我，你笑一下，你笑！你要是不笑，就是还生气，你要再生气，我……"他一句逼紧一句地看着她。

她笑了一下，那么不自然，那么痛苦，有忧愁的影子隐在笑里。这

142

个笑啊，只是眼角和嘴角勉强挤出的几条纹而已，没有声音没有颜色也没有欢乐。

"没有她笑得甜。"他心里这样说着，那个圆脸肥嫩的女人又浮起一个幻象来在他脑海里，他的唇却吻着妻笑完了的腮。

天仍是黑的，冷雨敲着处处，不停止，无尽休。这是秋天的故事。

（发表于《中国公论》1944年第10卷第4期，署名芳田）

迟 暮 吟

蜀江水碧蜀山青，圣主朝朝暮暮情。

行宫见月伤心色，夜雨闻铃肠断声。

天旋地转回龙驭，到此踌躇不能去。

马嵬坡下泥土中，不见玉颜空死处。

——白居易《长恨歌》

夕阳如金色幽灵的目光，惨幽幽地射入垂着薄帘的窗子。衰老而苦闷的玄宗太上皇帝又从幔帐里发出微弱的呻吟，使得夕阳更其黯淡了……梧桐的枝叶间已经撒下冷冷星子的光，又是秋之夜，有声响在树间激荡着。是秋声啊！

——又下雨了吗？太上皇帝声音那么短少气力地问。

——不是雨呢，陛下！是风声。一个宫女孤寂而索然地回答着。

——关紧……窗……子，我不爱听这些风风雨雨的声音。于是窗外的板都上好了，有古老的光从闪闪的蜡烛上辐射着。宫女的影子引起老人遥远的追忆，自然三四年来对往事从未忘怀；但今夜特别的沉痛，没法子排遣。

——别站得那么远，坐下吧！皇帝枯竭的目光从烛光的反射里充溢出寂寞和无可奈何的情绪，他需要人的陪伴，尤其对这妙龄少女的温馨感到渴望。他的瘦手从宽阔的袍袖里伸出来，那曾经执掌万岁的龙爪，

144

指着床脚下的绣垫，命令那不耐烦的女人坐下。

——不坐，陛下又要讲贵妃的故事吗？她说着，用簪子挑挑烛花，烛花结了一个美丽芯子，旋即轻轻地啪儿啪儿地爆响着。

——要有好信息了，灯芯子结花了；也许那个方士要来了呢。宫女在枯寂中见到这灯花也感到安慰和欣喜，梦幻地对这金色的火花微笑着。

——好孩子，你的话要能实现了，一定重重赏你，你现在要求吧，说啊！

——婢子只希望回家一次，求陛下垂听婢子的请求！

——回家？家里能有宫殿里好吗？

——自然不如，相差到万万倍。可是……那究竟是婢子的家啊！说着又小声地喃喃着——总比守着你这鬼老头子好得多。说着似怨似诉地看着那欠着半身凭枕而斜卧的太上皇。

——你说什么？什么"好"？

——我说方士的本领好。

——真的，这方士确实说过能招贵妃的魂来，我真愿意她的魂会来，我对不起她，她那时候还年纪轻轻的呢！孩子，你也许没见过那么美而多情的女人！我真对不起她，你知道吗？是我下命令缢死她的，是我杀了她……

——陛下已经讲过千百遍了。

——你听烦了吗？

——不，一点也不，婢子不敢烦。

——那么我再讲一些你没听过的事好吗？

——怕陛下龙体受劳，还是养神吧！

——你以为我那么老而无能吗，说说话有什么累的？前几年，在她活着的时候，我是喜欢高歌的，唱完了，胸前异常爽朗，现在不但没有心趣唱，说话的时候都少了。没人爱听老人的絮语，我知道，深深难为你了。好孩子！你只当听故事不好吗？你听我说，一直到我乏累的时候

145

止，不要离开这儿，我要多多赏赐你。

——反正不叫我回家是吧？她又小声喃喃着，然后才大声说——谢陛下。

——乖乖地坐下，听我说啊！她不只是美，而且是多才艺的。当时宫里的舞曲、梨园弟子的歌词都是经她改正过的，不然不会那么动听。我总忘不了那次在骊山宫里避暑的事，她最怕热，每夜总在离宫庭院里纳凉，其实我很怕夜风；只是为了她，我不说什么，穿着夹袍陪伴她。她喜欢月亮，也喜欢星光。有一次正是七巧节，她兴冲冲地吩咐人摆设了瓜果祭，并且还在牛女星下立誓……月亮比蛾眉略宽些，银河耿耿的，天宇那么晴朗，像我的心臆一样。贵妃那天穿的是淡纱的衫子，她的牙齿在星月下闪着小光，她的坠凤髻上喜欢斜插一朵白色月季花，因为她不喜欢珠宝呢。可恨那天我无端地病起来，尤其怕凉风，初秋七月夜的风相当的凉啊！那年，我大约是五十八岁，不瞒你说，孩子！一个近六十岁的人，心情虽和青年一样热烈，但是体力不行，许多时候显露着自己的衰弱。我恨，恨我那么衰老的时候才遇见她。那天我在院里只坐了一小会儿，就到内殿里休息去了。她兴冲冲地来回奔驰着，忙碌得像一个淡淡的蝴蝶，行着，飘着。看看我，又跑出去，可是良久也没再进去，我休息了一会儿，觉得体力又恢复起来，缓缓地又走出去，啊，我看见……我的好孩子，我不说了，你不了解我的痛苦。我口渴得很，我要喝茶。他微微地唔叹着，眼睛湿润润的，闭上眼睛休息。

——陛下，请用茶，累吗？宫女十指尖尖地捧着茶，芬芳的水汽，像巧小的雾，笼罩着美丽的夜光玉杯。

——不累！太上皇的眼睛微微张开，喝着茶。

——那天陛下看见什么了？老人的话已经引起她的好奇心。果然静静地坐在绣垫上，像一个在祖父膝前听故事的女孩子。

——我看得也不清楚，不过的确看见一个人影从贵妃身边掠开，等我走过去，那个人影已经消逝了。我装作没看见，我依然若无其事地和她谈笑，等更漏深沉的时候，我要求妃子立誓，她迟缓地说着"和陛下

146

同心"；但等我宣誓说"生生世世为夫妇"的时候，她微抖地依着树默默无言。谁知道她的心里想着什么呢？

是我在七夕的第二天拷问贵妃的近侍，才知道是十八皇子寿王瑁，那个小鬼头……据说他是去问安呢。

——寿王殿下那时候也从驾到寝宫去了吗？宫女疑问着。

——哦！青年人自然更喜欢游历啦，他们弟兄也不断到寝宫去的……老人又沉默了，不再说下去。

——但是据婢子想，陛下并不愿意寿王殿下深夜去叩安，不是吗？

——也不是，你知道妃子是个很慈爱的母亲，对于几个孩子她是太尽心了，我真怕她劳累呢。

——陛下真是善体下情。可是寿王当时……有十几岁吗？宫女故意地问，其实她早就知道贵妃原是寿王瑁的宠姬，是这位多情天子硬生生拆散他们的。老年的宫女往往把这事当珍闻讲给她听，而且她们说寿王深恨着父亲的无耻。

——不止十几岁吧！哦！我想想看，那年他大约是……不过无论如何母子终是母子啊。老人的谎说得很自然，不过故事却失掉了趣味，那少年的宫女不安地坐在绣垫上，她很想起来走走。

——陛下说的是，哪一个做母亲的不痛儿女呢？记得婢子初离家乡的时候已经十七岁了，婢子的母亲还抱住婢子哭，像抱一个吃奶的孩子似的，天下父母心都是一样的啊！

——你真是个聪明的孩子，你又提到你的家，终有一天我下诏命让你回去一次！这个腕珠钏送你吧！我的话，你乖乖地听了这么半天了。老人从枕边的小盒里拿出一支光灿灿的镯子赏给听故事的人，然后躺下休息。

——谢陛下！她柔绮地叩头谢恩。

——你先退下去吧，我要静一静。

——婢子传唤谁来服侍御驾？

——窗门外有人吗？

——他们都没离去，各按班守卫着。

——那么好了，你去吧！暂时不要人来。

——是。她头也不回地退出去，像一个被释放的小鸟，展开翅子飞去。宽大的寝宫，充塞着死寂；外班守卫没有王命，都静无人声地守卫着。老人当没有人在身旁的时候，用力地坐起来，又悄悄地穿起鞋子下地，在地上轻轻地徘徊，在裱糊着蜀锦的墙壁里镶了一个庞大的团圆镜，镜幕高悬着，清晰地照着太上皇龙钟的老态，他不免一惊。

——这是我吗？曾经治理大唐天下的英明的君主，曾经在风调雨顺的时代享过极度荣华的皇帝也会衰老到这个样子吗？不是我，一定不是我！不然这镜子是出了毛病，年久不磨的，镶在墙壁里是不免要坏的。他想着又走近了照着，抚摸着自己的颈子，又望着镜子怀疑起来。

——这不是我吗？七十多岁的人还能不老吗！假如玉妃的魂灵真能叫方士招来，她见我更加衰老了，她怎么忍受得了呢？她会想什么呢？她见着一向爱过的人这么衰老起来，该多么伤心哪！可怜的妃子，死后的魂魄也是不愉快的。可是她爱过我没有呢？在和她初会的时候，我不是已经近五十岁了吗？她还是年轻的少女呢？是冤孽啊！为什么在那时遇见她呢？造化弄人哪！

那正是暮春三月的日子，寿王宫的白玉兰和紫木槿花都盛开着，他……唉？我最爱的孩子，原是很孝顺的，在弟兄行里他最小，我记得那年他不过二十一二岁，他的母亲丧亡不久。他给我设排忧宴，在玉兰和木槿的浓郁花荫里，有醉人的气氛，我那天实在喝醉了。在宴席上的歌舞宫女都没什么姿色，年纪虽然都很轻，但没有一个抵得过他的母亲！是我离席独自走到花园深处，在一个人工的小喷泉边，有一个女人洗着茜纱帕子，低着身子，看不出容貌的妍媸。

——还不起来，万岁驾到。远远地侍卫吆喝着。

她仓皇地站起来，提着滴着水的纱帕子，惊惶地抬起头来，目光充满着恐惧，似乎要哭的样子。她的眼睛那么黑，那么亮，又像一重雾笼罩着，受了惊的唇像抖在风雨里的红蔷薇蓓蕾。她要哭泣，但是我已经迫近她。

——婢子万死，不知万岁驾到！她翩翩敛长袖而叩拜。

——恕你了，站起来。我从未见过这么美的尤物，以往我白坐了这么久的宝座，我并没得到过一个真正美人做我的伴侣，我太冤枉！我白做了大唐天子，我忌妒着我的孩子，他侵占了我应有的特权；天下是我的，天下的女人应该都属于我。高力士是会察言观色的，他在我初离寿王邸时，已经矫命下诏，派人用小辇载她到宫里去。我真难为情，我夺了孩子的宠物，我只好先叫她做女道士，我对不起她，从那时候就对不起她，叫她过了四年孤寂的出家生活，虽然没出宫廷，但是她可以念经，不理我。我也知道瑁儿去找她，我怎能深究呢？我已经愧对我的孩子了。定情的夜里，我不忍见她眼睫上晶莹的泪。自然她也有一般女孩子郎才女貌的傻想头，她一定忘不下那年轻的王子。其实在我年轻的时候也和他一样英俊的，而且我是多么善于音律诗词啊！她太年轻，对于男子的"才"往往没有"貌"那么重视，她忽略了我的天才，何况我又是一国之君，威权富贵，岂不是每一个女子的希冀？我给她的享受，绝不是一个年轻气浮的王子所能做到的。当夜我把连城的重宝赐给她，并没见到她的笑容，一直等我说出给她一家人特恩封赏的时候，她才破涕为笑了。

老人想着，疲乏地坐在一个高背的靠椅上，孤单而伛偻的影子在镜里，在墙上，都足以引起他对自己的憎恨。

——我已经是这么衰老了，也好，快些死吧！我想死后的魂灵绝没有肉体的年轻或衰老的区别！死吧！那么再老些也无妨了，死能掩饰一切！那次把佛曲改作霓裳羽衣舞曲的那天，贵妃醉了，疯狂地舞着，在案上的玉盘上作着细步舞，狂了似的，终于摔倒在宫人的怀里。那次在舞宫门外一个人脸一闪又消逝了，又是他——十八皇子瑁儿，难怪她那么疯狂啊！

他想着，怀恨自己的衰老，恨着年华加增得太快，他更恨镜子不容情地暴露了他的缺欠。他愤怒如一个赴战的年青斗士，抓起案上的玉如

149

意向庞大的铜镜打去，结果镜子仍冷峻地照着他老丑的怒容，玉如意却击碎了。

——陛下请息怒！奴婢等侍奉陛下，没敢离开半步。一齐来了四个太监，误解了太上皇的怒意，一齐跪着请罪。

——退下去，我自己会处理自己，不传唤不许擅自进来。他未减帝王的威严，在呼唤声里，他似乎又年轻了。

——是，谢陛下。四个人慌恐地退出去，室内又冷静空旷起来，那碎了的如意在地衣上弃掷着。他又颓废地坐下，右手扶着前额，静听户外没有人声，只是秋夜的风声又响起来，沙沙的好像下着凄切的秋雨。殿上翘起的飞檐上有小铜铃被风撼响了。有多少被杀的幽灵，结队地袭来，渐渐又有万马千军喧闹的声音，老人的心里被震起千丈惊涛，他似乎又听见那大腹胡儿——安禄山造反的击鼓之声，一声声敲痛了他的记忆之门，脑海胀痛了。

马嵬亭畔的事，又清晰地回映着了，那时大军不进，呼声动天地，杀了杨国忠以后，玉妃哀痛地昏晕过去，良久才见苏醒，但是她的神志已经不清楚。她第一声呓语动了他的杀机。

——寿王殿下救我！万岁……杀了我……的哥哥！寿王殿下救你的玉环！殿下……当她真正清醒以后，又假作亲切倚着皇帝的肩哭泣了。外面大军又喧嚷起来，他们要"杀了贵妃"才肯前进。她惊慌地跪下去，抱着我的脚哭泣求救。

——陛下救婢子命！求陛下不忘旧好，在定情之夕陛下应许婢子一生安乐的话是神圣不能更改的。而且陛下啊！你忘了七月七日长生殿里的誓言吗？救救婢子！

——她不该说到长生殿的事，瑁儿的影子使我残忍起来，我要杀了她！因为她既不忘他，自然不能爱我，我不要她因为畏权势才来依傍我，我要真情。

——众军呼声不利你我，救不得你了妃子。

——啊！天啊！她惊叫地晕过去，军中的呼声更高了。我转过垂着

150

泪的脸去，挥手命人拖下亭而去。她死了，我一挥手就抛弃了她！他们那么不留情，那么迅速，分毫时刻没留，不容我的意念回转，没给我后悔的机会。他们！他们！所有的人！我发狂了。

——她含恨而死了，她对我这无能的人多么失望啊！我保住自己的性命，也保住大唐的江山，但是没保她一个女人。可耻的往事！我不配怀念她，我不该叫方士招她的魂魄。她恨我。

啊！妃子！她真来了，你来索命吗？你恨我……他从镜里看见他背后有一个女人影子飘忽地走来，他惊悸地站起来。

——陛下，是我，那一向在侧侍奉太上皇的宫女静静地说，她聪慧的心里明白主上一切内心的秘密。

——你又来了？你适才不是很愿意走开吗？老人故作镇静地说。

——婢子是奉命退出的，现在又奉命而来。方士在外边等候传诏。

——叫他快来。

方士叩拜以后垂着头不敢仰视。

——贵妃的魂魄呢？

——回陛下，魂魄不同凡人，求陛下坐在床帐里，熄灯，灯悬在宫窗外。作法以后再见贵妃之魂。方士口如悬河，太上皇信任地点点头，稳坐在帐里，宫窗内的灯都熄灭了，听着道士一声声沉沉的咒语。良久良久，见糊着罗纱的窗外有女人的影子徘徊。

——贵妃！是你吗？你还恨寡人不？玉环！几年来你在什么地方，梦……也……不见你一次。你完全忘了昔日恩情。老人哀哀地哭了，声音凄凉悲惨，暗中侍奉的宫女也嘤嘤啜泣了。

——啊！陛下！是玉妃的声音。

——玉环！是你吗？求你接我灵魂……一块儿走！一块儿走！老人在黑暗中摸索下床，向窗户扑去，可是人影没有了，宫灯也点亮了。老人狼狈地、残泪阑珊地痴立在窗下。

——你这道士，这么一会儿就叫贵妃的魂魄消逝了！也许你随便弄来一个女人冒充，又怕看破了得罪，就匆匆打发她走了。你知罪吗？天

151

颜震怒了，举着衰老而有余力的拳头。

——有金钗、钿盒做证，这是在仙山里贵妃交下的。道士镇静地不为皇威所动。

——啊……妃子！老人眩晕了，凭着宫女的肩，被扶到床边，躺下去。额角的冷汗和老泪混流着，喘息着，良久默默不语。然后伸着颤抖而多筋的手，从方士手里接过这伤心的信物。他手握住信物，哀哀地哭出声来，像一个受了委屈的孩子。似乎贵妃的哀怨从这珍贵的首饰里传到老人内心深处，老人深深哀痛着。

——把仙山的情形说来吧！好心的方士！老人有气无力地哀求着。

——是的，陛下，这仙山在东海上，贵妃的院宇就在翠微的浓郁林木里，有芬芳之气笼罩着。方士口如悬河地说着弥天大谎。

——在仙山里有大唐宫殿里好吗？太上皇问。

——好是好，只是太冷清了。

——可怜的妃子，我苦了你！来人！陪方士到外宫去，加意款待！众人都悄悄地退下去了，只是留下那个年少的宫女。

——把灯烛挑亮些，拿过来。

宫女略感疲乏地秉烛站在龙床畔，烛光映照在宝钗和钿盒上，灿灿闪灼着。

——好美丽的首饰啊！宫女欣羡着，赞美地说。

——我真没想到一个虚飘飘的魂灵会保守着这么真实的东西，可怜她至死也没抛弃这些东西。老人又伤感起来，想起那年马嵬亭的军帐里的一切情景，玉妃仓皇辗转的影子又潮水似的涌上心头：

那天是个阴惨的日子，帐外的军旗在风里波波地响，军队呐喊的声音哪！那可怕的群众的怒吼，足以使一个君主胆战心惊，以至于做出反常的事情来。为什么当时那么不清醒呢？

老人的颤抖，抖落下簌簌酸泪，伸着干枯的老手想去握住那秉烛的柔嫩的手。

——小心哪！陛下，烛油是烫的。她躲着说。

——正好，我的心是凉的，伤痛的。他紧握住她。他感到安慰，他握住青春，他忘了自己的衰老，有年少人常有的欣喜浮映脸上；但是泪仍然没止，分不清哀愁与喜悦，分不清年龄的少小和衰老，分不清梦幻和真实。

——在从先，我也有过这如花的年纪，孩子！在父王的花园里栽花、捉蝴蝶。我记起来了，孩子，那蝴蝶是红色的，像火，像红绒裁剪的，你也许没见过。老人梦呓着，拭着凝冷的泪。

——安息吧！陛下，已经五鼓了。宫女原是咬住下唇几次才说出口的；但终于有一个没关住的呵欠打了出来。

——你总觉得我老而无能需要休息！真奇怪，一个老人休息了，或者死去，对于你们青年有什么好处呢？总有一天你也会像我一样衰老的……你看我又说起胡话来了，我没心责备你，方才我不是说蝴蝶吗？有一次在贵妃的妆匣里……我怎么又提到她，唉！她的妆匣里有一个步摇簪上系着一个红绒蝴蝶，我……亲手给她插在坠凤髻上，红绒、黑发、雪白的脖颈……假如她还活着，老人说着注视着帐外垂着绣帘的窗子。

——贵妃本来就没死……宫女困乏而郁闷地失口地说，幸亏声音那么小。

——你说什么？贵妃没死？她在哪儿？你说！出乎人意料之外的是今天他突然耳聪起来，听真了那女孩子的喃喃。

——婢子是希望贵妃不死啊！她掩饰着。

——不，我听见了，你是说的真话。你说她在什么地方？

——如果贵妃没死，还不是住在仙山里！

——那么方才在窗外的是她吗？还是魂灵呢？

——婢子并不知道，陛下安息吧！

忽然一道秋水之光从太上皇枕下抽出，他拿着一把锋利的宝剑，旋风似的从床上下来，站在地衣上，似乎一个身先士卒的勇士。

——你再说一句"陛下安息"我一定杀了你，安息，安息，你咒

153

我死吗？

——杀吗？陛下太仁慈了，在极度厌倦和疲乏的时候，恐怕没有比死再爽利的路子了。陛下毕竟是慈爱的，到底释放了婢子，容婢子跪下，承受这个清凉的恩赐吧！她是那么喜悦地跪下去。等待着，把烛台放在太上皇的足下。她这突然的举动使他惊讶得垂下握剑的手，剑影在墙上晃，像巨大的柱。

——呕！我不过是气愤的鲁莽举动，我怎么忍心杀你？已经三年了，你是很小心地服侍我，你有一颗智慧的心，你充满了青春的活力，在你黑色的瞳子里，我可以找到自己失去的青春。孩子，我不能杀你，起来，只要不催我安息，我永远不会发怒的。你不知道一个老年人多么怕听像安息一类的字句，就好像残烛怕夜风一样啊！他说着去扶那跪伏着的宫女。

——还是求陛下开恩，借那尊贵的手释放了婢子的灵魂吧！只要一下，并不费力！愿太上皇万万岁，只求你用剑爽利地一挥，婢子就被释放了，婢子的灵魂马上可以飞出这高而重叠的宫墙，可以解脱一切礼俗的拘泥，飞出去。陛下！婢子要飞！飞出这困了人三年的奢侈的牢狱，这冷落的愁城，这秋天的国度！只一下就好，容婢子摘下沉重累赘的颈饰，在这儿一划，会有一线红绒绒的剪不断的痕，求陛下了！她的声音尖锐反常得略带癫狂。

——唉！我可没想到一个宫殿会有你说的这么可怕，而我正是在这个可怕的所在生长的。那么我该是多么可怕的一个怪物！我！难怪妃子的魂迟迟不肯来，这污秽的所在！他颓废地坐在床的边缘上，怔住了。

——陛下，看来恩惠是不易达到婢子身上了。啊！多么容易消灭的美梦啊！自由，被释放的幻梦不会实现了，飞是飞不成了。我为贵妃庆幸，她逃脱得太巧妙了。宫女笑着站起来，重把烛台放在雕几上，墙上的一切影子又缩小了。

——她死得是那么可怜，你还赞美她逃脱得巧妙！你不同情可怜的人吗？她同样是一个可怜的女人呀！

154

——陛下，婢子说了真话，也许会蒙释放吧！贵妃真没有死。而且在不久以前的子夜时分亲自到宫寝窗外，亲自回答着陛下的御言。她这样流水似的说着，忘了顾忌，忘了自身的危险。

——你说什么？你说方才窗外的声音不是一个幽灵发的？而是贵妃真来了吗？那么她从哪儿来，走后又到哪儿去了？你说！！太上皇惊疑地又站起来，迟缓地走向窗台，凭依着，又掀起帘来，糊着罗纱的窗外什么也没有，只是一片漆黑。

——你说！她自哪儿来？又到哪儿去了？他放下帘子，转身倚着窗台问。外面又有沙沙的声音，不免又使他一惊，同时又迫切地等待宫女的回答，在脸上交织着难以描述的复杂情绪。

——该从哪儿说起呢？这件事原是无心听到的……有人说当年在马嵬亭下有人替贵妃死了，至于贵妃呢……贵妃就被人救走了。

——这恩人是谁呢？你也许听说了吧？我立刻派人把贵妃接来，然后再重谢恩人！你也是该被谢的一个啊！这回你该仔细地告诉我这恩人的名字了！而且他把贵妃救到一个什么地方去了呢？

——这些事，婢子倒不知道了。

——她没死？有人替她死了？有人救走她！这是多么奇怪的事！于是他又深深陷在迷惑里。窗外秋声更凄凉了，更冷清了，沙沙的又像什么音乐的声音。

——听！《霓裳羽衣曲》！老人又在做梦。

——是吗？不过是桐叶和檐铃的声音哪，自从陛下吩咐后，没人再奏这支曲子了。

——真的，的确是《霓裳羽衣曲》！你不知道当年贵妃册封的日子，殿上有两班梨园弟子吹弹着这支曲子，她随着曲调迈着姗姗的步子。她的衣衫在微风中飘飘的像是晚霞。后来她非常喜欢这个曲调。每一听到往往应声起舞呢。你听！分明是这首曲子，她又来了。一定……一定是她看我太寂寞，就又回来了！但当时她为什么走得那么快呢？怕我不认她？现在夜更静了，她要独自来见我！一定的！！她来了以后，

155

你躲躲好吗？听，她来了！

——就要天亮了！陛下，贵妃没有来。

——你也许太疲乏了，去吧！我一人等她，有她来了我就不会再寂寞，你放心吧！好孩子，我等她。老人迫切希望她走开，更迫切地希望另一个人来。

许多蜡烛火已经黯淡欲熄，有凝固的泪垂在每一支烛上。遥远的鸡啼传来三两声，夜就要退隐了。老人挥着手，那少年宫女只得退出，站在不远的一个屏风后面，等着传唤，一脸疲倦的颜色，头发略见蓬松。

渐渐地，窗外秋风稍减，淡白的黎明之色已经穿射窗帘，灯烛更显无光。庞大的宫室里，没有动静和声音，如一个古老的坟墓。这里唯一的生命是这七旬多的老人，老人伴着他的身影，淡淡的一半在墙上另一半在地上。

——来啊！进来，门并没关着，来！他说着往前进了几步，又停住了。

——这儿除了我一个人也没有，就是奴仆也没有，来，把天宝十四年以后的事说给我听听。他又走向前几步，停在离殿门不远的地方。

——你仍然恨我，我知道。那么我开门来迎你进来，我给你赔不是！他说着，果然用力把大门打开，一阵秋晨的冷风吹着他，除了冷风以外再也没有别的东西。他对半黯淡的黎明之色注视了片时，外面空无一人。晨星在对面花萼角楼上闪灼着，他无可奈何地又把门关上，声音那么响。

——冷风，冷风，除了冷风什么也没有！除了我以外谁也没有，我和冷风……他垂着头，背微偻地又颤巍巍走向大镜子，因为他太孤独。

——陛下，婢子在这儿侍候。自然又是那个宫女从屏风后边出来招扶这几乎摔倒的老人。

——爱妃！你真恨我了吗？怎么进来不叫我看见呢？他回身拥住那宫女就痛哭起来。

——我不是贵妃。请陛下放手！

156

——啊！这儿只有我，假如你生气，我预备赔礼的，玉环，你一向住在哪儿？

——真不是贵妃！陛下放手。宫女推扶他到床边，他倒下去，但又欠起身子来看那个宫女。

——小玉环，你还是那么年轻，怎么没有当年那么丰满了？啊！心境不顺自然是会消瘦的，怪我苦了你！小玉环！你看我都为你衰老了。你看，头发都白了，你不嫌弃我，是吧？我是为你憔悴的！老人热情地说着，有如一个青年的丈夫。

——玉妃在寿王宫里，陛下不要认错了！这是婢子！宫女焦急地说着，这句话正如毒箭似的穿入他的心里，他吼叫了一声，再也没有声音。良久像睡去似的沉寂着，宫女知道闯了祸，只怔怔地想方法以免追究出更大的纠纷来。她想到许多可怕的自杀方法，但这时老人又清醒了。喟叹一下以后，他张开眼睛不说什么。那宫女慌恐地跪着。

——又跪下做什么？你一夜没睡吧？我想你太累了！他平淡地说着，热情早像夏日急雨时的雷电般消散净尽了。

——婢子有罪。

——起来，你有什么罪？那是我有罪！你说玉妃在……在……寿王的宫里吗？

——是婢子不小心失言了。

——那么恩人和敌人都是他了！我的儿子……我的第二代。他……胜……利了！你没罪，起来吧！

——谢陛下！她起来，匆匆地扑灭已经烧着壁衣的烛火，一切更黯淡了，外面淡淡的黎明之光是照不亮这广阔的宫室的，所有的灯烛完全熄灭了。

——来啊，好孩子，给你……这……些……在我已经没有用了，它们会永远叫我伤心！他把金钗和钿盒都赏给那宫女。

——婢子怎敢要陛下的信物！

——这可耻的信物，这欺骗的诱惑，自然你不肯要它！你留着玩

157

吧，我还要给你一些你所需要的吗？

——谢陛下大恩！

——等太阳出来的时候你就可以回家了，等我宣旨意下去！孩子，你得到释放了。

——啊！陛下万岁！万万岁！我要回家去了?!

曙光加浓了。窗子也光明地射入朝阳，众臣簇拥着当朝天子——老人的长子，肃宗皇帝来叩安。太上皇呼吸已经微弱了，沉默着，对世界仍有未了的留恋。那宫女捧着太上皇的恩赐，有泪光闪在无眠的眼睛上，眼睛有一圈暗晕，泪就像乌云隙里的星光。

——放她回家去，她还年轻……老人指示的手垂下了，再也没有声音。一代英主，千古热情的天子，在呼吸世界末一口气的时候也想着他的妃子吗？还是留恋这早晨初升的旭日呢？没有人知道，也没有人要知道。因为这个世界已经不是他的。在红日当窗的时候那老年太上皇的名字已经被供奉在大唐的宗庙里。

大道上正有一辆青油小轿车，飞奔在前路上，轻捷如一只掠水的燕子，青年的宫女被恩赦了。虽在秋日而宇宙间充溢着愉快和温暖，这世界就属于年轻而爱自由的人们，小车子渐渐地驰去，渺小如芥子。而大唐宫里却奏起《婆罗门曲》，假如玄宗皇帝有知又要误听为《霓裳羽衣曲》了，因为《婆罗门曲》正是《霓裳羽衣曲》的前身哪！听！乐声已遏云霄，在哀叹着生之短促，也是在祝贺着魂灵的超越和解脱。

（发表于《中国公论》1944 年第 11 卷第 1 期，署名雷妍）

辑

二

雨　天

（独幕剧）

地点：在北京一个文人的书房里，展开了一个平凡的故事。

时间：初夏的雨天，天色阴沉，令人难辨出准确的时间。

人物：按出场次序：

女仆——王妈

方晴——廿余岁的少妇

方田——方晴之母，五十余岁，一位成名的作家

王捷——方晴之夫，廿五六岁

景：

一间朴素的书房，右边一小门通卧室，门前一架小围屏。左边一小门通院子。

正中一个大窗子，垂着湖色纱帘，仿佛可以看见上端的树和下端的花，这样装成了一个美丽的窗。

在下靠右墙一张写字台，凌乱地陈设着文具、纸张和书籍。还装着一架电话机，一张普通的椅子，不十分正地摆在旁边。

靠左墙有一架留声机，中间一张小圆桌，桌上有茶具，四张椅子围在圆桌的四周。

沿墙的空处，有两个低而宽的书架。窗左下方有一座书柜，柜上有一个石膏像。

写字台上方的墙上，挂着一张有框的大油画。

开幕：女仆正专心地上好一张留声机唱片，立刻发出清脆悦耳的琴声。
她安闲地倚着墙站着，脸上得意地笑着，看来也有四十多岁，快
五十岁的样子。

仆：（自言自语地）又是鬼子调，可是还不错。（闭上眼睛）

晴：（从石门轻轻走上，便服，但很俏丽，也很刚毅。见王妈那种欣赏
音乐的神气，想笑，但觉得她也是人，自然有"欣赏"的权利，
不但不可笑，而且不能搅乱她的情绪，所以静静地站在小门前，若
有所思地望着那闭着眼的女仆。一时音乐停了，王妈盖上留声机）
王妈！（微笑地等着对方回答）

仆：哟！大姑奶奶，小姑娘睡了吗？您瞧瞧我这没规矩劲，都是太太惯
的我。

晴：王妈，你刚才管我叫什么？

仆：（清脆、纯正的京腔）大姑奶奶呀！这还有错？不瞒您说，没别的
规矩，要论到见人接物的称呼上，可不能含糊。

晴：可是……你从先叫我小晴，长大了你叫我大小姐，怎么这次我回
来，无缘无故的叫起大姑奶奶来了？

仆：（很自然地笑着）您是出了阁的人，好比升了一级。比方科长吧，
大家都"科长""科长"地叫；等科长升成局长，马上大家就都叫
起"局长"来。我要是还叫您大小姐，您也许能担待我，可是叫
外人听见，不是透着我不懂宅门的规矩吗？

晴：可是您管妈妈也敢叫起太太来了，从先您不是叫"先生"吗？从
我记事的时候起，总听人叫她"方先生"，没听谁跟她叫过太太。
偶尔不知道的人叫她一声太太，她也不喜欢答应。现在怎么也改
了？你不怕她生气吗？

仆：您猜怎么着？这可是她自己叫我改的。按说叫"先生"还显着她
尊贵，一叫太太倒降了级似的。她愿意改，我可怎么不听呢？乍
叫，真透着别扭，这回叫惯了，倒顺嘴了，也显着近乎。从先那么

162

"先生""先生"的，好像是个老爷们似的，叫人害怕。

晴：（笑出声来，又忍住了）那么，妈妈的脾气改了吗？

仆：（肯定地）改（"改"字延长了声音）了，改多了。您记得那当儿，她整天价写，写，不爱说话。有时候头不梳脸不洗的就坐在桌子旁边写。桌子像个乱草堆，也不许我归置。这当儿可不了，写还是写，可是爱说话了，甭提多和气了。常跟我说："王妈，你一天又累又闷，你又不肯识字，我不在家的时候可以听听留声机。"要不，我怎敢听呢？可是她的话匣子里净是些个鬼子调。要是有个大鼓啊，戏的，就好了。（笑了）您听我这不知足劲儿！

晴：你真是太闷得慌了，等我给你买两张戏片子。

仆：（笑）那可了不得，瞧您和太太一样好心眼儿。可是大姑爷好吗？那会儿您才来，我只顾喜欢都忘了问他好啦。

晴：好。可是王妈，你以后还管我叫小晴，或者大小姐行吗？我不愿意升那一级。管他叫王先生吧，这样顺耳一点儿。

仆：（怔住了，片刻）行是行。（忽然若有所感地）您这脾气怎么也像太太年轻的时候一样呢？

晴：（坐在写字台前的椅子上，无意地用手掠掠蓬松的头发）不像妈妈像谁呢？可是妈妈怎么还不回来？我离开她这二年，没有一天不想她。想着她孤单，怕她过于劳累。就连你我也想。王妈！什么时候你再给我讲讲孟姜女哭长城的故事？（孩子似的渴望着王妈）

仆：您还有工夫听我那老掉牙的故事？（脸上现着得到安慰的欣喜）

晴：越是老故事越可爱，你坐一会儿不行吗？老站着多累呀。

仆：那么没上没下的哪儿行啊？您听！叫门的，太太回来了。（从左门下）

晴：（对着门）王妈！不要告诉妈妈，等她进来自己看见我。

仆：（在门外）好吧。

晴：（站起，在屋里来回地走着，一会儿又坐回原处）妈妈也许老了吧？

163

田：（从左门上，沉静地踏入屋门，王妈把雨衣挂在衣架上。一下子看见女儿）小晴！你怎么来了？你，怎么来了？

晴：（跳到妈妈身前）妈妈，您怎么才回来？我来半天了，早车到的。

田：（慈爱地笑着，看着女儿）你信上怎么不提一句？小乖乖呢？

晴：睡在您的床上了。

田：（一面走向右门，一面笑着）我先看看乖乖。王妈，预备饭吧，我的中间抽屉有钱。买嫩羊肉，她在南方一定吃不到羊肉的。（匆匆下）

仆：（开着写字台的抽屉）您想吃什么？我给您买来。

晴：（真个思索着）吃什么呢？你随便吧，你看着什么配羊肉好吃就买什么吧。王妈，妈妈看着没有什么改变，也不见老，我真高兴。而且，她还是那么随便，钱就放在写字台的抽屉里。

仆：还是那么随便。哪天不从地下扫出几毛钱来？我就给她放在抽屉里，也不找，也不问。（傲然地）您说怎么着，还就是"交人交心"，我这傻心眼，准叫她信得过。（装上钱，从左下）

田：（笑着出来，那么幸福的笑，脸上有着青年人的愉快。虽然发鬓已是灰白的了，可是身子仍是矫健的。拉了一把椅子坐在写字台的右边）太可爱了，和你小时候一样，小脸儿胖得把嘴都挤小了。

晴：（笑）我小时候就那样吗？

田：（点头）一样，一点儿也不差！（忽然）她爸爸很爱她吧？

晴：（转头看着窗子）哎！（又转回脸来）您看雨下得密起来了，王妈有伞吗？

田：有，还有我给她的旧雨衣呢。见你们来了，乐得我都忘了换鞋啦。

晴：在哪儿？我给您拿。

田：不用。又不难受，等会儿再换。捷没工夫送你们来吗？他一年也够忙的了，连假期都没有。

晴：他？他不知道我来。

田：（惊讶地）怎么？你们吵嘴了吗？

164

晴：嗯。（冷冷地）这种男人，只知道有自己，不管别人。自私！（气愤地站起来，在地上徘徊）我就恨人们这么自私。

田：（严肃地）小晴！你不应当在吵嘴以后，随便离开他。他该多着急呀！妻和孩子不辞而别，他怎么忍受这个刺激？

晴：那么，我还要向他请假吗？他那么摆架子，把妻当奴隶看待。

田：（怜恤地）什么事使你这么恨他？慢慢说吧，反正你已经来了，他急也急过了。

晴：（委屈地）妈妈！爸爸活着的时候，也那么不讲理吗？时常嫌我不会治家。为了菜不好吃，就生气，不说话。一同出门的时候，总是叫我把头梳好了，戴上耳环，穿上高底儿鞋，涂上口红。如果我不高兴那么做，他就发脾气。最初我还能忍，后来有了这个孩子，一天忙得连看书的工夫都没有了，对于别的事更疏忽了。他发脾气的时候也更多了。

田：最近怎么起的冲突？

晴：最近？他忽然打起孩子来，说孩子哭，怪我不会哄，叫孩子哭，吵他睡觉。

田：（疑惧地）那么小的孩子，真肯下手打？

晴：自然打得不重。可是这种行为，足以表明他是一家之主，对我示威！我也气起来说："你教子未免太早点儿，有什么事对我说。"他，（哭起来）他居然敢说："对你说？你根本不懂妇道。"他说完就气昂昂地上班去了。我一个人越想越气。妈妈！我真不明白他所说的妇道是什么。（拭泪）不知道男子从哪儿得来那么大的权利。

田：（慈爱地）他太冒失了。你别难过，听我告诉你：男人的性情大多数是那么暴躁，在生气时难免有说错话的时候。但是你应当原谅他，等他的气消了，你再把"是非"给他说清。其实，你不解释他也会后悔的……（若有所思地看着窗子）雨，越大了，假如南方也下雨，他在雨地里各处找你，多么可怜哪！

晴：（迷惑地站起来走到窗下，回过身来）妈妈！您怎么同情起男人来

165

了？（大胆地）您的思想完全改了。那么，娜拉的出走，您也要反对了，是吧？

田：（凄然）小晴！你说我改变了？人老了自然要改的，孤独寂寞足可以把人完全改变了。改可是改，爱儿女的心却是始终如一的。听话！我自然赞成娜拉的出走，因为她丈夫是个无耻的懦夫，是重虚荣没有同情心的无赖。给这种男人做妻子，自然是我们所不能忍受的。但是捷，绝不会像娜拉的丈夫吧？我想他虽不是一个理想的男子，但是说他是个普通人物总不能算是夸大。一个普通男子在这男性中心的社会里，都免不了有点"家主爷"的脾气。我们只好让着他们。

晴：为什么？（责问地冷笑着）

田：（指着右门）为那可怜的孩子。

晴：妈妈您放心，您怎样把我抚养大了，我也怎样抚养起她来。

田：（悲惨地）可是你不知道我受了多少的苦难和人们的冷嘲热骂才把你教育起来。我不愿意你再步我的后尘，和我受一样的苦。我后悔……（拭着泪）

晴：（蹲在妈妈的膝下）都是我不好，又惹您伤心，您比我苦多了。您不是甘心离开爸爸，而是爸爸短命死了的，您又有什么可后悔的？而且您在文坛上的地位正是环境造成的，是您努力的结果，也可以自慰了。我要是能有您那样的成绩，我就知足了。

田：可是你的爸爸并没有死啊！

晴：（惊讶地站起来）哦！啊！您是说：我还有爸爸吗？

田：你愿意你爸爸还活着吗？

晴：自然！这是我梦想的幸福。我小时候常常梦见爸爸，可是梦不十分清楚。尤其每次交学费，见人家都是爸爸代交，只有我自己在人堆里挤，您又忙。我总想：我的爸爸要是活着多好啊！为这件事暗自哭过多少次。妈妈！您为什么骗我说爸爸死了呢？爸爸现在哪儿？

田：那么你愿意叫小乖乖也尝尝没有爸爸的苦味吗？

晴：（迷惑）妈妈，您救我，替我想办法，我想见见爸爸。

田：（抚慰地）小晴，再冷静点儿，你不愿意和二年没见面的妈妈多谈一会儿吗？

晴：可是这些事把我弄迷惑了。（坐在妈妈旁边）那么爸爸为什么一向不管我们，真像他死了一样呢？

田：我不许他管！我年轻的时候比你还刚强些。对于男人们的"家主爷"的脾气一点儿不能忍耐。你不过只有六个月吧，我们为了一点儿的"意见不合"就分开了。过了不多日子，你爸爸找到我，求我饶恕，可是我仍然不肯迁就，我想看看女人究竟有没有活着的能力。他无可奈何地走他自己的路子，我和你就开始了女人奋斗的生活：把你寄放在朋友家，我一人在外谋生。小学教员、家庭教师……我都做过，同时不断地写文章，一直到了你的入学年龄，我自己立了一个小家。你白天上学我在家里写文章，给人家补习功课；晚上我看着你在灯下读书。平常我们过着平静的日子，可是在狂风暴雨的日子，或者慌乱的年月，我就觉得我们太孤单了。

晴：（回忆着）您还记得有一天晚上，闹贼，贼在外面开抽屉，我在您怀里哆嗦。还有一回，您病了，王妈抱着我哭……（伏在桌子上哭）

田：（勉强地笑）傻孩子！已经过去的事哭什么呢？那时我感到孤单、寂寞，可是不肯说，我要刚强地活下去。前年我的长篇小说《东海夫人》得到国家文学奖金之后，文坛上地位也高了，生活也安定些了，你也结婚了，反倒更感到生活空洞、寂寞，而且多感起来。每次上育婴堂、老人院去看访，回来总要痛哭一次。他们使我更加感到人与人间的关系是比什么都重要的。例如：母子、夫妻各种关系都应当顺其自然任它存留，不能摧残，违拗。最近你爸爸又有了信息，他说："在我们初会的纪念日重逢。"

晴：（孩子气的）那么，你们初会的日子是哪一天呢？

田：（郑重地）今天！

晴：（跳起来）是天意！我今天来家见证爸爸的归来！

田：可是我怕见他呀！

仆：（提水壶自左上）娘儿两个连点水都不顾得喝了。（倒水，分送到母女二人的面前）太太，羊肉怎么吃？

田：你看着做吧！

仆：（下）得！（在外）叫门的。

晴：准是爸爸来了。

田：（手扶胸）了不得，小晴，我心跳得厉害。

晴：（失常的）不怕，有我哪！

仆：（上，持信）您的信，太太。（交完信，下）

田：（平淡地）又是催稿信。（拆）啊！稿费！二百元，他们太客气了！下午取出来，请你听一次音乐会。给小乖买个小木马。

晴：（笑）她太小，连坐还不会呢，还骑木马哪！

仆：（在外）也不哪儿这些叫门的，这顿饭就甭做了。（门开关声，并大声）太太！大姑爷来啦！

晴：妈妈！是他，我先躲一会儿。（躲到围屏的后面）

田：（向左门走了几步，大声地）请！

捷：（健康，高身材，随身的灰西服，面色忧烦，抑制地）您好！我来得太突然了吧？

田：（从圆桌旁拉出一把椅子来）十分欢迎。请坐，雨淋着了吗？

捷：（坐，耿直地）还好，只是渴得很，在车上一昼夜没吃没睡。

仆：（上，提着客人的皮包，放在墙边，走到圆桌旁）我给您斟。（倒好一杯茶，下）

田：（坐在桌对面另一张椅子上，关切地）小晴和孩子也来了。你知道吗？

捷：（茶已喝完，又自己倒了一杯，未及喝）知道，我就是为她来的。

两年了，也应当看看您老人家。

田：谢谢！她的性情欠温柔，你多少比她大两岁，应当原谅她。

捷：（惭愧地）怪我的性情太暴躁了。一向她总是让着我，可是最近也
　　许太使她伤心了，我却没想到呢。我们吵完嘴，我就到公司去办
　　公，走到半路上，心不安起来，又转回来，想安慰她几句再上班。
　　谁知道回到家里，连孩子都没影了。我以为她上后门外树林子里散
　　步去了，我就跑去，一看没有影子，又回到家里，看见桌上用裁纸
　　刀压着一张纸，她写着："女人也有活着的能力。"我觉得这事闹
　　大发了，女仆也没见她出门。我只好到车站去打听，幸亏还有一次
　　到这儿来的火车。我打电话托朋友请了半月假，又回去拿了点儿衣
　　服就赶到这儿来了。

田：（故意地）你怎能确定她回到这儿来呢？

捷：两年来，她总是害着思家病。她说除了妈妈以外，没有可佩服的
　　人，所以我能很快地认定她是回到您这里来了。

田：可是她要是没回来呢？你怎么办呢？

捷：走遍世界我也要找到她的。您不要再为难我好吧？她现在哪儿？

仆：（上）太太，有一位生客人要见您，姓周。五十多岁。

田：（慌张）小晴！你的爸爸来了。你来，你陪我去见他我才能安静，
　　不然我也许会晕过去。

晴：（从围屏后匆匆走出）妈妈，您冷静一点儿！

捷：晴！（走向晴）

晴：（装作看不见的样子）我陪您去见爸爸。

田：（理智地）让我自己去吧！捷老远赶来，你和他谈谈。（下）

捷：（拉住晴）晴！我们从小时候就在一起，你还不知道我的脾气不好
　　吗？可是我这颗心是不会变的。

晴：（脸看着窗）不要说这么俏皮的话。为了孩子彼此容让点儿吧。

捷：（欣然）晴！你恕我了？不怪我了？

169

晴：（笑着回过脸来）不恕你怎样呢？你也会玩玩自杀的把戏吗？

捷：（吻了晴的手一下，笑）不，不会，那是婚前的玩意儿。可是晴，爸爸不是死了吗？怎么会回来了？

晴：（更俏皮地）他老人家从死里复活了呀。

捷：（茫然地）晴！你怎么调皮起来了？

晴：（扬起一双弯眉）爸爸怕人家欺负我，就从死里复活起来。

捷：（窘）谁敢欺负你，拿你真没办法。（坐）小乖乖呢？

晴：睡在姥姥的床上还没醒呢。

捷：（笑）她也想爸爸了。

晴：（坐在另一张椅子上）这会儿还不懂想爸爸。（笑出声来）也许长大了，结了婚，受男人的气才会想爸爸的。

捷：你还不饶我？晴！我怎能表示我的愧悔呢？（乞怜地）你看我一昼夜的奔波，是不是面容憔悴了？

晴：（真的看了他一眼）男人真没有受折磨的本事啊！

仆：（扶田上）太太在客厅里晕倒了。

晴：（跑向田，扶她坐下）妈妈！清醒了吗？

田：（低声地）晴！你爸爸老了。虽然装束是那么整齐，可是脸上多了那么多不幸的皱纹。二十年来，他受着我的报复。他孤独、寂寞，没有安定的家。捷！你觉得他不是太苦了吗？

捷：（不知所对）啊，啊，太苦了。

田：王妈！你告诉那位老先生：大小姐、大姑爷都在这儿，就去看他。

仆：是啦！（下）

晴：（听）孩子醒了，我去抱她。她有这么多的亲人呢。

捷：（迅速地）我跟你去。（拉着晴，从右门下）

田：（拿起电话，拨好了号数）喂，喂……找陆先生！陆先生吗？我那篇自传付印了吗？……好，好极了，有方便人请送来，我要删改，删改……哈，生活有点儿转变……叫您麻烦了。再见，再见！（放下电话。开抽屉找东西，结果没找到什么，关上抽屉）唉！连一个小镜子都没有。（笑）装束一向不是我分内的事呢。

仆：（上）那老先生问，有拖鞋吗？换一换脚。

田：（生疏地）拖鞋？他要换拖鞋？有了男人总是件麻烦事。（幕急落）

（发表于《新轮》1942年第4卷第6期，署名雷妍）

需求与逃避

（独幕剧）

时间： 春日的下午

地点： 某都市

人物： 钟茵——一个不懂家居的女人

洪太太——一个柔驯的少妇

洪采——钟茵的丈夫；但现在却是洪太太的丈夫了

洪钟——钟茵与洪采的儿子

幕开： 一个中产阶级人家的客厅正中开着一个大窗子，外面一半被盛开着花的海棠树遮蔽着，另一半有着春日的蓝天和白云，还有秋千架。这一切把窗子形成一个秀丽的横幅画。左右门各一，窗里有小几，一枝紫丁香花枝写意地插在一个古瓷花瓶里。几左一套沙发，矮茶桌，墙上有挂衣钩；右有钢琴，琴凳子，琴谱架子，中有圆吸烟桌，椅两把。壁上有一张油画……钟茵坐在琴凳上——她穿着一身清洁的薄呢袍子，头发梳在后面成为新月形的一卷，面色秀雅，唇紧闭，显得坚决。眼里一派忧郁，她轻轻揭开琴盖，又向四外看看，看了确是没有人才坐正了，开始顺序地弹着琴上的键子，忽然那个高（音）的 G 和中音的 D 发出了破散声音，她再三地试着这两个键子，摇摇头，站起来翻弄着琴谱，一本一本地看着。

茵：（叹气）唉！还是原来那一些，一本也没添，（随即选了一张单篇的谱子，重新坐下）《少女的祈祷》！《少女的祈祷》！（凝视着那张谱子，良久，良久才坐正了，弹着）

洪：（推左门上，见钟茵弹琴，小声）多么美的背影啊！（缓步低声走近几步。全身玲珑，面上现出了温柔和善良。绸衣，绣鞋，卷发）

茵：（觉得有人进来，停止弹琴，转身站起，注视洪太太）您就是洪太太吗？

洪：（微笑）是的，请这边坐。（指着沙发）

茵：（仍坐在琴凳上）坐在哪儿都是一样。

洪：（固请，拉茵坐在沙发上）您初次来，无论如何也是客人哪。（倒茶）您喝茶！叫您等了半天，真对不起。我上街买了点儿菜，晚上您和我们一起吃晚饭吧！

茵：（焦急地）不要客气，（稍停）上次给您的信，您……谅……解吗？

洪：（很自然地）自然谅解，不然我也不能约您来。（不安起来）可是……您为什么……不……不早回来呢？您知道我也有一个小孩子了，已经四岁啦。不然……我真想成全你们夫妻和母子，我一个人走开，现在……

茵：（恍然大悟）洪太太，您误会了。我为什么不早来，那是另一个问题，至于我这次来，只是想见见我的孩子，我摸摸他的小手，我抱抱七年没见面的孩子，见见我梦里看不清楚的小脸。我不需要谁成全什么，我也不需要孩子知道我，我只求你在洪先生回家之前使我看看孩子就走，再也不来打扰你们。我是漂泊惯了的，我再去漂泊。一年来我为了想我的孩子病着，上星期我决心来到这个城里，巧得很，在公园里看见洪先生追着两个孩子跑到假山上去了。我想那个大孩子该是我的孩子，可是等我也到山上去时，他们已经没影子啦。（悲伤地看着窗外）我到警段上打听到了。你们还没搬家，我立刻给您写了那封信。从那天起我想见孩子的心更切了，我想您如果拒绝了我的请求，也许我会疯了，也许……

洪：（同情地落着泪）可怜的……您为什么忍心扔下孩子走了呢？现在我为了孩子们终日忙个不了，偶尔离开他们还要担心他们，怕他们跌倒，怕他们受气，怕他们受冷，受饿……您怎么忍心离开孩子走了呢？（拭着泪）

茵：（梦幻着往事）全是为了误会，为了争气，为了女人和男人一切天造地设的冲突，我离开了家，离开孩子，想找一个合理的生活。可是……

洪：世界上有合理的生活吗？

茵：（智慧地一笑）合理的生活？不过是脱离了一个人的束缚走到更重的压迫里去了吧。（稍停，站起来走向窗子，背向外，又转过身来，焦急地）我的孩子哪儿去了？你叫他来好吗？不然洪先生就要回来了。怎么办呢？

洪：（也站了起来）孩子上城外旅行去了。就要回来啦，您再坐坐，我们谈谈好吗？您对于音乐很有研究吧？我常听他说起那个弹琴的故事，他到现在还是时常称赞您的天才，他说您是女人里少有的天才。窗外的海棠也是您设计栽的吧？到春天他没事的时候就倚着窗子发呆。

茵：（凄然一笑）现在海棠已经长得这么高了，又是花开的时候了。（感慨地重倚着窗子向外呆看）

洪：（把桌上的茶水泼在墙角的水盂里）秋天才好玩哪！两个孩子一个上树去摘，一个在地下捡。有时候我们也孩子似的跟着他们抢着吃。（微笑着走近发呆的客人）海棠的味是酸甜的，有的时候"酸"反比"甜"有趣……

茵：（用手指偷偷抹去夺眼而出的泪珠，点着头）嗯！可不是吗？真好玩。（突然惊讶地回过头来）门铃响了。（用手摸着胸）一定是孩子回来了。

洪：（倾听）不是，是洪采。（不知所措地）要不然您见见他，谈谈吧！

茵：（用手拉着洪太太）不，我不能，为了你们小家庭的幸福我也不

174

能，救救我，您把我藏起来吧！

洪：（四下看了一遍）藏在哪儿呢？……

茵：（跑向钢琴，用力把琴推开，离开墙）就在这后面吧！（她走入钢
　　琴后面，蹲下身去，不见了）

洪：（呼出一口气）唉！

采：（由左门上，神采焕然）你怎么一人在客厅哪？我还以为你在厨房
　　里呢。

洪：（微笑着接过丈夫的外衣和帽子，挂在墙上）我买了几样菜叫张妈
　　先洗洗，后来忽然想起这屋里的丁香花应该换水了，就一人来了。
　　（笑着）不许一个人来吗？

采：（坐在烟桌边的椅子上点着烟吸着，笑）许，不过怕你冷清。

洪：冷清什么，我也可以欣赏窗外的海棠、窗里的丁香，我也可以随便
　　弹弹琴。

采：你居然风雅起来了。

洪："风雅"假如不是"专利"的，自然谁也爱风雅。不过一个治理家
　　庭的女人是没有工夫风雅的，她们只能做衣服，做饭烧菜，收拾屋
　　子，看孩子，打扮给丈夫看着，哪儿还有风雅的份儿？所以一个天
　　才的风雅女人，家庭是关不住的。（俏皮地）我倒有一个两全其美
　　的法子，一个男人可以两个太太，一个太太专管治家，另一个太太
　　和自己谈谈诗，讲讲音乐……（笑）倒也不错。

采：（不好意思地）别开玩笑啦，孩子们呢？

洪：钟儿随了同学老师到城外旅行去了。铃儿在卧室玩哪。

采：（吐着烟圈，有所掩饰地奉承着，笑着）你真是个能干的主妇，家
　　事理得井井有条的。

洪：（正端来一杯茶放在烟桌上）人家都说孩子是自己的好，老婆是别
　　人的好，你怎么夸起我来了？

采：岂止夸赞，还要感激呢。那么能干，温柔，服从，漂亮。（大声
　　笑）哈哈！好在屋里没有外人，我索性大大夸赞你一次吧，（拉住

洪）我是几生修到的？

洪：(挣脱手，羞涩地) 你怎么像喝了酒的，醉言醉语起来……

采：多年的夫妻了，有什么可羞的？你以为我夸得过火吗？其实你的长处太多了，只是……

洪：(会心地一笑) 只是没有天才，写写诗呀，弹弹琴呀，就没有我的份儿了。

采：(笑着) 不能十全，而且有天才的女人又太……太……难办了……(看见琴似乎有人动了) 咦，谁把琴盖子打开了？怎么还摆着琴谱？(惊讶地，如有所感地) 琴的位置也改了。

洪：(一惊，但立即安静) 我，我换完了丁香花瓶的水，看这琴寂寞地站着，我想把它推到墙角上换换地方，又收拾收拾琴谱，看见一张《少女的祈祷》的谱子我以为有歌词哪，想看看少女祈祷些什么 (笑)，谁知篇子上完全是点子和道子，一个字也没有，我把它摆开，我想《红楼梦》上，贾宝玉说琴谱是"天书"真是不错，我才把"天书"打开你就回来了。难道不会钢琴不认得"天书"连琴盖都不会打开吗？你回来我倒要请教请教少女究竟祈祷些什么？

采：少女祈祷是神秘的，怎能用言语表达呢？我记得每次听这曲子的时候就好像在幻想里有一个白衣散发的少女在黄昏的溪水边奔向一个幽静的森林里，很快很快的，然后晚风起了，她跪在生着野花草的地上，大声为人间的幸福祈求着，渐渐地声小了，是向神诉说着心愿，为爱人祈祷了。后来声大了，狂了，是少女的悲哀、怨愤、失望……全部倾吐给神。音乐，音乐的力量太大了。

洪：难怪许多人为音乐而倾倒啊。(稍停) 我去上卧室看看小铃淘气了没有，我要做菜去。

采：真的，我忘了告诉你，晚上有人请我吃饭，我是特意回来告诉你的，饭好了你和孩子们一起吃吧！不用等我。

洪：(从墙上拿下大衣和帽子递过去) 好吧！早点回来。

采：(怀疑地笑着) 我还没说走，你怎么急得赶我走？大衣和帽子全来了。

洪：（笑）是！我要赶你走，说不定我还有什么朋友要来呢。不放心就不用走。

采：哈哈，倒要快走了。放心，放心，（迈开步要走，又回来）钟儿回来叫他早睡，他跑了一天太累了。晚饭不要叫他吃太多了，不好消化的不要吃。（小声）我一定早回来。

洪：（半急躁地）知道了。晚上是吃米饭，牛肉汁白菜，虾子炒油菜……糖山药……

采：怎么报起菜单子来了？

洪：怕你不放心。不擦擦脸吗？

采：（一笑，自左门下）（在外）不擦了，省了你赶我。

洪：（倚窗倾听半晌）出来吧！钟女士！他走了。

茵：（从琴后站起，面色苍白）他……真走了？孩子怎么还不回来？（走开那架琴）你多么贤良哪！我为孩子庆幸有你做他的母亲，我可以安心地漂泊下去了，用悠久的时间去找一个合理的生活。洪太太，你听！孩子回来了。

钟儿：（在外）妈妈！我回来了。

洪、茵：（同时）啊！回来了？

　　　　（洪扬声）换换衣服上这儿来。

　　　　（茵凄然地忍住声）

钟儿：（在外）好吧！妈妈！小妹妹呢？

洪：一个人在卧室玩哪！

钟儿：（在外）我旅行带的点心还剩了好些，给小妹妹吃。

洪：好，好孩子，快去换衣服叫张妈妈帮你洗洗脸，来见一位……客人。

茵：（脸色更加苍白）这孩子真快乐呀。

洪：这孩子永远是那么快乐呀。

茵：（握住洪的手，一同坐在沙发里）您千万不要叫他知道我是谁，免得他的小心里多一个牵挂！您只说我是您的朋友。

洪：好吧！（怜悯地）你的手为什么这么凉？你发抖哪，你安静一下，喝点热茶吧！

茵：不，一会儿就好了（突然投在洪的怀里哭泣起来。）他如果知道我弃他走开，一定会恨我的。（哭）

洪：不要伤心吧！您是不合适于这家庭琐碎生活的。我一定更加意地看顾他，这也可以算女人的互助！孩子换衣服很快，就要来了，叫他看见你哭反不好。

茵：（呜咽地）您真是一个好心人，我感激您，（坐起拭泪）终有一天我找到一个合理的生活时就来报答您，终有一日……

钟儿：（推右门上，一道夕阳的金光照着他一身蓝色制服，一张红润的脸，年约八九岁）妈妈！

茵：（睁大了眼，要哭起来，脸如死灰，唇在抖动）啊……

洪：你怎么没换衣服？

钟儿：你不是叫我见客人吗？我觉得穿制服精神，好看！

茵：（起立拉钟儿走向钟女士）鞠躬！这位……是我的好朋友……钟女士。

茵：（拉住行礼的孩子）回来啦？（慈祥地看着孩子，凄然地）这么高了，（又细看孩子的脸）牙也都换好啦！（半晌，清醒地）上哪儿旅行去了？

钟儿：上万牲园去了。（回头对洪）妈妈！大猴子还抱着一个小猴呢。（被握住的手挣脱了，比着手势）小猴才这么大。

洪：（由窗边渐走向右门）你好好陪着客人，我到厨房去一次，还要看看铃儿，一会儿就来。听话，问你什么好好回答。（下）

钟儿：（不甘心地）妈妈……好吧！

茵：（拉住久别了的孩子的手似拉住自己的生命）万牲园好玩吗？

钟儿：（小声，生疏地）好玩。

茵：（慈祥地）都有什么动物呀？

钟儿：（渐渐熟悉地）多着哪！狮子，熊，仙鹤……最好玩的是大猴子抱小猴，给小猴吃奶，摸着小猴的头，和妈妈抱小妹妹一样。一会儿小猴吃好奶就在栏杆上玩，一个淘气的同学把小猴抱开了，正赶上铁栏里的狮子吼叫，许多猴子吓得跑上杆子顶，那个大猴带着铁链子往栏外跳，要抱回她的小猴，可是链子太短，出不了栏杆，她急得身子直转圈，后来老师看见了，把小猴扔给大猴，它就紧紧地抱住，再也不放松了，像妈妈抱小妹妹似的。

茵：（忘怀地搂住钟儿，泪潸潸下）母亲总是那么爱孩子的，不知道什么缘故，母子又常常要分开，孩子，（苍白的脸贴住孩子的头，奇怪！孩子并不挣脱了）你的爸爸妈妈也很爱你吧？

钟儿：（点点头）嗯！妈妈总说我可怜，我倒不觉有什么可怜的。我想妈妈抱小妹妹很好玩。我大了，不要抱，可是妈妈也应当抱我，比如我有病的时候，或者我困得走不到床上的时候……（小声叹一口气）

茵：（强笑着）好孩子，你长大了，不要人抱多么乖呀。

钟儿：（兴高采烈地）您等我会儿，我给您拿画片去，完全是妈妈抱孩子的画，多着哪！还有妈妈拍孩子睡觉的画，多半是我从书画报上剪下来的。（站起）您等着啊！奇怪，您这么大了还哭，是不是也没有人抱您？（笑）您等着。（跳跃自右门下）

茵：（哭泣）（片刻拭泪起立，在琴谱背面写了些字，然后走到窗边向外凝视，又回视室内一周。又到琴边抚弄一下，恋恋地叹息着。屋内光线渐暗，窗外海棠也减色了。然后决然地自左门下）（场静片时，室内窗外一片沉沉的暮色）

钟儿：（抱了许多画片、画报上）您瞧，这么多……（忽然发现客人走了，大失所望，把画放在琴凳上）钟女士！您别藏起来呀（燃亮电灯）我可要找啦。（琴后，门外，沙发后边……失望了）您怎么不等我？（要哭，但忍住泪大声地）钟女士！钟女士！（窗外一片模糊，失望地头倚在扶着琴的手臂上，噘着嘴。忽见琴谱

背面有字，无聊地念着）洪钟，（惊讶）谁写的我呀？（又念）
我走了，这架琴和这些琴谱原来是我存在这儿的，送你吧！我爱
你，你可爱，将来我还来看你。听话！做好人……（拭泪收拾凌
乱的画片，又拿着写了字的琴谱呆看）

洪：（在外）钟儿！要吃晚饭了（随声自右门上）钟女士！请！（愕然）
噫?！她呢？

钟儿：（颓丧地）走了。您看她还写了许多字。（把琴谱送上）

洪：（看留下的字）（又抚了钟儿的头，叹气）唉！孩子，她是不惯住
在我们这里的。（用力抱起那失望的孩子）你难过吗？妈妈抱你吃
饭去吧。

钟儿：（挣下地）不，我不要妈妈抱了，我要做听话的好人。

（幕急落）
（后台奏《少女的祈祷》的曲子）

1942 年 2 月 1 日北京

（发表于《华文大阪每日》1942 年第 8 卷第 12 期，署名刘萼）

逝者如斯

（散文）

虽然还不到鬓发如霜的暮年，但是想到往昔总有一些神驰。自己也知道："弃我去者，昨日之日不可留。"只是回忆一下也是能得安慰的。初到北京那年是十二岁，因为身材高看来好像已有十四五岁。入学后虽然满口乡音却做了班长，终日做一群小姊妹的领袖。当时认为班长比老师是仅差一级的首脑人物，谁不敬重？功课太少而浅，因为在家已经读完女子订正国文第八册，珠算也学完乘法，此外父亲又讲过几篇古文，所以我对于学校里的功课不放在眼里，马马虎虎也考个第一名。当时有一个同学叫王淑贞——王淑贞这个名字太普遍了，现在孩子的同班也有叫王淑贞的，中学大学的同学中叫王淑贞的也很多。今天要说的王淑贞是在小学四年级的同班，她是湖北人，很聪明，身材也很高，而且很好看，老师和同学都喜欢她。有时她也考第一名，不过三次月考只有她一次份罢了。因此在暗中她和我竞争着，不但她一个人，她又说服了几个别人，每在考试前，据说她们很晚才睡，直到有一次我考了第三名她们才高兴起来。可是我并不在乎，索性考试时连预备都免了。

那时我们住在西四一条大胡同里，从胡同口往南走几步有一小书籍文具铺叫"成善书局"，有一次我买完橡皮，见书架上摆着有五光十色的小书册，自己翻着看：有京语童话、女子童话，打开偷偷看两句，里面的语气并不像历来我所读的书，倒是像姥姥讲的故事。

181

"这书也卖吗？"我怯怯地问那个黑须铺长，不敢抬头，把在学校那点领袖的威风完全抹杀了。

"卖，卖。"那铺长很和气地说着，就把一堆堆有着美丽封面的小书册摊在柜台上。

"多少钱一本？"我的心已经跳响了。

"童话是八个子儿一本，《小朋友》三大枚，买三本才一吊四。"——北京是十个铜子儿一吊。

"啊！这《小朋友》也卖？"

"卖！新到的，一礼拜一本，一本一本的故事还连着看哪！"多么大的诱惑。

于是我选了六本，第一本我还记得是商务印书馆出的京语童话《小英雄》，在付钱的时候我却窘迫得流出汗来。那时每天早上妈妈给我四个小铜子，可以买两套烧饼果子，可是每天我只吃一套，剩下的钱买校役做的玻璃粉儿或铁蚕豆——那时铁蚕豆是一种时髦的东西，小学生的嘴里总要有"勹——儿，勹——儿"的声音才俏皮。可巧那些日子不爱吃玻璃粉，牙又叫铁蚕豆弄疼了，所以袋子里的确叮叮地有铜子响，可是数一数不过二十几个子儿，比书价还差好几吊，已经选好的书又不忍再放弃，脸上呼呼地发烫。

"钱不够？没关系，赶明儿带来。"对方已经看出我的为难。

"那，那行吗？"

"没什么，老主顾了。"

"我就住在口里头××号。"我当时恨不得感激得流出泪来，而且甘心给他写一个欠据。

"知道，啊！没什么。"他是多么大量啊。

我抱着这一堆珍宝回到家里，找一个很安全的地方读起来。所以要找安全的地方有两个原因，一是因为书的本身虽然没罪，但是欠着账买的，万一父亲知道那还了得。幼小时就是怕父亲，他在那时候没有在老年的时候和气，脸上永远是严肃的，一丝笑容也没有。二，弟弟妹妹万一看见这花红柳绿的皮子一定要抢。为了这两点就悄悄地坐在堂屋里的大沙发后面，坐了一个小凳，人不知鬼不觉地看起来了，彼时心如在仙境，不再记起人间的一切，甚至于父亲的可怕也都忘了。

"怎么半天没见×儿？还没下课？"父亲问母亲。

"回来了，她的书包就在里屋。"母亲说着就出去了，大约是到厨房里去。

"×儿！把今天写的字拿来！"父亲声音很大，并不是发怒，只是不知道我就在背后啊。

"……"我不敢答应，黑蚊子又叮住我吸血，当时的焦急现在想起来还出汗呢。

"又找同学去了，上了学反倒退步了，没出息。"他喃喃地走出去，我把书暂时藏在沙发后面，大胆露出头张望着，见父亲站在院里台阶上吸烟，我就一个箭步到了屋里，拿出小本子给父亲送过去。

"方才我叫你上哪儿去了？"

"我正念修身，没顾得答应就跑过来了。"

"……"他看着字没说什么，我才放下心去。

过了不到五天，父亲回来，他到成善书局去买东西，并且替我还了欠账。我才知道父亲不但不可怕，而且不反对我买书，并且叫我买书时向他要钱，我才感到精神生活的光明。而且一度不吃早点的习惯又改为原来的一套烧饼果子、玻璃粉儿、铁蚕豆的制度。

《小朋友》究竟太浅，就改为看《少年杂志》《妇女杂志》《小说月报》，偶尔还看父亲的《东方杂志》……买书就成了我们父女每月主要的用项。所以一到收拾屋子，母亲总要唠叨"书累人"。而我的大班长位子早就让给王淑贞，考试的名次也到了十名以后。现在仍喜欢流连在书摊上，可惜买书钱再也没有那么方便，不论多么好的书，不论书价比别的物价多么便宜，也不能任性地买书了。只此一点又怎不叫人追念逝去的好日子。

　　逝去的日子是那么快，目前的艰苦又这么沉重，只好咬紧牙关，不再留恋美梦，对于迎头而来的艰苦做抗争吧，我该明白我生的是怎样的一个时代啊！

　　　　　　　　　　(发表于《妇女杂志》1944年第5卷第11期
　　　　　　　　　　　　我的少女时代特辑，署名雷妍)

失去的双星 (译作)

〔法〕C. 曼德　作

　　"先生，"我的仆人说，正好我才写完一首十四行诗的第五韵，"外面有两个天使希望和先生谈话。"

　　"他们给你名片了吗?"我问。

　　"我要来了，先生。"

　　我一看一个写的是"海黎奥"，另一个是"蔗非耶"，没问题，是两个天使。

　　"请他们进来。"我说。

　　我接待这样的生客倒不无乐趣，他们被大翅膀拥护着，每个翅膀有七个大羽票，而且光辉熠熠地从绒毛中射出，明亮如黎明的清雾，或如虹的七彩，他们的身体好像透明的雪里怯怯地染着一些粉红。我伸手请他们坐下，很有礼貌地问他们惠然而来的动机。

　　"我们简单地说吧，"海黎奥说，"十六年前，一个 7 月美丽的夜，我和蔗非耶在天上绿茵上玩弹球。"

　　"对不起，"我插嘴道，"我想天上是蓝的。"

　　"天的中心部分是蓝的，别处都是悦目的绿色，特别是在波西亚近城处或郊外。"

　　我没回答。

　　海黎奥接着说："我们的球是最美丽的星星。"

　　"拿星星当弹球?"我问。

185

"彗星带着它的光尾，做这游戏真有趣，我快要得胜的时候猛力一打，就把两个球打过了边界。"

"过了边界？"

"是的，天边外，这真是不幸的事，你准知道天上失了一双星确是一个严重的事件！天帝警告我们要立刻应允恢复那两个星星的原位，否则我们永不能享受天堂的快乐。

"你一定能幻想出在这十六年内，我们是如何地寻找着，上天下地以及凡有星出现的地方，但是，天啊！我们怎么找也是徒然。

"后来我们听外邦人传说：你的爱人——美丽的少女，有无比的明眸，这双眼睛有着我们所希求的天堂之光，于是我们自己投身于这长远的跋涉中，希望她能归还。"

我觉得自身如堕五里雾中，不论谁向我说，要取走我最爱的人的眼睛这件事，都是给我一个不安静的惊扰。不过我倒可以尽力扶助这两个天使，去恢复他们丢失了的神圣的珍品。我请来了麦珊芝小姐，并且简单地解释了这个情形。

她既没显出惊讶，也没感到纷乱，只是停了几秒钟，她转向这两个异客，并用力地抬起她的眼皮来说：

"看吧！美丽的天使，告诉我，你们认清这是否你们的星星？"

他们走近了，他们非常小心地查看麦珊芝清澈的眼睛几分钟之久。他们彼此交谈着，声音很低，好像审判官们交换着意见似的，然后海黎奥说：

"不是，这两个不是那丢了十六年的星星，因为丢了的那两个，即或在最好的7月的夜里也没有这么明亮和放光。"

于是他们用了很沮丧的声音告别了。我从内心里怜惜他们，可是更喜悦的是没从我爱人的身上取去什么。

至于麦珊芝呢，她大声地清脆地笑了。

"我应付得他们不错吧？"她说，"真的，我母亲给我讲过一百多次了，我落生不久，两个星星落下穿入开着的窗子，一直射入我的两个眼

186

眶里；但是，你才在我唇上印了一个吻，亲爱的，当天使查看我的时候，我深知道这吻使我的眼发出光来，比天堂里美丽的星星更光彩了。"

　　亲爱的读者啊！曼德真会得爱人的欢心呢，把爱人目光的美用这么一个悦人的小故事来形容，在恋爱中的少年们倒可以模仿一下，这如何有趣啊！

译者附笔

（发表于《369 画报》1941 年第 8 卷第 13 期，译者署名雷妍）

每日食粮 (译作)

〔美〕P. S. Buck[①] 作

6月里潘西文尼亚（现译为宾夕法尼亚，Pennsylvania）的风景如画。青年威廉·伯来东在一个小坡边的古槐下注视着，很难决定选择哪一处做他的绘画题材。在他的右边是德勒维尔河平滑的银流夹在绿色的两岸间，左边是隐在山谷里的一个小镇，可以看见丛树间礼拜堂的塔尖和斜的屋顶。从小山坡看下去是田地，草场上的牛，波动着的麦浪，红顶的仓房边石头建筑的农人住宅，田间的红棕色的土地上有一个农夫正在耕耘。

威廉看着这丰美的一切，自己问着：太多的风景是否使那画布不易容纳呢？这般丰富之中也许含有"乏味"的成分？它——这丰美的景色，需要加些活力。

好像回答他的问题似的，他看见"活力"出现了，农家住宅的门开了，一个蓝衣的少女穿着白围裙敏捷地走到阳光里。她手里拿着一个铃，用力地摇着，那声音送到小坡上，清晰而强大。

"已经十二点了吗？"他自问着，他没有表。因为他常说，在绘画的时候不需要知道时间。但是如果已经到正午了，那么他是使早晨白白地溜过去而没有一点工作。他从头上绿色的枝叶间望上去，太阳正正地

---

① P. S. Buck：赛珍珠（1892—1973），以中文为母语的美国作家，曾在中国生活近四十年。1938年获诺贝尔文学奖。代表作《大地》。

在树顶以上的高空，而且他饥饿了。

自己微感惭愧地站了起来，拿起画架和装用具的袋子，走向农人的住宅。他想求人家许他吃一顿午饭，而或许在房子左近比在那丰盛的景色里易于找一段画的题材，救救他心里那没解决的急难。

他走下那个小山坡，穿过了那片草场，顺着一条羊肠小径走到那少女走进去的门口。当他走近的时候，他嗅到炒肉的气味，他突然觉得贪食的欲望从内升起。的确，他应当用饭了。他敲敲这上半段敞着的荷兰式的门，站着等着，没戴帽子，因为他从不戴帽子。有人往门这儿走来。他听出来是快而坚定的步子，走在没铺地毯的地板上，这种脚步是健康少女走出来的，然后她已经在那阴暗的厅堂里出现了，她停步在半敞着的门里。

"啊，什么事呀？"她问道。

这就是方才那个少女，他认识她的蓝衣、她的白围裙。但是现在接近了她玫瑰的脸庞儿，他看见她生着一对蓝色的眼睛和棕色的头发，并且是很美的。

"你肯——"他开始说，"我的意思是说，我这完全生疏的人不是太冒昧了吧？但是因了见你摇铃忽然觉得饿了，可不可以让我吃些东西？"

他那年轻、坚决的脸严肃地板着。"他不是一个流浪者。"她正直的眼可以断定的，因为他的服装很好，而且谈吐也不像一个流浪者。

"我们不舍饭。"她犹豫地说。

威廉笑了，他已经看出她清楚的小心思。

"我是很体面的人，"他说，"我从事于绘画，现在我是到这儿写生来的，此外没有别的了，并且我要付饭钱的，费心吧。"

她粉嫩的脸羞赧了："不是那么说，只是……请等一会儿，我去告诉我父亲。"

她走了，威廉等待着，愉快地四周看着。房子是用石头砌成的，棕色和红色的条纹里夹镶着变色的金属。在门灯上方有一个椭圆的大理石刻着"T. H."和"M. H. 1805",在门墙上爬着喇叭花蔓。

"进来!"一个男人的大声音说。

威廉微微一惊,转脸看见一个灰须农夫走到门口来。

"进来吃些午饭吧!"他大声说着,并且甩开那低低的门。

"我可以吗?"威廉感激地说。今晚回家后这事将要成为一件值得说的经验。他进入那阴暗的厅堂,这石头屋子里和地窖一样凉爽。

"一直进来吧。"农夫恳切地说,"汉斯贝格尔是我的姓,这房子是汉斯贝格尔的家,我们四代住在这儿,我的儿女已经是第五代了。我们就在厨房吃饭!——一直往前走,然后往左一转。"

"谢谢!"威廉说,他觉得这人十分可亲,在他童年时代,他的家庭曾经离开菲利德菲亚到乡间去过,给他父亲管理果园的人,就是这类人。他从儿时就和这果园管理人做朋友,他喜欢单纯的人,他们总是很真诚的。

他们现在到了厨房,石砌的地板,粗木的家具,一个宽大的火炉架里,放着一个做饭的炉子。桌子放在窗下,一个妇人正在桌子上切面包。那美丽女孩子在自己座位那儿站着等着。

"露丝,再放一个盘子。"汉斯贝格尔先生命令她。"坐吧。"他对威廉说。

"这是汉斯贝格尔太太?"威廉迅速地微笑着对那妇人说。她点点头,羞涩地不笑也不说什么。

"您呢?"威廉对那少女说,"是露丝·汉斯贝格尔小姐?"

"是的。"那女孩安静地答道。

他们坐下吃着,食物简单而可口。在没解决饥饿以前,谁也不说话。威廉想:好食物吸吮着每一根饥饿的神经了。他为了自己家里在吃饭的时候为礼节而谈的一些无味的话而烦闷,好像食物本身倒没有被注意的价值似的。

"你住在左近吗?"汉斯贝格尔先生忽然说,他的盘子很快地空了,他递给他妻子很快又布满了。

“我家在菲利德菲亚。”威廉回答。

“家里人在那儿经营什么事业吗?”汉斯贝格尔先生又问。

“我父亲从铁路上得薪俸。”威廉回答。他整年看不见他父亲做什么事，所以难以说他“经营”什么事业。

“事情不错吧?”这位先生接着问下去，说着又起一个鲜柠檬油做的鸡腿来。

“看来还好。”威廉从未问过他父亲这些问题，他想从铁路上得来的股息使那所大住宅和花园弄得又美又清洁又安静，这些钱同时还供给他在巴黎学画，他妹妹劳拉学音乐，劳拉上个月还结婚了，并且妆奁和婚礼的用费也是铁路供给的。

“关于这种职业却一点也摸不清。”汉斯先生坦白地说，他正在啃鸡骨上的肉，威廉把视线移开。

他们很自然地偶尔隔桌对看着，一张奇美的脸——至少是他认为如此。他认为这脸是他的画材。可不是么，在这幽暗的老厨房里，配着那宽大的黑炉架当作背景，他能作一张有内在光暗的画，这是需要特殊经验与高深的技巧的。他这些技巧已被批评家公认为是他给美国艺术界的特殊礼品。他恨那些普通的所谓“美女”，但是这个脸的美却不普通。在那紧闭着的红唇上有坚定的呈现。清朗、果断、温柔的光从蓝色的眼睛里射出。圆圆的粉颊，光滑的下颌，微宽的前额，小直鼻子，组成一个完整的脸。他立刻做了一个决定。

“我想给你画张像。”他温柔地说着依着桌子看着她。

他们全看着他，略带惊奇地，汉斯先生放下鸡腿。

“我就在这厨房里画。”

“厨房里?”那女孩惊讶地说。

他看着她还想制止着自己呢，他只得急急地解释：“这是一个很美的所在，小窗射进来的光线，能造成很好的阴影。还有那黑色的炉架，和你那蓝白调和的服装。”

“你还是不要叫她穿着旧衣服画吧?”汉斯太太说。这是她初次开

191

口呢。

"没有比这样子更好的了。"威廉回答。

他们虽怀疑却接受了。他觉得自己很直率地勉强了他们，因此急切地想画自己的画。

"请吧。"他催促了，"我已经各处看过了，我所要画的却在这儿，我不过于搅乱你，我想在你工作的时候画。"

"我也不知道怎么做对。"露丝犹豫地说。

"那么你就想想怎么做对吧。"威廉渴望似的说。他跳起来冲到炉边的小窗子，那儿有一个笨重的旧桌子。"那儿，你可以往花瓶里插雏菊……不，你可以切面包。"

她略微犹豫一下，就欣欣地看她爸爸又看她妈妈。

"我不管，"他父亲用他的大声音说着，"'随她们的便'是我的箴言，我要到田里种地去了。好啦，先生回见！"

"回见。"威廉愉快地回答着，那母女俩，他是易于说服的。"看，就这样。"他说。他文雅地领着那少女健美的手臂，领她到那桌子旁边，"就这样。"他说，迅速地指导她肩、手、头……的姿态。

从饭桌那儿，汉斯太太无言地注视着他，但是他却没理会她。他正在发掘女孩子的眼里有些"什么"，一种羞涩、不自然的表情，流动在她的眼波里，她那弧形甜蜜的双唇微微抖动。

"啊，你——你这可爱的。"他小声说着。他跑到门边攫起彩色油盒子和画架，很快地预备好了画布。

"不要动！"他请求她，"不要改样。"他开始画了。

6月、7月、8月，她这样静静地站着，一时一时地这么站着。她是健壮而充满活力的。夏天就这样过去了。她在漫长的家庭和田间工作中从来不了解时光是快是慢，但是现在她知道了。当他不来的时候，她用平日静而敏的态度活动着，那时光使她感到加倍的长。在夜里她竭力抑制着内心的焦急。

她的烦闷是："永不知道他什么时候来"。因为有的时候他好几天没来，然后忽然来了。正当她忍耐不住，而不在窗下预备和等待的时候，她已经爱着他了，几乎是在第一天见面时就爱他了！不，就是初会的那会儿。她现在爱他以至于内心感受到爱的痛楚，那张画眼看就要告成了，那么她怎么办呢？他一定要走开，她将不能再见到他。漫长的午后在厨房里，他画，她站着看他的一切事要过去了，她再没有机会注视着他工作了，他那黑色的眼对她似看非看的样子，有的时候她觉得他所看的只是画里的女孩子，因之她生出忌妒来。

"她比我美呢！"她将这样说着，而想听他否认这句话。

"不，她不，"他将这样回答，"不过很像，因为是你使她这样的。"

"我的眼睛没有这么蓝。"她固执地说。

"你的眼睛是世上最蓝的蓝色，我连一半也描画不出来啊。"他反驳着，然后她才略觉安适，再转向沉默中，他再继续工作。这张画几乎画完了。

"下礼拜，"他在8月中旬的一天说，"它就可以告成了。"

"那么我就不会再见到你啦？我想。"她低声地说，但是说得很清楚。

"怎能不见呢？"威廉欣然地说。

他听她说这话的时候，心里反转地寻思着，不过没叫她知道就是了，他知道自己在美人面前太热情，太软弱且易于取悦对方，更易于发生恋爱。很明显，他觉得露丝是真正的可人儿，她的外表完全显露出来了。他一向惯于诈取聪明妇女的爱，但是现在每逢在她们中间的时候，他就渴望着与露丝相伴时的镇静。有她相伴，他能安静地思想。每看她一眼，他都觉得这是世上唯一的美人。

"你在城里要忙起来了，"她说，"你一定没心情上这儿来了。"

他没给她任何的应许。他知道自己的多情，他更知道像自己这样多情的性格，在短暂的别离后会轻易变冷的。他看着这所房子，这个厨房，还有露丝本身，一切在他的眼中都是珍贵的。不过也记起她父母的一切是不能配他们家门风的。汉斯先生在和人谈话的时候毫无顾忌地吐

193

痰或大声咳嗽，并且汉斯太太多少有些呆。有的时候，他真奇怪：这样的父母怎么会生出露丝这样的女儿来？她哥哥在村子里给人管理马匹，倒是个懂事的人。

他又记起一件逆心的事来，就是他母亲和朋友们谈论他的画。

"来啊！看威廉为参加冬天的画展所画的什么画，一个小村姑！她倒上了画啦。不过倒很迷人呢，她就住在潘西维尼亚田庄里。"

他站了好久，总是默然微怒地看着那些漂亮、盛装的妇人们，就是他母亲的朋友们。

"甜蜜！"她们喃喃地说，"一个美丽的孩子……多么精巧的厨房啊！……这准是比利时式的……或者是英国式……不，是荷兰式。"

如果他说一句"这是我所爱的姑娘"，她们一定要人人反对的。

还算幸运，他并没和她发生爱情，的确地。

"我要寄给你一张火车免票。"他说，"你可以亲眼见你自己在纽约的画廊里。"

"你也在那儿吗？"她问。

"当然啦。"他回答，向她微微一笑。因之使她痛苦地期待着未来，这一笑使她喜忧参半，如果她再也不能见到他，她真要死了，如果他离去了，那么没有人会使她鼓起活的勇气来。因为她虽能呼吸，但会因他而死呢。

9月初的一天，那张图画已经告成了。他不能再否认了，他到乡间来，除了看望露丝以外，没有更大的目的，画图不过借题罢了。他因了早晨和他母亲抗辩的事而打算不轻易地到乡间来。他母亲在早晨用急躁的、直率的声调呼唤他，他正下了楼从她门口经过去吃早饭：

"威廉！来呀，请进来！"

他进去，见她在床上吃早点呢。她垂着光润的发卷，肩上披着丝花边编成的披肩。

"妈妈，早啊！"他说。

"坐下，"她回答，"我真为你没完成的画着急，你从先就没为画图

194

消耗过这么多的时间。你是迷恋那小村姑吧？你说呢？"

"确实没有。"他愤愤地回答。

"因为这永远是不可能的。"她说着撕了一块小面包皮，抹着奶油，"唯恐你将来因为这个不快乐。假如地位相等，倒是可以结为婚姻的，可是你们这情况是大无可能的。"

他并不回答，静静地，想起打好了多日的主意，快快地溜走，躲开他母亲。

"好啦，吃早饭去吧。"她说，"可是你得先亲亲妈妈再走啊！"

他走过去亲她，忽然她抓住他的手，握住了。

"听话啦！"她激动地说。

"别提啦，妈妈，"他不能忍耐地说着，侧过身去亲她，"我尽力做吧！"他坚定地走开，实际他真难做到呢。

他向着那画做末一笔的描绘了。在那将日落的下午，这时光使露丝的眼睛更深蓝了。当他画完了这一笔，他知道这工作完成了，他放下笔。

"画完了，露丝。"他说，"来，看看你自己。"

她走到他身旁，沉思地站了一会儿。

"我在你目中就是这样吗？"她问。

她所见到的是一个玫瑰脸色的健康少女，充满活力，穿着蓝衣服、白围裙，她熟知自己的手有点粗糙，因之对这双手感到羞愧。他也没加过赞美。

"纽约人也许要笑话我呢。"她说。

"她们想你是美丽的！"

"我应当穿上做礼拜的衣服。"她反驳地说。

"你除了穿这洗过的蓝衣以外，不用穿别的。为了你眼睛的缘故。"他又接着玩笑地说："应许我一件事！"

"什么？"她很快地说，而且心里感到窒息，他对她能要求什么呢？他爱她吗？

195

"除了蓝色衣服以外，不要穿别的颜色衣服。"他说。

她觉得失望，几乎哭出来。这算什么要求呢？"我不能应许这件事。"她说。

"没什么，当然可以不应许。我是开玩笑呢!"他急促地说。

"况且，你又不打算再见我了，你还管什么?"她说。

"不要忘了上纽约去啊。"他愉快地说。

他完全把绘画和彩笔放在一边，现在他拿起画架和那张图画。这画不算太大，他可以把它放在一个框子里，同时把别的画具也拿起来，现在他要走了。

"我不用说再见了，"他说，"因为我们彼此就要相会的。"

她没有回答，只是用一只手捂住脸止住哭声而已。他看见她的泪了，他止住自己对她过多的慰藉。他握住她的手，但是因了时间的仓促并没握多久。

"等我的画展出的时候，就给你来信。"他的快乐仍没消除地说着。

她很少听说过"画展"，所以她对此了解得也很少。他终于走了，她爱着他，他呢？在她看来是动摇的，不定的。又似乎希望他走，或者遇见另一种人。至少她觉得自己不大美，也许自己的呼吸没有芳香，没有魅力？还是她的地位次于他？或者还有别的原因。他站了片刻，然后这可憎的人，伸过他自由的、没有拿东西的左手抱住她，吻她，然后从厨房里走出去，走到小路上去。

"罪过!"他心跳着，黯然地说。

他来到自己家里华美的大厅上，在客厅里，两个丝绒幔帐之间的壁炉里发出火焰的光。他走到客厅里，看见父母等他吃晚饭，他穿着出门的衣服站着，夹着他的画。

"我完工了。"他说。

"完全完了?"他母亲问。

"完完全全的。"他回答着，觉得这句话深寓双重意义。

196

"那么，叫我们看看吧！"他父亲说。

威廉打开那夹着画布的夹子，把那画倚在两个雪亮的大银烛台之间的炉架旁，光线十分合适，前面射下来的光，弄得阴影深深的。他这三元的——能表现长、宽、厚的技巧从来没有这样成功过。他父亲站起来鉴赏这杰作。

"在你的作品中这是杰出的一幅。"他说。

"我也这样想。"威廉说，这是他唯一一张自认为完全满意的作品。

"现在你就预备参加画展了。"他母亲说，"我不知道你是否喜欢在纽约过冬？你父亲和我也谈论过这件事。租一个单身汉的屋子，或者可以和朋友们一起工作，倒也不错。"

他很了解她的计划，在纽约有自己的寓所，未必没有用处，因此他笑着回答他母亲：

"谢谢，您太费心了。"他安详地说，"我去换换衣服好吃饭。一会儿就来。"

他把那张画丢在客厅里到自己房间里去，匆匆地洗了澡，马上换了衣服。他自己抑制住了思索。他已经离开露丝了，他希望自己未曾和她接吻，因为在目前，在这安适的家里，那"一吻"算不了什么。他没有预定重逢日期就离开了她，他将把重逢的日期一天一天地延拖下去，一直到所有的愿望都消灭了为止。将来把赴纽约的约定也可以忘怀了。另一方面说呢，如果这些愿望实在忘怀不下，他再招呼她来。对……他十分快乐地跑下楼去，门都开着等他，一切都好像随他的心愿而设定，他舒畅了。

同时他又见到她在画中，她那坚决的、深蓝色的眸子，因了不息止地在桌上切面包的工作而偶然仰视着。当他走到客厅时，好像她是因他走来而仰视的。

"你怎样为你的作品题跋呢？"他父亲问。

他静了一下，又看见她坚决的目光，"今日请赐给我们每日的食粮！"他说，而且知道这是合题的。

197

露丝在晚饭后工作于那小厨房里，专心一致地想象着他家里的样子。她正在筛面粉，又搅和脂油和牛奶，又量酵母的分量，为了做面包。在那她站过多次为他画之题材的小桌上，现在她却做这些事。把麦团揉匀了，放在一个棕色的瓷盆中，又把它拿到案板上搓弄。整个的工作期间，她痛苦地想象着她没见到的地方：他所住的房子、他所穿的衣服、晚上的大餐。她也知道一点，因为他常常讲："我要快点啦！晚上的大餐要迟到了，我的父母要不高兴了。"

"怎么？你是说吃晚饭吗？"她第一次会这样说着，然后他就解释着：每天晚上他们换上好的衣服，然后吃饭，她是永不会明了的。

"你们盛装起来的时候，不是要出门吗？"她惊讶地问。

他曾经笑着说："有时也出门，"他说，"不过我的父母不常出门。"她想他们在家里盛装地坐着，他们做什么呢？在那样房子里住的人也没有许多话可说。他和他的父母也很少交谈，除了谈论工作的时候。

她叹息了，接续搓着面，她的大拇指把面团向内揉着，不久，酵母开始它的工作了。她搓揉的时候，面团上起泡了，轻轻地又破裂了。她知道做面包的面团发起来了。她团成一个个的圆团，又把它们放在盆子里，用一块干净的抹布盖好。她在屋子里沉思着，徘徊了一会儿，就把火通好了，为了晚上用。把明天父亲早饭用的盘子预备好了，一向她父亲是很早用饭的。这些家务操作把她脑袋里的其他意念完全除净，然后充满了思念威廉的心绪，不过无论如何她也难见到他，她只能在这厨房里见到他。许多时光他向她注视过。她走到那小桌边做着他指示过的姿态，看着他常站着的地方，那儿有从门口射进来的光线照到他的画布上。

他没有在这儿，门是紧闭着的，门外是沉沉的暮色。"他不会再上这儿来了。"她想，而且她确实地相信这个想象。"完全完了。"她对自己说。她伏身走到顶楼里自己的高大旧床上，解着衣服："因为我和他不是同等的人。"

后来她在床上清醒地躺着，并没哭泣，只是充满了实际的悲哀。这

198

是明显的事实啊！

至于他呢，在纽约也未能安然作画，他自己也不知道是着了什么魔。在他的寓所里，有很合宜的光线从北面射入，把这屋子造成一个很好的美术工作室。他却未能安心地工作，这城里几乎满是画，到处可以看到，但是他一提起画笔来的时候，那种技巧却离他而去。他没心绪作画了。

最初他想这也许是因为新换环境的缘故，并且自己的成功使他兴奋而不能沉静了。他参加画展以后得到许多人的赞美，他几乎卖出一打自己的作品。露丝的画像有二十次卖出的机会，但是每次总是以"非卖品"回答人家。不过末后他又决定卖了它，他必得赶快地卖掉它，因为有它在旁边一天，他一天不会忘记露丝。那画悬在画廊尽头对着门口的地方，他不知有多少次从那儿过的时候和她的蓝眼波相遇；也有的时候自言自语地对着这张画，欣赏自己的艺术。不过每次这样相对了以后，他就觉得是真走向她面前一样，而感到那单纯的、温柔的健美呈现在她面前人的眼中。每次他决然离开那画像的时候，就对自己说："我必须卖掉它。"

但是，当那画展继续下去的时候，他那卖掉它的决心便动摇起来，末了为了一个突然的刺心的忌妒，他把那张画从画廊里摘走了，画展的经理人反对也是枉然。

"那画像被每一个批评家所赞美，并且许多人是专为看这画而来。"经理人说。

"这正是我要摘走的原因。"威廉回答说。

"你比别的艺术家还呆！"那经理人反驳道。

那画像现在从别的男人眼中逃出悬在他自己的屋里，因为他曾经看见两个青年人注视那张画，他们是他的朋友，所以走到他跟前，其中的一个说：

"老威！这模特儿是你的朋友吗？"

"她是我去年夏天到野外写生的时候偶尔认识的——个农夫的女儿。在她家的厨房里画的这张像。"

"你肯把她的住址写给我们吗,老威?"另一个玩笑地说,"我们可以顺便去找她。"

这种冒犯的谈话使他马上生气了,而且颇严肃地说:

"请随尊便吧,那是你们的自由。"他说着就打定主意把它摘掉,即日就换地方悬挂了。

清晨起来,他第一眼就看到露丝的像。她的眼仰视着他,那光线还是昨天他选好的,在他床边的墙上,他感到生命的愉快,他想过些日子清闲了到她家去看她。有一次给她写了一封信,不过没见她回信,给了他很大的打击。他奇怪为什么她不理他,还是把他忘了?使他百思不得其解。

当露丝见到这封信的时候,她不胜忧烦,她不能写回信,她对他写的信,一半也读不下来。那是些好的、美的书法。但她呢,只会写一些平易的、孩子似的字体,文法也是极浅的,写起信来简直就是涂鸦,她不想让任何人见到她的字迹。她坐在自己的顶楼里,猜测那信里的意思,把每一个她了解而认为珍贵的字抄写下来,她渐渐地全读明白了。她悲哀地决定永不回他的信,她的字迹会引起他的轻视。她的拼字法常常有错误,她除了在那五等的有一间教室的村中学校读过书以外并没有到远方受教育。后来她父亲就使她辍学了。因为那年冬天她母亲从地窖的石级上跌下来摔坏了腰,家里没人做事。

"各方面来说,我都在他以下。"她自语道。

所以她把那信折成小小的一块,缝到一个系丝带的小口袋里,又拴了一个索子,戴在颈项上当个护身符辟邪,那张她自己抄的信辞也保存好了。这不啻一个好的预兆,一个暗示,在未来的夏天他也许会看她来。

如果她回他信,那信一定会使他失望。现在她没回信,反倒使他决定再看她一次。即或他不爱她,他也要来看她。他想不能请她到纽约去了，为了保持她画像里所显示的那点纯真。他不愿意让大都市的繁华来搅乱她的心，他觉得那是可怕的，他不愿失掉她，城市的一切会使她失掉纯朴之性呢。她在一班低品的妇女中，比较丑倒无妨，但不可不比她们完全。男人心中是有保护爱者灵魂完整的力量的，一个艺术家绝不愿使自己的作品受损坏。

"她必须保持她自己的纯洁。"他温柔地思索着。他把她当作自己唯一的所有者，甜蜜的爱人。除了他以外，不许任何人和她交往。因之他有重新使她对自己留心的必要。

春天到了，他不能再抑制这种必要，这种需求，那画像无异于一个请帖，她是活泼泼的少女，他有权去看她。

在 5 月的一天，他径直去看她。他没回自己的家，也没告诉任何人就离开了纽约。他默祷着，等他见到她只是她一个人，或者就在那厨房里，他相信也许可能，那么他就可以见到自己的画中人活起来了。这默祷举行在近那农宅的小路上，神色颇苦的，也没带着画具。这次来不是写生，却是来找她。

他计划好了的在午后到这儿。他记得这是她唯一的闲暇时间。他来到厨房门前，他心跳着，那门是开着的，可以看见里面。她没有在这儿，这儿一个人没有，他的心沉了下去，忽觉得发晕。他走进去，屋内清洁而寂静，他好像觉得她离开这儿不大的工夫，他的直觉常是敏感的，觉得她依然很近。他坐下等待着，希望着第一个进来的不是她的父亲，也不是她母亲，而是她自己。因为他等的是她啊！

他从开着的门往外看，她从果园的小路上走向厨房来。她一只手拿着小泥铲，另一只手提着一个小筐，她一直走向他来。她棕色的头在阳光中微微低下一点，她的脸很庄重的。他看她比从先瘦了，可是更可爱啦。他站起来等待着，他的心已冲向她去。她觉得有一种热力吸引她，她抬起头来，看见他了，她丢下筐子和小铲子，毫不停止、毫不犹豫地一直走到他面前。他们一言未发，他们彼此注视着，他把她拉到自己的胸前，她也不加拒绝地脸对着他的脸。然后他伸开双手，她投入他的怀抱。他低下头，把脸颊贴着她的头发。

他们就这样站着，这事虽在他的意料之外，但是他所需要的。她呢，只知道这是必然的。

后来，过了一刹那，他们接吻了，长久的，亲切的，一言不发的，他们发现而且公认了二人之间的爱。

汉斯太太穿着她轻软的拖鞋，从一个狭窄的走廊走来，停在厨房的门口。她忘了浸马铃薯啦——预备做酵母的。她见了他们的神气使她忘了别的事，她所见的只是威廉拥抱住露丝。

"喂，喂！"她大声说。

他们分开了，只是手拉着手。威廉开始口吃地说：

"汉斯太太——惊讶吗？"

"还不只是惊讶呢，"她慢慢地回答，"我真有点发晕。"

这些话并不能表现什么，露丝却一言不发。

"我离了露丝不能生活。"威廉看着露丝说。他微笑着，但是露丝却很严肃。

汉斯太太走进来坐下，她说："青年。"好像她不肯放弃这件事似的，露丝默默地和他拉着手，清澈的、大的眼睛注视着他。在静默中他感到窘，而必须说话。他想努力地做下去，虽然他自己也感到自己有点傻。

"我当然要告诉你和汉斯先生，"他说，"不过这事是我们自己的。"

"我可不知道他要说什么。"汉斯太太说。

威廉心里不觉紊乱烦扰起来。"我希望他不反对我。"他说。同时傲然地想，如果那农夫和他愚笨的妻子反对他，未免可笑。

"我们打算找一个对于田地有帮助的人来和露丝结婚。"汉斯太太迷茫地说。"露丝，就像亨利·佛斯奥儿那样的人。"她给她的女儿解释着。

"我愿意和威廉结婚，妈妈。"她坚定地回答。

威廉把她拉近身边，"那是对的，"他大声说，"我们相依为命呢。"他反常地感激她。她择他为偶是双方都感到幸福的事。

"嗯，可是你父亲不会轻易答应这件事的。"汉斯太太说。经过了半晌的沉默之后，她立起来叹道："我想无论如何也该弄弄酵母菌去，怕已经发起来了。"

她开始工作着。露丝和威廉并肩走向门口去。威廉停住了，"请公然地承认了吧，"他含着动人的微笑向汉斯太太说："我想露丝也应该有她的自由呢。"她听了不动声色地并未停止她做白薯酵母的工作，说："她永远是自由的。"

威廉笑了，但是汉斯太太是那么严肃。她已经在削着白薯皮，双唇紧闭着。

他们羞涩地一同走着，从青菜畦里穿过去，经过养鸡园走到果园里。一切都公布了，觉得心里那欲说不能的计划的重量已经减轻了。可是二人中每个心里都包含着一个秘密，那么沉重地压在心头。他的秘密是："如何向父母说明呢?"她却想："我怎样才能充足而迅速地训练好做他的妻子呢?"这两个同是难解答的问题。

不过，因为这两个问题难答，他们只渴望于单纯的爱。他们为了使对方感到圆满起见而需要彼此厮守，所以他们谁也不愿意分离。他们走到果园里，坐在长草中，他们在爱的自由中忘记了一切。"爱"岂不易于"思索"吗？她在热烈需求的愉快中，把唇接触了他的唇。现在他是她的丈夫了。他爱着她那甜蜜、丰美的颈项和手臂，拿起她的手来吻着手掌。这双手发着肥皂的气息。虽无香气而十分洁净，她把手抽回去。

"我真为我这样的手而害羞。"她说，"它们是不配被你亲吻的。"

"我爱它们。"他热情地说，"这么健康的手，美丽的手，当我拉着它们的时候，我觉得是握住了'真实'。"他又亲吻一次这双手，然后把它们放在脸颊上。"我亲爱的!"他喃喃地说，"我唯一最亲爱的。"

她没有话来和他的话对应，她只有倾听，而心神摇摇。

"我爱着你每一个姿容，"他说，"你那上卷的长睫毛、你的柔发、你的下颏至喉咙的线条，我都爱。你走路时我就想到风吹麦浪。你是良田，是甘泉，是食粮，是光明。"

她不十分了解他每一字句的意义，但她可看到了他唇的颤抖和深墨色的眼里的光。

不需要言语，她的话好似被阻挠了地迟延住，她默无一言，他也不需要她说什么。

他躺下，把头枕在她的膝上。她静静地坐着，那么清醒，有生以来初次的觉醒啊。她温柔地低下头去，她胸中感到实质的激动。他是远超于她的——从各个方面说，这个特殊的高超使她感到恐怖。可是不久也可以设法使他满足。

"我要对他好，比任何人待他都好，我要使他永远感不到痛苦。"她想。

那晚他回到自己的家。父母见他归来，感到意外的惊讶，"你应当打电报说明你坐哪一趟车来，威廉。"他母亲说，"我们好去接你。"

"我自己也说不定准什么时候离开那儿。"他说。

他为一下午的事所眩迷，不论什么事，他还是被那一切所蒙蔽：他和露丝在黄昏中回到她家，他见到她父亲。他好像已经知道了一切而等着他请求似的。

"我希望你不反对我们的婚姻。"威廉说。

"露丝只要不反对，别人算得了什么？"他说，"虽然我除了儿子再没有田里的助手了，可是我依然把她交付你了，威廉。"他接下去说："但愿一切都如她的心愿。"

那么他们计划着婚礼。他本想却除一切俗礼，但是又似乎要有一些俗礼，否则一般人将认为不合法了。所以一切都安排好了，打算在下星期日举行，不想再多延迟。露丝的妆奁和一般村中少女似的，早就预备好了。她想做一件两用的新衣，一则为行礼，一则事后还可以穿。

"还是要蓝色的。"威廉插嘴说。

"是的。"她已经同意了。

"纽约怎样啊?"他母亲问。

这客厅里有早开的玫瑰放着香,木火在壁炉里燃着。可是窗子却开着。

"好得很。"他回答着。心里想:"那件事怎么开始说起呢?"

"你画了些什么啦?"他父亲问。

威廉放下才燃着的纸烟,"没画什么。"他说,"说实话,我在纽约没好好工作。"

"这可奇怪了,"他父亲说,扬起他灰色的眉毛,"我想你的才智刺激得……"

"没有才智上的刺激我是不能画什么的。"威廉呆呆地说,"我画良田、食粮、甘泉和光明……"他重复着那些爱的赞语。"现在我要再去画。"他说。

"我听了这话很喜欢。"他的父亲小心地说。他觉得今夜自己儿子有点可惊,他也许喝酒了吧?

威廉坐在一个大黑橡木的椅子上,次第地看着两个高斗尊贵而优秀的脸。他想把话头转入实在问题上去,他为了永久为了现实而决定了。

"我正在恋爱呢。"他说,"我要和露丝·汉斯贝格尔结婚。"

他们并没记住她的名字,所以昏乱地看着他。

"就是去年夏天我所画的那个女孩子。"他说。

"不是那个村姑吗?"他母亲叫道。

"她不是村姑。"他说,"她是一个农夫的女儿。妈妈,在我们国家里,她是一个很难得的人呢。"

"胡说!"她尖锐地说,"哈勒德,你干吗不出声呢?为什么傻子似的坐着?哎呀!这不合理的事啊!"

"我也不知道说什么好。"他父亲口吃地说,"你母亲说得当然很对。威廉,我也不知道合理不合理。好像这事有些危险性。对了,就是

205

这个意思。"

"它是不合理的。"他母亲打断别人的话，"即或在我的厨房里，也不要一个没学识的女子。"

"静一下吧，"威廉愤愤地说，"只有我能说她是何等人。她是一个理想的女子，是男子的每日食粮。有她我就满足了。"

他一面说一面站起来，离开客厅跑上自己的卧室。"上了年纪就势利啦。"他痛苦地想，"他们真残酷！真虚伪！"

他脱下吃晚餐的衣服，又穿上那棕色的旅行衣。他要做到公平和平民化的时候，他似乎暴戾，他要离弃这种种的舒服，地毯、丝绒幔帐、古画，以及那两位老而富有的双亲。在这个家里不会有进取的。

"我要回到露丝那儿去。"他想，"他们一定会给我预备一个存身之处。"他自己从家中走出去，转向西方，出了城。

他走得越离那农家近，越想把一切实情告诉他们。当他到了那农宅时，他绕着走向厨房里去。要是在他自己的家里，恐怕还没吃完晚餐，但这儿，他们已经预备就寝了。汉斯贝格尔先生正在上那厨房墙上挂钟的弦；露丝正在收拾吃剩下的面包呢；汉斯太太在火炉边打盹。他一拉门，大家都注视着他。

"你们能给我预备一个床吗?"他莽撞地问，"我和父母闹意见了。"

"因为我!"露丝低声说。他点点头说："他们不了解你。"

老农人面带怒色："他们怎样说她呢?"他诘问，"我的家族是高尚的血统，我们四代人在这儿以耕种为生，并且从未向谁求什么。你不用娶露丝了，这儿有她的地位和事业呢。"

"我却是恳切地要和露丝结婚。"威廉说，"我能在这儿存身吗?"

汉斯太太已经清醒了，她惊惧地看着，"他们会不会把你捉进官里去呢?"她问。

威廉大声笑着说："太不可能了。"

汉斯先生上完了钟，小心地关好了钟门，他对于这青年的果断力不

206

但喜欢，而且有点惊讶。一个画家能如此，更加可敬。况且一对都市里骄傲的富人之子，离开了他们，来上自己的家里求一个容身之所，汉斯先生不免愉快。

"你可以住在汤姆的屋子里。"他说，"露丝，你领他去。"

露丝一言不发地领他走去。到了楼梯的幽暗处，他用手臂拥住她，她却抽身躲开了。

"怎么啦？"他诘问着。

"我很不高兴你父母拒绝我。"她说。

"不过，最要紧的是我不拒绝你，我需要你啊！"他说着，用力亲吻她的唇。

她经过些微的挣扎终于柔顺了，他却不肯放松她，一直到她亲吻了他为止。在屋门口，她站住了。

"我不进去了。"她说。

"为什么不进来？"他问。

"我觉得应当如此。"她昏乱地说。

"来，你不会因我的父母而责备我吧？"

她摇摇头，"我想你是好的。"她说，"我的意思是说你——爱我。"她说着低下头去。

他跳到她身边，握住她的肩，拥在他的胸前。

"别再说这样的话。"他命令她，"永不，永不！我对你毫无好处，我爱你！"

他抱了她很长时间，然后让她走了。

她偷偷地穿过大厅走到自己的屋里去，脱下白日的衣服，换上她那朴素的白布睡衣，爬到床上，醒着躺在床上，多时也不能入睡。她的脑子疲乏地继续想着……但想终归是想，想着想着结果是一片模糊：

"如果他们不许我们结婚，我应当说我不嫁他，那么我可以知道他说什么。我不叫他想和我结婚，而是他必须地要和我结婚。他娶我是因为我如此地爱他，我要为他做所有的事。我要为他做所有的妇女给男子做的事。我要向上帝承认这个心愿！"

她爬下床来，跪在床边："上帝，我立誓为他做所有的事。"

再过一星期他们就要结婚了。他没回家，也没写信通知他父母他在何处。他们也很难找到他，因为他们没向他问过这农家的地名。所以，他从他们那里逃脱了。他想和露丝结婚，婚后上纽约之前不写信给父母，等结完婚到了纽约再说。这都是他的计划，因为他打算和露丝住在纽约那个寓所里。露丝对他每个愿望都是同意的，他只要说一个愿望，她马上就表示同意。

他感到深不可测的满足，以绘画消遣着。天气是没有一丝风云的，他安心地工作着。经过长久的、散漫的生活，而如饥似渴地需要工作。他画那棵倚在房西边的大无花果树，一棵有斑点如奇虬的老树从地中升起，有些它的粗根，像人手臂似的露在地面上。一星期的光阴在他努力的工作中不知不觉地过去了。他急于在婚期前完成他的画，他要它完成，是因为他自己知道，一件工作不完成时，心是不会安的，热爱也不会减少这种不安。

终于画完成了。他在客厅里站在露丝的身边；一位牧师读着祝词，满屋子田间来的宾客和族人们静听着，向这婚姻致敬。他们是十足友爱的，不过他们眼看着露丝嫁给这个陌生人，为这人不久就把她带走而难过。他们向新郎郑重其事地握手，呆呆地站着，静静地吃着饼；静静地饮着酒，丝毫没有玩笑声。如果她嫁给他们中任何一个人该如何快乐呀！他们那仅有的外表上的礼貌，对他疑惑地做作着，他们也不知他对他们做何想法。

威廉烦恼地勉励地使自己的欢笑打破这窘迫的局面，这可不容易，结果他只好放弃了这个念头。好在这局面很快就会过去，露丝和他会到别处去的。当他们到纽约时，他可以开始工作。他可以给她画一张裸体像，普通的职业模特儿是没有资格的——她们除了形状以外，什么也没有。她的身体一定是灵活的，充满"爱""青春"与"感觉"的，那通体银白色的肌肤是充满光明的，他觉得心静了。想这件事可以忘掉别的事。渐渐地贺客们一个一个地都走了。

"一个奇怪的人。"他们纷纷地说。

"无论如何够不上一个标准人物。"他们怀疑地说。

不过对露丝很和气地谈了一些话，因为他们为她难过呢。

（发表于《东亚联盟》1942 年第 3 卷第 4、5 期，署名刘荸）

附 录

时光深处的夜明珠

——怀念我的母亲雷妍

刘　琤

现在的人提起雷妍来，已经大多不知道了。可是在八十年前，在日军铁蹄下，在沦陷的华北大地上，有许多人都深爱着她的文学作品。那时在日寇占领的华北，宣传"大东亚共荣圈"、宣传日军占领下的"王道乐土"及所谓"中日友好"的作品，比比皆是，想找一篇不带有这种丧权辱国内容的作品都很难！

而雷妍却是一位逆"流"而上的作家。她的作品有着华北地区浓厚的乡土气，用白描的手法回顾着故乡原有的生活。在她的中篇小说《良田》里，则更进一步指出，是日本侵略者破坏了人民的和平生活。小说的后半部分，村里来了"海匪"。很明显，在那个时代，母亲是不能正面写出日寇的侵略，但是明眼人一定明白"海匪"正是指的日本侵略者！《良田》出版后，很快被抢购一空，许多读者给她写信要求代买，更有人拿着钱到她教书的校门口等着她求购，她没办法只好把手中的存书送给读者，直到最后剩了一本最破的书，成为再版的依据。

雷妍本名刘植莲，1910 年 4 月生于河北省昌黎县两河庄，祖上是从山西大槐树下迁来河北垦荒的农民，到她的祖父刘冠儒时，由于是种庄稼的好手，又勤劳肯干，所以买下了不少田地，建了宅院，还养了大牲口买了大车，生活比较宽裕，所以让儿子刘润春（字雨楼）读了私塾。他的本意是让儿子将来帮他打理田庄记账的，但是没想到，刘雨楼志不在此，还想继续深造，因此父子矛盾重重，倒是雷妍的外祖母谢杨氏，虽然是年轻的寡妇，但因为是读书人家出身，所以很有见识，她知道女婿的志气便决心支持女婿。把谢家分给她养活自己的田地全卖了。刘雨楼就用这笔钱考上了当时非常有名的永平府中学堂。这是一所由旧时"敬胜书院"在光绪年间改建的中学，李大钊恰好是刘雨楼的同班同学，李大钊的思想对当时同学的影响是很大的。从永平府中学毕业后，刘雨楼考上了大清银行专修科，从此走入了银行界。刘雨楼没有旧时代重男轻女的思想，所以雷妍从小受到良好的系统教育，最后毕业于北平大学女子文理学院英国文学系，并于 1933 年与李恩岳结婚。我的父亲李恩岳是学经济的，在粤汉铁路衡阳段总稽核办公室工作。1936年秋，我母亲第二次怀孕，因她不喜欢湖南潮湿的气候和辛辣的食物，所以坚持回北京娘家生育。1936 年秋，由我父亲护送回到了北京，因工作的关系，父亲没有等到妹妹满月便赶回去了。没有想到，我们的家庭从此天各一方。

外祖父的家庭成员除外祖父母外，还有曾外祖母谢杨氏（外祖父工作以后为了感恩，就把曾外祖母接了出来），此外，就是我的两个姨母和一个舅舅。我的舅舅刘植岩，在"一二·九"学生运动后，于 1936年加入中国共产党。

七七事变爆发后，组织上派舅舅到晋察冀边区去。三姨刘植荃当时十六岁，也参加了党的外围组织"民族抗日先锋队"，他们两个人决定一起去前方参加抗日活动。我虽然年纪小，却至今都记得舅舅和三姨临走向家里人告别的画面。舅舅穿着白色的茧绸长衫，右手提着一只藤箱，左手拿着一顶草编的白色礼帽，三姨穿着竹布长衫，剪的是妹妹头，右手也提着一只藤箱。他们站在大门外，一起向外祖父母和曾外祖母及家人鞠躬。曾外祖母觉得自己年纪大了，此次一别，就是永别，所以不能自抑地哭起来，奔回里院去。外祖父母则很理智地叮嘱着他们。终于他们走了，虽然频频回头，但还是渐行渐远。

同时外祖父那里也有了选择前途的问题。先说外祖父从大清银行专修科毕业后，在大清银行、中国银行、边业银行、农工银行、东来银行先后供职。有一次，外祖父的一位上司，问他要银库的钥匙，外祖父觉得不合规定，没有同意，得罪了这位上司，终于在一次炒股没有盈利的名义下，把外祖父开出了银行界。后来他永平府同学李书华从法国回来，任北平研究院的院长，于1935年让外祖父去了北平研究院庶务科工作。此时，北平研究院也准备南迁昆明，一般员工自筹路费，如果到了昆明，可以仍任原职，不去的就自谋生路。而去昆明是要先去天津，乘津沪线铁路去上海，从上海乘船去香港，再由香港去越南的海防，从海防再乘火车去昆明。这是要很大一笔钱的。所以外祖父很是发愁。这时我母亲提出，用我父亲给我们的路费做外祖父去昆明的盘缠，因为母亲一个人带两个小孩，去南方也是非常困难的。外祖父心中虽然不过意，但也别无他法。

开始，外祖父和父亲都千方百计地托人捎钱回来，1938年武汉失守后，寄钱变得越来越困难，家里的生活也越来越拮据。母亲开始到外面找工作，但她是学英语的，在日本人的统治下，学校的英语课都停了，改学日语；外国洋行也都撤走了。她的专业成了最最没有用处的东西。妈妈开始学做手工，她做了很多儿童服装，拿出去卖。可是，做衣服从设计买料到制作（又没有缝纫机，全靠手工），是很费时间的。有一天晚上，妈妈和二姨在家里看杂志时突发奇想说："要不我也写一篇小说试试。"谁知第二天她就真动手写了一篇，寄给了当时的《369画报》。没想到很快就收到来信，稿件被采用了，还寄来了杂志和稿费。我觉得妈妈当时，简直就是狂喜，跟二姨说："快去买棒子面。"这篇稿子就换窝头吃了。

妈妈的这篇稿子登在《369》的哪一期上，叫什么名字，我们都不记得，如果妈妈活着的话，也许文章的名字她还记得，可是在《369》的哪一期上，大约自己也不记得了。不过，母亲也就从此走上了文学创作的道路。

有时我在想，妈妈何以能这么快地就走上了文学创作的道路？

这还是与外祖父对子女的教育与熏陶分不开。外祖父虽然是银行专修科出身，但是他酷爱文学。自己的旧体诗词也写得非常好，下班之后若无应酬，就把子女叫过来作文、写诗，然后仔细批改，指出问题和修改方法，例如我的舅舅刘植岩虽然只是个中学生，在当时有名的刊物《新诗》上就多次以"上官橘"的笔名发表诗作。外祖父的四个子女中，母亲的作文是最受外祖父看重的。在她的小说《奔流》里的女主角，田聪的少女时代生活，也正是她自己学生生活的写照。在课余时间她参加了很多像《奔流》里那种"夕阳会"的活动。大学学的是英国文学，因此，她的作品也受西方文学影响较深，文笔细腻，即使现在读来仍不觉得古板落伍。

自从卢沟桥事变后，舅舅与三姨去了抗日根据地，接着外祖父又去了昆明。于是有邻居告发我们家的男人都去抗日了。1937 年一个冬天的深夜，一队荷枪实弹的日本兵闯入我家，用刺刀逼我们一家人站在屋角，进行了严酷的搜查。最后把母亲及二姨带走审讯，直到天亮才放回来。母亲一口咬定她父亲在老家养病，丈夫在南方铁路上工作，她是回娘家来生育的，家中并没有其他的弟弟妹妹。幸亏那个时代没有户口，日本人对中国的国情也不甚了解。尤其是那时候还没有组织起来的汉奸政权。所以审了一夜，没问出什么来，就把妈妈、二姨放了回来。1937 年到 1939 年，是家中最灰暗、最压抑的年代。

大约是 1940 年初，一个夜晚家人正准备睡觉，忽然有人叫门，叩门的声音很轻，二姨却匆忙起身去开大门，一忽儿就进来了，对外祖母轻声说："植岩那儿来的人。"

原来那时舅舅已经和家里人取得了联系。舅舅此时已经是抗日根据地太岳地区岳北及运城的地委书记。凡是太岳区来人或出差或买药品，大部分是在外祖母家落脚。因此抗日战争的大形势，甚至将来要建设一个新中国的设想，母亲心里是都知道的。尽管当时母亲独自背负着六口人的生活，她的作品里有乡村的风物人情，有学生的欢笑，也有对社会黑暗的批判，但是从来没有过消极厌世的内容。在作品中的人物被社会压得实在没有出路时，书中的主人公往往都是出走，远行。因为在她内心的深处是有盼头的，那就是中国共产党领导下的抗日根据地。

由于母亲的写作有了一定的社会影响，她的母校慕贞女中聘任她做国文教员。这才使她有了固定收入。母亲担任高中二或三年级三个班的语文课。由于母亲的文学修养、表达能力及敬业精神，淘气的中学生虽然给别的老师起一些不太恭敬的绰号，什么"老迷信"啊，"大白梨"啊……但是她们对母亲非常喜爱，给起的绰号竟是"国文妈妈"。

虽然有了固定工资，但工资还是相当的低的。为了能让家人都吃饱肚子，母亲上班怕耽误课，总是乘公交车去。而回来时大半都是从崇文门一路走回西四的家。她一路走，一路构想她的小说。她每天还要批改一大摞学生的卷子或者作文，每个学生的作文都用红笔认真地写上批语。从 1940 年到 1945 年，这么繁重的工作下，她居然写了一百多篇小说。尽管多是中短篇小说没有长篇巨著，那也是熬了多少夜晚，花去了多少心血才能完成的。也许就是因为这样拼命，在她三十几岁时，癌症就已经偷偷地侵入了她的身体。

1949 年北京解放了，舅舅也从解放区回来，进入中央机关工作。母亲的心情从来未有过的高兴，强烈地提出想去参加土改，并鼓励我参加抗美援朝的志愿军，她要好好歌颂这盼望已久的新中国。可是正当她意气风发的时候，在 1950 年末，发现了癌症。为了让我能安心地入朝，她没有告诉我，可是后来同学们告诉我，她的喉咙处烤电烤得都发了黑，还是轻声细语地为同学上课，并且写出了《人勤地不懒》《新生的一代》和《小力笨》（开始在《说说唱唱》上连载，后来由工人出版社和四川出版社两次出版单行本）。她的最后一篇小说《我是幸福的》，是躺在病床上写的，写完后，已经无力寄出，把手稿交给她最喜欢的学生兰佩云，让她将来在我回国后转交给我。她的去世给全校的同学带来很大的震动，几乎所有的同学都自发地来为她送葬。长长的送葬队伍拿着白花，一直从学校门口排到胡同口的教工宿舍（我家门口。）

母亲娘家的亲人不是去了解放区就是去了大后方。而我父亲这边，我的祖父母是在日寇占领山东时，举家从青岛逃出。本想去湖南寻找我的父亲，但祖父母刚走到岳阳便得病而死。我的伯父和堂兄在日军飞机大轰炸时，被炸死。伯母与一个年幼的堂姐在逃难途中饿死。这么短的时间内，父亲失去了那么多的亲人，心情之沉重可想而知。后来在逃难的生活中与别人产生了感情，终于在 1941 年（或是 1942 年）与母亲离了婚。

母亲的苦难、烦恼，以及沉重的生活负担，可以说都是日本侵略者带给她的。那个时期真正与她来往较多的是袁犀（李克异），其次是纪莹，还有张岛（关永吉）。

1942 年以后，袁犀几乎每个月都会来我家两三次。他们总是谈得很投契。开始母亲不让我听，1943 年的夏季以后，有时他们聊天，母亲也不撵我走了。我记得最清楚的是，有一次袁犀讲到，他被捕坐牢时，见到一个义士受了很重的大刑，全身是伤，却一个字都不向日本人透露。在日伪统治下的我们，第一次听到抗日英雄的事迹。袁犀讲得又是那么的真情，我和妈妈都落泪了。在袁犀还有纪莹去解放区之前，也都来向我母亲道了别。后来袁犀把他的经历写成自传体小说《狱中记》。解放后更写了《杨靖宇》《历史的回声》这样有影响的小说，和当时红遍全国的电影文学剧本《归心似箭》。

敌伪统治下，我们生活得非常苦，但就在这样困难的情况下，母亲对自己的同胞仍是充满了爱心。我记得有一天傍晚，忽然听到门外有人叹息和咳喘的声音，开门一看果然见到一个人躺在地上，似乎年纪还很轻。母亲忙问他是不是饿的，那人闭了一下眼睛，表示确实很久没有吃饭了。母亲赶紧拿了一块馒头，那人却摇摇头，他已经吃不了馒头，于是母亲又给他端了一碗高粱米粥，喂那个人喝，母亲叫我一起把他扶起来，靠在墙边上，又送了两个馒头给他。晚上，母亲拿出来一床被子想给那人盖，但是那人已经走了。其实当年的北京大街上，饿死的人，常常能够遇见！我年纪那么小，在上学的路上也会见到用一领破席卷着的死人，我们对这样死去的人叫作"路倒"！在小学生上学的路上，面对着荷枪实弹牵着狼狗巡逻的日本宪兵，看着饿死在路边的同胞，那种亡国奴的生活，今天的中国人是无法想象的！

终于母亲在 1943 年《新轮》上发表的一篇《随笔》里喊道："没有一丝阳光，没有一丝温暖，这世界永久没有白昼了吗？""天哪，这无边的黑暗，无边的痛苦……总有一天，我要做些什么来泄愤！""我是在惊惧、恐慌、哀痛、愤恨中过来的呀！……来吧！一切人间的、天上的打击来吧！我预备了一颗铁似的心和石像般的身躯在等候着。……我要抵抗！……我知道天在雨后总有晴朗，而黑暗后就是光明。"

诚然，雷妍不是战士，不是直接参加战斗的人，但是在她的作品里，我们可以见到在祖国沦陷区的大地上，在敌人的铁蹄下，人民过的是什么样的生活。

如果，时光可以倒流八十年，我们会在祖国沦陷区的暗夜深处，看到一个身材颀长、面目慈祥的"国文妈妈"，手捧一颗暗夜中可以发光的明珠，对大家说：走吧，到和敌人战斗的地方去吧！

2021 年 6 月于北京西郊

雷妍生平年表

刘 琤 李子英 整理

1910 年 出生

4月6日（农历二月二十七日）雷妍出生于河北省昌黎县两河庄，本名刘植莲。

父亲刘润春，字雨楼，生于1888年，幼年在昌黎读私塾，少年就读天津永平府中学，与李大钊、李书华同班，关系甚好。刘雨楼功课名列前茅，国文成绩尤为突出。中学毕业时，学校欲保送他去日本留学，因其父强烈反对未成行。后在岳母资助下，考入银行专修科，毕业后入职大清银行，先后在中国银行、边业银行、农工银行、东莱银行等几家银行供职共二十余年，历任会计主任、襄理、经理等职。1934年，卸任大连东莱银行经理回到北京，几个月后应李书华之邀，到北平研究院工作。七七事变后，随研究院迁往昆明，任总办事处主任。解放后北平研究院并入中国科学院，刘雨楼因病退职。

母亲谢静宜，生于1884年，两岁丧父，由寡母抚养成人，自幼爱劳动肯吃苦，深受长辈宠爱。十七岁结婚，携子女随刘雨楼辗转于天津、青岛、济南等地，直至1929年定居在北京。丈夫在外供职期间，谢静宜勤俭持家，照顾子女，赡养老母。

刘雨楼夫妇养育四名子女：长女刘植莲，次女刘植兰，长子刘植岩，小女刘植荃。二人倾其所有供儿女读书，刘雨楼更是亲自安排学业、指导学习古文诗词。他们尊重子女的独立意识，支持子女参加

220

革命。

1919 年　9 岁

雷妍先后在天津某小学及昌黎贵贞小学读书。

1925 年　15 岁

到北平慕贞女中读书，初一到高二一直寄宿。

1929 年　19 岁

年底，刘雨楼携家眷由济南移居北京，住西四北石老娘胡同。

后为方便子女上学，搬至前门外杨梅竹斜街。

1930 年　20 岁

因担心慕贞女中数理基础薄弱，刘雨楼将雷妍转至北师大女附中读高三。

1931 年　21 岁

顺利考入国立北平大学女子文理学院英文系。凭借幼时打下的中英文基础，加之勤奋好学，雷妍各科成绩优异，且兴趣广泛，善良活泼。雷妍小妹说："她到哪里，哪里就充满欢乐。"

1933 年　23 岁

与李恩岳先生结婚。

1934 年　24 岁

7 月 1 日，长女刘玪在北京骑河楼助产医院出生。

1935 年　25 岁

大学毕业，取得学士学位。毕业后随夫到湖南衡阳生活。

1936 年　26 岁

刘家搬至西四羊肉胡同乙 39 号。

1937 年　27 岁

雷妍二次怀孕，由丈夫护送，回娘家待产。

3 月 16 日，次女刘珂出生。

七七事变爆发，因战火阻隔，无法携两幼女返回湖南。

8 月 11 日，19 岁的弟弟和 16 岁的小妹告别亲人，投身抗战。

刘雨楼拒绝为日伪银行做事，也随北平研究院迁往昆明。

外祖母卖掉陪嫁首饰，雷妍拿出丈夫给她的生活费，为远行的家人凑路费。

临行前，刘雨楼与雷妍长谈，向她托付北平家中的老幼妇孺。

初冬，日本兵闯进刘家搜查，挥舞刺刀乱捅乱刺，又抓走雷妍及二妹连夜审问，说有人指证刘家男人外出抗日。雷妍咬定父亲在老家务农，丈夫在南方铁路工作，家中并无兄弟。次日姐妹俩回到家中，将父亲和弟弟珍藏的诗稿日记付之一炬。

1939 年　29 岁

武汉失守，切断亲人的资助，刘家生活陷入困境。存粮耗尽，二妹要交学费，雷妍找不到工作，只能靠借贷、典当、卖童装勉强度日。远在昆明的刘雨楼爱莫能助，感叹"弱女独撑逆水舟"。

重压之下，雷妍尝试以写作求生，第一篇投给《369 画报》被采用，用稿费换了口粮。从此走上写作道路。

1940 年　30 岁

被慕贞女中聘为国文教师，深受学生爱戴。

生活有了最低保障，雷妍的反抗意识和创作潜能被唤醒。后来的日子如她在《鹿鸣》后记中所说："在文化失去踪影，心灵枯竭到不可救药的沦陷区的生活里，我们不肯使思路中断，不肯放下笔，我们有不到气绝不使出版界夭亡的决心。于是以个人仅有而轻微得可怜的财力、人力和毅力相继发表着我们的创作。"

1941 年　31 岁

在《中国文艺》5 卷 3 期发表小说《轻烟》。雷妍认为：《轻烟》"该算我的第一篇小说"。

1942 年　32 岁

与李恩岳先生离婚。

结识青年作家袁犀和纪莹并成为好友，常在自家小书房里与他们长谈。一次袁犀说起他坐牢时有位义士遭受大刑宁死也不屈服，讲到动情处，雷妍和女儿双双落泪。

纪莹也曾来刘家与雷妍商量去延安的事。

9月20日，《民众报》公布两万字小说征文获奖名单，署名"芳田"的雷妍小说《姣姣》获奖，并在该报文艺副刊上连载24期。

1943年　33岁

雷妍与于逢源先生重组家庭。

6月1日，《民众报》二次征文，雷妍再以《魁梧的懦人》获奖。

6月10日，雷妍首个单行本《良田》由艺术与生活社出版发行。她在自序中说："默默之中感到无边的安慰与欣喜，并将此种安慰和欣喜献给我至敬至爱的父亲。"

1944年　34岁

6月25日，由新民印书馆印行的作品集《白马的骑者》面世。

1945年　35岁

7月，华文书局再版《良田》。

单行本《奔流》《鹿鸣》《凤凰》《少女湖》相继出版。其中，《凤凰》是广智书局出版的口袋本。雷妍曾在《我写凤凰》中详细讲述《凤凰》的创作过程。

约11月，袁犀去解放区前，来雷妍家辞行。

1946年　36岁

春天，雷妍夫妇携女儿入住位于崇文门内孝顺胡同13号的慕贞教师宿舍。

秋天，小妹刘植荃一家从昆明回到北京。

《新思潮》1卷1期发表雷妍小说《晴空云雀》，署名东方卉。

1947年　37岁

8月4日，雷妍长子于琪林出生。

10月，年近六旬的刘雨楼从云南返回北京。

1949年　39岁

北京解放，弟弟刘植岩携家眷进京履职。"一家五处"的亲人终于盼来团圆。

1950 年　40 岁

4 月，次子于西林出生。

2 月 27 日，完成中篇小说《小力笨》，署名崔蓝波，是雷妍献给新中国的第一份礼物。

5 月 20 日，《说说唱唱》第 5、6 期连载《小力笨》。

6 月 27 日，乡村题材小说《人勤地不懒》结稿，署名刘植莲。

7 月 20 日，《说说唱唱》第 7 期发表《人勤地不懒》。

8 月，工人出版社出版雷妍小说《小力笨》单行本。

1951 年　41 岁

川北人民出版社再版《小力笨》。

《北京文艺》2 卷 2 期刊登雷妍新作《新生的一代》。

17 岁长女刘珺参加中国人民志愿军赴朝作战，雷妍抱病到前门火车站送行。

1952 年　42 岁

春末，雷妍病情渐重，在病榻上写下遗作《我是幸福的》。因无力寄出，将手稿托付给学生兰佩云，嘱其在刘珺回国时转交。

6 月，雷妍因癌症去世，慕贞师生列队为她送行。她的灵柩被安葬在东大地公墓，后因墓地被征用，二女儿刘珂将母亲骨灰迁至八宝山骨灰堂保存。

1954 年

9 月，父亲刘雨楼因病去世，享年 66 岁。

1969 年

8 月，母亲谢静宜逝世，享年 85 岁。

初冬，刘家后人将雷妍与父母的骨灰合葬在八宝山人民公墓。

2009 年

10 月，由雷妍子女整理，中国海关出版社出版《雷妍小说散文集》。

2011 年

清明，雷妍长孙于然将《雷妍小说散文集》献于先辈墓前，告慰他们的在天之灵。

2018 年

8 月，北京联合出版公司出版《白马的骑者：雷妍小说散文集》

2020 年

1 月，中国文史出版社以"民国女作家小说典藏文库"丛书之一的形式，整理出版雷妍小说集《白马的骑者》。

2022 年 7 月 26 日

雷妍及其亲友留影

雷妍父亲刘雨楼

雷妍母亲谢静宜

大学时期的雷妍

大学时期的雷妍

雷妍丈夫于逢源

女作家雷妍

雷妍和长子于琪林（1949年）

雷妍女儿刘琤和刘珂

雷妍在慕贞女中

沦陷区的青年作家（1943年）

图书在版编目（CIP）数据

无声琴 / 雷妍著. -- 北京：中国文史出版社，
2023.5

（民国女作家小说典藏文库）

ISBN 978-7-5205-3703-2

Ⅰ．①无… Ⅱ．①雷… Ⅲ．①短篇小说-小说集-中
国-现代 Ⅳ．①I246.7

中国版本图书馆 CIP 数据核字（2022）第 176019 号

点校整理：刘　玮　李子英
责任编辑：薛媛媛

出版发行：**中国文史出版社**

社　　址：北京市海淀区西八里庄路 69 号院　邮编：100142

电　　话：010-81136606　81136602　81136603（发行部）

传　　真：010-81136655

印　　装：北京温林源印刷有限公司

经　　销：全国新华书店

开　　本：720×1020　1/16

印　　张：15.75　　字数：208 千字

版　　次：2023 年 5 月第 1 版

印　　次：2023 年 5 月第 1 次印刷

定　　价：58.80 元